Zum Buch

Mickey Wadchek wurde gefeuert. Aus Geldmangel bleibt ihm nichts anderes übrig, als in die Wohnung seines Großvaters zu ziehen. Dort findet er ein Fläschchen mit Pillen, die er irrtümlicherweise für Kopfschmerztabletten hält. Nach der Einnahme verliert er das Bewusstsein – und wacht im Jahr 1972, seinem Geburtsjahr, wieder auf. Niemand scheint ihn sehen oder hören zu können, und so kann er sich ungestört umsehen. Denn in dieser Zeit geschahen grauenerregende Vorkommnisse: Sein Vater wurde ermordet und der Täter nie gefasst, und ein Serienmörder versetzte die Stadt in Angst und Schrecken. Mickey hat die einmalige Gelegenheit, den Fall aufzuklären und die Zukunft zu beeinflussen. Was er nicht weiß: Auch für den Killer scheinen die Uhren anders zu gehen, und Mickeys Zeit läuft ab …

Zum Autor

Duane Louis heißt im wahren Leben Duane Swierczynski und ist Chefredakteur des *Philadelphia City Paper*. Für seinen Roman *Schnelle Beute* wurde er für den Gumshoe Award nominiert, die Filmrechte wurden verkauft. Er lebt in Philadelphia, wo auch seine Romane angesiedelt sind.

Lieferbare Titel

Blondes Gift
Letzte Order
Schnelle Beute

Duane Louis

ALTE FEINDE

Thriller

Aus dem Amerikanischen
von Frank Dabrock

WILHELM HEYNE VERLAG
MÜNCHEN

Die Originalausgabe EXPIRATION DATE erschien bei
Minotaur Books, New York.

FSC
Mix
Produktgruppe aus vorbildlich
bewirtschafteten Wäldern und
anderen kontrollierten Herkünften

Zert.-Nr. SGS-COC-001940
www.fsc.org
© 1996 Forest Stewardship Council

Verlagsgruppe Random House FSC-DEU-0100
Das für dieses Buch verwendete FSC-zertifizierte Papier
Holmen Book Cream
liefert Holmen Paper, Hallstavik, Schweden.

Deutsche Erstausgabe 11/2010

Printed in Germany 2010
Umschlagillustration und Umschlaggestaltung:
© s.freischem, yellow-farm.com
Satz: Buch-Werkstatt GmbH, Bad Aibling
Druck und Bindung: GGP Media GmbH, Pößneck

ISBN: 978 3 453-43540-7

www.heyne.de

Für
Louis Wojciechowski
1926–2009

Tja –
So ist das nun mal:
Die Zeit landet die härtesten Treffer.

– JOSEPH MONCURE MARCH

Seht ihr den ausgestreckten Körper auf dem Hartholzfußboden, der in einer Lache seines eigenen Blutes schwimmt?

Das bin ich.

Vor fünf Minuten hat man mir in den Rücken geschossen. Dreimal, direkt zwischen die Schulterblätter. Der Typ, der unten einen Kiosk betreibt, Willie Shahid, hat die Schüsse gehört – peng, peng, peng – und beobachtet, wie eine Person mit Revolver die Frankford Avenue hinuntergehumpelt ist. Ein paar Minuten später ist er die Treppe hochgerannt, um nachzusehen, was los ist.

Jetzt steht Willie vor der Wohnungstür. Er klopft und wartet einen Moment. Irgendetwas stimmt nicht. Er schnuppert; der beißende Geruch von Magnesium und verbranntem Papier steigt ihm in die Nase. *Schießpulver.* Der Geruch ist für Willie Shahid nicht neu. Nicht in dieser Gegend.

Seht nur, wie Willie Shahid sein Handy hervorzieht und den Notruf wählt, die korrekte Adresse und sogar die Etage durchgibt. Der Typ ist ein echter Profi.

Wenn ihr noch etwas bleibt, kriegt ihr mit, wie die Rettungssanitäter eintreffen und schließlich die Polizei des fünfzehnten Reviers. Man wird mich auf eine Bahre hieven und durch die Vordertür aus dem Gebäude tragen, unter der rumpelnden Hochbahn entlang, vorbei an ein paar Typen mit übergroßen T-Shirts und ausdrucklosen Gesichtern.

Anschließend werden mir die Chirurgen im nahe gelegenen Frankford Hospital die Kugeln aus dem Rücken pulen und sie auf ein nierenförmiges Stahltablett legen. Von dort wandern sie in einen Plastikbeutel und weiter ins kriminaltechnische Labor des Philadelphia Police Department, Ecke Achte und Race. So ist der übliche Ablauf – Kugeln aus einer Schusswunde gehen zur ballistischen Auswertung direkt ans Labor.

Ein paar Tage später wird sich auf den Gesichtern der Kriminaltechniker Verwirrung breitmachen. Den Patronentyp zu bestimmen, ist kein Problem. Kaliber 38.

Nein, etwas anderes wird ihnen Kopfschmerzen bereiten.

Nachdem die Ballistiker Kugeln und Schießpulver analysiert haben, werden sie feststellen, dass die Patronen mindestens vierzig Jahre alt sind. Außerdem werden sie herausfinden, dass dieser bestimmte Typ seit 1967 nicht mehr produziert wird.

Sicher, eine alte Kugel lässt sich manchmal immer noch abfeuern. Aber die Kriminaltechniker werden sich zwangsläufig eine Frage stellen: Warum sollte man jemandem mit vierzig Jahre alter Munition umbringen?

Einige Leute glauben, dass, wenn man stirbt, das eigene Leben rasch an einem vorüberzieht, wie ein Film im Schnellvorlauf.

Nicht ganz.

Wenn man lebt, scheint der Zeitpfeil lediglich in eine Richtung zu fliegen. Für die Toten ist das anders. Sobald man jene unsichtbare Grenze überschritten hat, sieht man die Dinge, wie sie wirklich sind. Sieht man, dass offensichtlich alles gleichzeitig passiert.

Was es schwierig macht, diese Geschichte – oder zumindest ihre wichtigsten Teile – zu erzählen. Normalerweise beginnt man mit dem Anfang. Oder mit dem Mittelteil, um den Zuhörer nicht zu langweilen.

Allerdings liegen Anfang und Mittelteil nur sehr undeutlich vor mir, weil ich erst gegen Ende dazugestoßen bin. Ich könnte Vermutungen anstellen, aber das wäre reine Spekulation.

Ich schätze, ich sollte mit jenem Tag beginnen, an dem ich in die Wohnung gezogen und in die Vergangenheit gereist bin.

I

Thomas Jefferson schaut sich einen Porno an

Ich hockte auf der Treppe vor meinem Haus, ein Sierra Nevada Pale in der Hand. Ein echtes Luxusbier, das Sixpack zu elf Dollar, darum wollte ich möglichst jeden Schluck genießen. Demnächst würde ich wohl auf Halbliterdosen von Pabst Blue Ribbon umsteigen.

Nach einer Weile trat Meghan ins Freie, und ich drückte ihr das letzte Bier in die Hand. Sie bedankte sich, indem sie ihre Schulter gegen meine drückte. Einen Moment lang saßen wir in der warmen Innenstadtsonne und tranken unser Bier. Es wäre ein perfekter Tag gewesen, wenn ich nicht gerade dabei gewesen wäre, auszuziehen.

Meghan stützte sich nach hinten auf die Ellbogen, und ihr blondes Haar fiel ihr in die Stirn.

»Bist du sicher, dass ich dich nicht fahren soll?«

Ich nahm einen Schluck und genoss den bitteren Geschmack von Hopfen auf meiner Zunge und die hellen Sonnenstrahlen auf meinem Gesicht. Dann sah ich sie an.

»Frankford ist eine ziemlich üble Gegend.«

»Es gibt keine üblen Gegenden, Mickey. Sie werden nur verkannt.«

»Nein, im Ernst. Es ist echt übel. Gestern stand in der *Daily News* ein Artikel. Über ein Highschool-Kid, das von drei Freunden umgebracht wurde. Ich meine, sie hatten nicht irgendeinen blöden Streit wegen Turnschuhen oder Drogen. Nein, die drei hatten seine Hinrichtung regelrecht geplant, sie haben ihn getötet und sich echt Mühe gegeben, die Beweise verschwinden zu lassen.«

»So große Mühe können sie sich aber nicht gegeben haben, wenn die *Daily News* ihnen auf die Schliche gekommen ist.«

Seit letztem Jahr waren Meghan und ich befreundet, seit ich hierher, an die Ecke Sechzehnte Spruce gezogen war, nur ein paar Blocks vom protzigen Rittenhouse Square entfernt. Wer schon mal in Philadelphia war, kennt den Platz – lauter Luxusrestaurants und Hochhäuser mit Eigentumswohnungen. Ich hätte es mir nicht leisten können, dort zu wohnen, selbst wenn ich einen Job gehabt hätte.

Vor zwei Wochen hatte man bei meiner lokalen Wochenzeitung, der *Philadelphia City Press,* entschieden, dass man mit nur einem festen Autor auskam. Und mir alles Gute gewünscht. Da keine andere Zeitung auf meine Dienste scharf war, weder hier noch anderswo, gesellte ich mich zu den Tausenden von anderen Leuten, die gerade ihren Job verloren hatten.

Meine wenigen Habseligkeiten waren so gut wie verstaut, und ich wartete darauf, dass meine Mutter mich zu der beengten – aber mietfreien – Einzimmerwohnung meines Großvaters in Frankford kutschierte, weit, weit ab vom Rittenhouse Square.

Normalerweise weigerte ich mich, die Hilfe oder Ratschläge meiner Mutter anzunehmen. Je weniger sie über mein Leben wusste und je weniger ich in ihrer Schuld stand, desto besser. Doch ich befand mich in einer ausweglosen Lage. Ich konnte mir keine weitere Woche in dieser Wohnung leisten, geschweige denn einen weiteren Monat. Und ich hatte auch nicht das Geld, um die Kaution für eine andere Wohnung zu bezahlen.

Also zog ich zurück nach Frankford.

Es ist *eine* Sache, unter primitivsten Bedingungen zu hausen, wenn man zweiundzwanzig ist, frisch vom College kommt und mit einem von den Eltern prallgefüllten Girokonto ausgestattet ist. Doch mit siebenunddreißig in eine üble Gegend zu ziehen, weil man sonst keine Wahl hat, ist etwas völlig anderes. Das ist wie ein schweres Gewicht an einem Seil, das dich in gesellschaftliche Tiefen hinabzieht, aus denen du es nicht so ohne weiteres wieder an die Oberfläche schaffst.

Und was am schlimmsten ist, man kann sie immer noch dort oben sehen – die Freunde, mit denen man vor fünfzehn Jahren seinen Abschluss gemacht hat –, wie sie lachen und herumplanschen, ihren Spaß haben.

Ich wollte unter keinen Umständen, dass Meghan mich zum Grund dieses Ozeans begleitete, mich unbeholfen umarmte und nach oben zur Party zurückschwamm. In den letzten zwei Wochen hatte sie mir mindestens ein halbes Dutzend Mal angeboten, mich zu fahren, und ich hatte immer wieder abgelehnt, angeblich, weil meine Mutter darauf bestand, mich zu bringen.

Was eine verdammte Lüge war.

»Du möchtest wirklich nicht nach Frankford fahren«, sagte ich. »Das Viertel ist einer der schwunghaftesten Drogenumschlagplätze der Stadt. Es hatte früher sogar einen eigenen Serienmörder.«

»Das denkst du dir bloß aus.«

»Kein Witz. Das war während meiner Highschool-Zeit – in den späten Achtzigern. Der Typ wurde der Schlitzer von Frankford genannt und hat mehrere Prostituierte umgebracht. Ich habe für die *Press* darüber geschrieben.«

»Du meinst Jack the Ripper.«

»Nein, den Schlitzer von Frankford.«

»Ich glaube immer noch, dass du dir das ausgedacht hast.«

Ich drückte mich von den warmen Sandsteinen nach oben.

»Ich sollte besser zu Ende packen. Vielleicht planen ein paar Jugendliche ja meine Ermordung, während wir uns hier unterhalten, und ich will sie nicht enttäuschen.«

»Oder der Schlitzer von Frankford.«

»Glücklicherweise bin ich keine Prostituierte.«

»Noch nicht.«

»Wirklich reizend.«

Für einen Moment herrschte ein unbehagliches Schweigen. Dann sah Meghan mich an.

»Ruf deine Mom an, Mickey. Sag ihr, dass ich dich fahre.«

Frankford war nicht immer eine üble Gegend. Vor einigen Jahrhunderten war es ein nettes beschauliches Dorf, in dem die Väter der Verfassung den Sommer verbrachten, um der stickigen Hitze der Stadt zu entfliehen. Ich könnte euch die Ecke zeigen – Womrath Park –, wo sich angeblich Thomas Jefferson erholt und die Unabhängigkeitserklärung zum ersten Mal öffentlich verlesen hat.

Aber stellt euch Thomas Jefferson mal heute im Womrath Park vor. Wie man ihm die neuen Bewohnern des Parks zeigt – die harten Jungs, die weiße Bröckchen *Schnupftabak* zum Rauchen verkaufen. Wie man ihn zum Hardcore-Kino auf der anderen Straßenseite führt, mit seinen projizierten Bildern von Menschen, die an einer völlig anderen Art von *Zusammenkunft* beteiligt sind.

Man sieht ihn förmlich vor sich, wie er zur Independence Hall zurückmarschiert: *Also, Leute, wir sollten uns die Sache mit der Freiheit nochmal überlegen.*

Ein Jahrhundert nach Jefferson war aus Frankford, dem beschaulichen Dorf auf dem Lande, Frankford, der betriebsame Industriestandort geworden. Eine beliebte Zwischenstation auf dem Weg (King's Highway) von Philadelphia nach New York. An den Straßen drängten sich die Fabriken und Mühlwerke neben den schlichten, aber robusten Reihenhäusern der Angestellten, die dort arbeiteten. Da gab es Baumwollspinnereien, Bleichereien, Wollspinnereien, Hüttenwerke und Kattundruckereien. Außerdem eine florierende Waffenfabrik und eine Pulvermühle. Eine Weile erlebte dieser Industriezweig einen regelrechten Aufschwung, bevor die Entwicklung ins Stocken geriet und er schließlich ganz verschwand. So wie im Rest des Landes auch.

Doch man sagt, dass es ab dem Jahr 1922 mit dem Viertel erst so richtig abwärtsging, ab jenem Jahr, da die Stadt auf seiner Hauptverkehrsader – der Frankford Avenue – eine Hochbahn errichtete und die Läden in Dunkelheit und Taubenscheiße hüllte. In den Fünfzigern zogen dann immer mehr Weiße in die Vororte. Und in den Sechzigern kamen die Drogen nach Frankford und forderten alle ihre Freunde auf zu bleiben.

Das, was ich Meghan erzählt hatte, war die Wahrheit: In den Achtzigern trieb in der dunklen Avenue unter der Hochbahn tatsächlich ein Serienmörder – der Schlitzer – sein Unwesen; spätnachts lauerte er in der Nähe von Kneipen wie Brady's an der Bridge and Pratt Betrunkenen und Prostituierten auf. Und er wurde nie gefasst.

In den Siebzigern hatte eine Band aus Philly namens American Dream mit dem Titel »Frankford El« einen kleinen Hit. Im Refrain hieß es, dass man mit der Frankford Hochbahn nicht in den Himmel kommt. Und warum?

Die Frankford El fährt direkt nach … Frankford.

Großvaters Wohnblock wirkte wie das Lächeln eines Junkies. Ganz links führte eine schmutzige Betontreppe zur Hochbahnhaltestelle Margaret Street. Direkt daneben ein verlassenes Gebäude. Dann ein unkrautüberwuchertes Grundstück. Ein dreistöckiges Haus. Ein weiteres Grundstück mit Unkraut. Schließlich Großvaters Gebäude, im Erdgeschoss einer jener kleinen Kioske, die dem Stadtrat so ein Dorn im Auge waren und wo man Bier, Zigarettenpapier und Knabbergebäck kaufen konnte. Dann ein weiteres Grundstück mit Unkraut. Und noch eins.

Von den ursprünglich acht Gebäuden auf diesem Abschnitt der Frankford Avenue standen nur noch drei.

Meine neue Bleibe befand sich im zweiten Stock, von dem aus ich einen großartigen Blick auf die Hochbahngleise haben musste.

Meghan spähte durch die Windschutzscheibe zur schmutzigen Unterseite der Hochbahn hinauf. Dort oben nisteten Tauben und bedeckten jeden Quadratzentimeter mit ihrer klebrigen, weißen Scheiße.

»Ist doch gar nicht so übel.«

»Du hast Recht. Wenn man die Augen zukneift, erinnert es auf gespenstische Weise an den Rittenhouse Square.«

»Vielleicht ist das hier das nächste Viertel, das wiederentdeckt wird. Sieh dir nur an, was sie aus Fishtown und Northern Liberties gemacht haben.«

»Ja. Man könnte die Gegend mit einer ›Bunker Buster‹ dem Erdboden gleichmachen und nochmal ganz von vorne anfangen.«

Sie ließ ihren Blick über den Block wandern. Gegenüber befand sich eine rostige Blechbude, die, wenn ich mich richtig erinnerte, mal ein Zeitungskiosk gewesen war. Inzwischen schien sie als öffentliches Pissoir zu dienen.

»Meinst du, es ist okay, wenn ich hier parke?«

Meghan ist in Philadelphias sogenannter Main Line geboren und aufgewachsen. Kennt ihr den Film – Cary Grant, Katherine Hepburn und das alles? Das ist die Main Line. Ich weiß noch, wie ich als Kind im Fernsehen den Film gesehen habe und mich fragte, warum er *The Philadelphia Story (dt. Die Nacht vor der Hochzeit)* hieß, weil ich überzeugt war, dass sie ihn auf keinen Fall in Philadelphia gedreht haben konnten.

Das Philly, das ich kannte, war das aus *Rocky* und *Twelve Monkeys.* Beinharte Geschichten, die in freudlosen Betonschluchten spielen. Meghan behauptete zwar, dass sie das ungeschminkte Philadelphia aus *Rocky* und *Twelve Monkeys* liebte. Doch ich musste ihr sanft in Erinnerung rufen, dass Letzterer ein postapokalyptischer Film war.

Trotzdem konnte ich ihr keinen Vorwurf machen.

Sie war nicht hier aufgewachsen.

Als ich nach dem College aus Frankford fortzog, hatte ich mir geschworen, nie wieder zurückzukehren. Wenn man dir oft genug ins Gesicht schlägt, dich oft genug den Block hinunter bis zur Haustür jagt … na ja, das kann dir dein Viertel schon ziemlich verleiden.

Als Kind verbrachte ich die meiste Zeit in meinem rückwärtigen Zimmer und las was auch immer ich in die Hände kriegte. Später schrieb ich dann meine eigenen Geschichten. Rückblickend kommt es mir vor, als hätte ich die ganze Zeit über meine Flucht geplant, denn mein Job als Autor hat mich schließlich aus Frankford herausgebracht.

Und jetzt kehrte ich in Ermangelung eines Autorenjobs wieder zurück.

Meine Mom hatte vorgeschlagen, dass ich hier schlief, bis ich einen anderen Job gefunden hatte. Nicht, dass das für Grandpa Henry einen Unterschied gemacht hätte. Der Kioskbesitzer im Erdgeschoss hatte ihn ein paar Stunden, nachdem er eine Art Anfall erlitten hatte und ins Koma gefallen war, gefunden – und ich verlor am selben Tag meinen Job bei der *City Press*. Nicht gerade ein Freudentag für die Familie.

Mom hatte mir erklärt, dass Granpa Henry zwar selbstständig atmen könne, dass er jetzt jedoch wie ein Fernseher ohne Antennenkabel sei: eingeschaltet, aber ohne Empfang.

»Du solltest ihn trotzdem besuchen. Er kann dich immer noch hören.«

»Okay.«

»Es ist nur ein paar Blocks entfernt.«

»Okay.«

»Du wirst ihn doch besuchen, oder?«

»Okay.«

Meine Mutter hatte ihre helle Freude daran, mir zu sagen, was ich tun sollte, und es verschaffte mir eine gehörige Portion Befriedigung, das genaue Gegenteil zu tun.

Außerdem erzählte sie mir, dass Großvaters Wohnung komplett eingerichtet sei, sodass ich mir wegen Töpfen, Pfannen und Küchenzubehör keine Gedanken zu machen brauchte. Nicht, dass ich viel in dieser Richtung besaß. Meine irdischen Besitztümer umfassten eine Kiste mit alten LPs aus den Sechzigern und Siebzigern; einen Karton mit Taschenbüchern von Hunter S. Thompson und Charles Bukowski – Standardausrüstung für jeden Journalisten; einen weiteren Karton mit alten Krimitaschenbüchern; ein sechs Jahre altes Mac-Laptop; ein drei Jahre altes Handy, das sich nicht richtig zuklappen ließ; und schließlich zwei Müllbeutel mit Klamotten und allerlei Plunder, den ich seit fünfzehn Jahren mit mir herumschleppte, von Philly nach New York City und zurück.

Es ist schon traurig, wenn alle deine irdischen Besitztümer in einem Toyota Prius Baujahr 2009 Platz haben.

Dafür brauchten wir keine dreißig Minuten, den Wagen zu entladen, obwohl Apartment 3-A im zweiten Stock lag. Anschließend fuhr ich Meghans Prius zum Parkhaus des Frankford Hospitals ein paar Blocks von hier, wo er wohl halbwegs sicher war. Immerhin parkten dort auch die Ärzte, oder?

Meghan versetzte mir einen freundschaftlichen Stoß gegen den Arm.

»Und jetzt?«

»Tja, ich wollte mir von meinem Boy einen Gin Gimlet mixen lassen, bevor ich mich auf die Terrasse lege und den Sonnenuntergang genieße.«

»Gib deinem Boy heute Abend frei. Besaufen wir uns mit Bier.«

»Klasse Vorschlag. Aber dann muss ich erst deinen Wagen holen.«

»Was, und besoffen zurückfahren? Lass uns nach unten gehen und ein paar Sixpacks kaufen.«

»Nach unten?«

»Zum Kiosk. Da gibt's Bier. Ich hab im Fenster die Schilder gesehen.«

Also gingen wir runter zum Kiosk. Und ich kaufte bei Willie Shahid zwei Sixpacks – allerdings kannte ich damals seinen Namen noch nicht. Es schien Meghan tierisch Spaß zu machen, in Frankford Bier zu kaufen. Ich hingegen hatte Angst, irgendein Crackhead mit Skimaske könnte hereinstürmen, mit der Pistole herumfuchteln und die Schlüssel des nagelneuen Prius verlangen, der die Straße hoch im Parkhaus der Klinik parkte.

Außerdem war ich ein wenig beunruhigt, dass sich die Rechnung für zwei Sixpacks Yuengling auf 18 Dollar belief, da mir so nur noch fünf Dollar bis zur Überweisung meines letzten Gehalts am nächsten Tag blieben. Aber, hey, die Lady wollte ihr Bier. Heute Abend spielte Geld keine Rolle.

Heute Abend stießen wir auf meine traurige Heimkehr an.

Etwa eine Stunde später hatte ich vier Yuengling ausgetrunken und die leeren Flaschen auf Granpa Henrys massivem Schreibtisch aus Kirschholz aufgereiht. Meghan hockte, immer noch das erste Bier in der Hand, auf dem Boden und durchwühlte ungeniert und ohne sich dafür zu rechtfertigen, seine Sachen.

»Ich bin eine alte Neugiernase.«

Apartment 3-A war nichts Besonderes – lediglich ein großes Zimmer, mit einem Badezimmer auf der einen und einem kleinen Wandschrank auf der anderen Seite. Für Wärme sorgte ein rostiger Heizkörper in der Ecke. Für Abkühlung ein Tischventilator, der jedoch absolut nichts brachte, wenn erst mal richtig Sommer war. Außerdem gab es eine kleine Kochnische mit einem winzigen Ofen, in den gerade so ein Fertiggericht passte, und mit einem winzigen Kühlschrank, in dem entweder Bier oder Lebensmittel Platz hatten, aber nicht beides gleichzeitig.

Grandpa Henry war 2002 hierhergezogen, doch ich hatte ihn nie besucht. Deswegen hatte ich ein etwas schlechtes Gewissen – allerdings hatte ich mich auch nicht darum gerissen, nach Frankford zurückzukehren.

Alle paar Minuten durchbrach das Dröhnen der Hochbahn die Stille, und durch die dreckigen Vorderfenster konnte man das Silber der vorbeisausenden Waggons sehen, die an der Margaret Street Station hielten und sich zehn Sekunden später wieder in Bewegung setzten, worauf das Gerumpel zu einem ohrenbetäubenden Lärm anschwoll, der von der Vorderseite des Gebäudes bis zur nächsten Haltestelle hinunterhallte.

Die Wohnung war einigermaßen sauber – keine Nikotinrückstände an den Wänden und auch keine Fettschicht an der Decke der Kochnische. Anscheinend besaß Grandpa Henry lediglich zwei Möbelstücke: eine große Couch mit Hahnentrittmuster und den großen Schreibtisch aus Kirschholz. Weder Bett noch Küchentisch oder Stühle. Ich schätze, wenn es drauf ankommt, braucht man lediglich etwas zum Sitzen und etwas zum Abstellen.

Trotzdem war das Zimmer in einem chaotischen Zustand, ein unfassbar großer Bereich des Fußbodens war mit Pappkartons, Plastikkästen und Schuhkartons voller Unterlagen zugestellt. Und die durchstöberte Meghan gerade.

»Womit verdient dein Großvater seinen Lebensunterhalt?«

»Er ist Rentner. Aber früher hat er als Nachtwächter in einer Klinik gearbeitet. Meine Mom hat mir erzählt, dass er die Nachtstunden mochte, wenn alles schlief.«

»Hm.«

»Hm?«

»Er hat hier jede Menge Unterlagen. Zeitungsausschnitte, Stammbäume, handschriftliche Notizen. Jede Menge Krankenberichte, wie's aussieht. Ich dachte, er wäre vielleicht Journalist oder was in der Richtung. So wie du.«

»Mein Grandpa? Ich glaub nicht, dass er viel gelesen hat.«

»Hmmm.«

Nach einer Weile zeigte Meghan mir einen vergilbten Umschlag.

»Henryk Wadcheck?«

Sie sprach es falsch aus, nämlich so wie die meisten Leute: *wod-chek.*

»Der Name meines Großvaters. Ist Polnisch. Und wird *vahd-check* ausgesprochen.«

»Mann, ist ja echt schrääääg. Moment mal – ist das auch dein Nachname?«

»Eigentlich schon.«

»Dein Name ist Mickey Wadcheck? Warum weiß ich das nicht?«

»Mein Vater trat als Musiker unter dem Namen Anthony Wade auf. Also habe ich meine Artikel ebenfalls mit Wade gezeichnet. Das hättest du auch, mit einem Namen wie *vahd-check.*«

Meghan lächelte.

»Du weißt, dass ich dich von jetzt an nur noch Mr. Wadcheck nennen werde.«

»Bitte nicht.«

Schon schlimm genug, dass man mir den Spitznamen »Mickey« verpasst hatte. Der Name in meiner Geburtsurkunde lautete »Mick«, zu Ehren der Herren Jagger und Ronson, zwei musikalische Helden meines Vaters.

Natürlich konnte man einen Fünfjährigen nicht »Mick« rufen, also wurde daraus bald »Mickey«. Und meinen Klassenkameraden fiel sofort die Maus dazu ein. Meine ganze Kindheit hindurch wurde ich von Mickymaus-Witzen begleitet, ganz zu schweigen von der schrecklichen Phase im Jahr 1982, als Tom Basil mit seinem Song »Mickey« mein Leben dermaßen gründlich ruinierte. Ich war zehn, und ich schwor einen Bluteid, dem Nächsten, der zu mir *Hey Mickey, your so fine, so fine, you blew my mind* sagte, den Schädel einzuschlagen. Die einzige Person, die in jenem Jahr noch schlimmer dran zu sein schien, war eine Mitschülerin namens Eileen, die nicht kapierte, warum ihre männlichen Mitschüler ihr plötzlich geifernd zuriefen *I come on you.*

»Mein Gott – sieh dir das an.«

Meghan krabbelte herüber und reichte mir das Foto eines Mannes in einer Militäruniform aus dem Zweiten Weltkrieg. Mein Großvater.

»Er sieht genauso aus wie du, Mr. Wadcheck!«

»Nenn mich nicht so. Ja, man hat mir erzählt, dass er eine gewisse Ähnlichkeit mit mir hatte, aber ich sehe das nicht. Wenn du ihn leibhaftig vor dir hättest …«

»Ach was. Du gleichst ihm aufs Haar.«

Ich öffnete ein weiteres Yuengling, während Meghan auf dem Boden, die Beine übereinandergeschlagen und ohne Schuhe, eine weitere Kiste durchstöberte. Mir gefiel, wie ihr das blonde Haar übers Gesicht hing, was ihr nicht das Geringste auszumachen schien.

»Habt ihr zwei viel Zeit miteinander verbracht?«

»Eigentlich nicht. Grandpa Henry war immer etwas komisch. Ziemlich schroff und außerdem überzeugt, dass Kinder ab und zu mal was hinter die Ohren brauchen, damit man sie nicht verzieht. So wie Walter Matthau in *Ein verrücktes Paar.*«

»Ich dachte, ihr beiden stündet euch vielleicht nahe, wenn man bedenkt …«

Sie ließ den Halbsatz im Raum stehen und wartete darauf, dass ich ihn beendete: *was mit meinem Vater passiert ist.*

Eines Abends, es war schon spät, hatte ich ihr in McGillins Ale House, der ältesten, ununterbrochen geöffneten Bar in Philadelphia, erzählt, was meinem Dad zugestoßen war. Sie hakte nicht weiter nach, und ich ging nicht in die Einzelheiten. Seitdem ist das Thema nie wieder zur Sprache gekommen, bis jetzt.

Ich nahm erneut einen Schluck von meinem Bier.

»Ja, also, nein. Meine Großmutter, die sehe ich oft.«

»Definiere *oft.*«

»An den Feiertagen? Ich sehe sie an mindestens ein oder zwei wichtigen Feiertage.«

»Hab ich's mir doch gedacht. Sie sind also geschieden?«

»Schon lange. Mein Dad war zehn oder elf, glaub ich.«

Ich bedauerte es, dass ich meinen Dad erwähnt hatte, denn jedes Mal, wenn ich mit Alkohol im Blut an ihn dachte, wurde ich stinksauer und unleidlich. Und ich hatte keine Lust, in Meghans Gegenwart sinksauer und unleidlich zu werden.

Also versuchte ich, die Stimmung wieder ein wenig zu heben.

»Ich fasse nochmal zusammen: Ich bin arbeitslos. Ich wohne in einer üblen Gegend. Und ich habe kein richtiges männliches Vorbild.«

Meghan lächelte, richtete sich auf und fuhr mir übers Gesicht. Ich genoss die Berührung ihrer Fingerspitzen. Sie waren kalt und warm zugleich.

»Und trotzdem bist du so ein Gentleman, Mr. Wadcheck.«

»Bitte nenn mich nicht Mr. Wadcheck.«

Wir hockten noch eine Stunde gemütlich zusammen. Ich leerte zwei weitere Biere und fragte mich, wie lange ich wohl in dieser Bruchbude festsitzen würde. Es war unwahrscheinlich, dass Meghan und ich hier noch einmal gemeinsam ein paar schöne Stunden verbringen würden. Ich würde sie kein zweites Mal bitten, nach Frankford zu fahren. Nicht in einer Million Jahre.

Wenn ich also mit ihr zusammen sein wollte, musste ich die Hochbahn runter zum Rittenhouse Square nehmen. Und solange ich keinen neuen Job gefunden hatte, kam das nicht infrage. Was sollte ich also tun? Ihr einen Hund kaufen und sie bitten, sich im Park mit mir neben die kleine Ziege aus Bronze zu hocken?

Ein paar Minuten vor Mitternacht, gerade als mir vor dem Gedanken zu grauen begann, mit Meghan die Frankford Avenue zu ihrem Wagen zurückzulaufen, überraschte sie mich.

»Hey, hast du was dagegen, wenn ich heute Nacht bei dir penne?«

Mein Magen schlug vor Freude einen kleinen Purzelbaum. Doch ich ließ mir nichts anmerken.

»Ja, sicher. Ich meine, nein, ich hab nichts dagegen. Das wäre klasse. Echt klasse.«

Manchmal bin ich so nett, dass es wehtut.

Es gab hier kein Bett – nur die kratzige Couch mit dem Hahnentrittmuster, die sich, wie Meghan herausfand, ausziehen ließ. Ich betete für saubere Laken; und ausnahmsweise erhörte Gott mein Flehen. Meghan zwängte ein Spannbetttuch um die hauchdünne Matratze, während ich den Kissen Bezüge verpasste.

»Gute Nacht«, sagte ich zu Meghans Silhouette.

»Gute Nacht, Miister Vahhhdcheck.«

»Echt komisch.«

»Ich vaaiß.«

Wir legten uns beide schlafen. Also, Meghan zumindest.

Ich setzte mich auf und betrachtete sie eine Weile. Sie hatte die Lippen leicht geöffnet, und ihr langes blondes Haar lag ausgebreitet auf dem unförmigen Kissen – ein absolut friedvoller Anblick. Doch Meghan fühlte sich anscheinend in jeder Umgebung wohl. Man konnte sie in ein schickes Restaurant an der Walnut Street oder in eine Alki-Kneipe an der South Street verfrachten. Sie wirkte nie fehl am Platz.

Außerdem konnte sie sich mühelos in so ziemlich

jede Situation hinein- und wieder aus ihr herausbegeben. Als ich sie einmal fragte, womit sie ihren Lebensunterhalt verdient, meinte sie, dass sie das »Leben aufschiebt«. Meghan konnte sich das leisten – sie war die Tochter eines einflussreichen Anwalts mit Sitz in Center City.

Ich hingegen war der Sohn eines toten Hippiemusikers und kam mir fast überall fehl am Platz vor. Selbst die Gäste einer Kneipe schienen nicht recht schlau aus mir zu werden. Das war vermutlich entweder mein Segen oder Fluch als Reporter. John Gregory Dunne hat mal geschrieben, dass ein Reporter sich wie ein Außenseiter fühlen muss, die Hände und die Nase gegen die Glasscheibe gepresst, während er die Party auf der anderen Seite beobachtet. Das fand ich ziemlich treffend.

Zwischen mir und Meghan war nie etwas passiert, ein Zustand, der den Rest unseres Lebens wahrscheinlich andauern würde. Ich gehörte auf die andere Seite der Scheibe. Und ich musste mich wohl mit dem Wissen zufriedengeben, dass eine Frau wie Meghan überhaupt existierte.

Aber warum bloß hatte sie darauf bestanden, mich zu fahren? War das ein Abschiedsbesuch? War ihr einfach nur langweilig? Oder vielleicht …

Vielleicht hatte es absolut nichts zu bedeuten.

Ein paar Stunden später lag ich mit weit aufgerissenen Augen im Bett, mir dröhnte der Schädel. Wahrscheinlich weil ich zu viel Bier getrunken und nichts gegessen hatte. Ich warf mich herum. Drehte mich auf die Seite. Feuchtigkeit lastete auf dem Zimmer, so schwer wie eine afghanische Decke. Hin und wieder warf ich einen Blick zu Meghan hinüber. Sie sah immer noch perfekt aus.

Schließlich rollte ich mich aus dem Bett und trottete zum Badezimmerspiegel, wo ich mich einem verschwitzten, zerzausten siebenunddreißigjährigen Mann gegenübersah, der offensichtlich eine Mütze Schlaf und etwas Zärtlichkeit brauchen konnte. Ich spritzte sein Gesicht nass, schöpfte ihm etwas Wasser in den Mund und zwang ihn, es wieder auszuspucken.

Grandpa Henrys Badezimmer kam ganz ohne jeden Schnickschnack aus – nur eine Duschkabine mit Milchglasscheiben, ein Waschbecken und ein Arzneischränkchen. Auf dem Boden schwarze und weiße Fliesen im Schachbrettmuster, über der Toilette ein gerahmtes Foto von einem Fischerboot. Das Badezimmer eines alten Mannes.

Ich trocknete mir das Gesicht ab und öffnete die Tür des Arzneischränkchens. Dabei knallte irgendetwas gegen die Wand. Ich zog die Tür ein paar Zentimeter vor. An ihr war eine Metallhalterung befestigt. Und auf dem Spülkasten lag ein rostiges Vorhängeschloss. Sperrte Grandpa Henry sein Arzneischränkchen wirklich über Nacht ab? Aber warum? Für den Fall, dass Junkies hier einbrachen und seine Haftcreme klauten?

In dem Schränkchen stieß ich auf einen übergroßen alten Behälter Tylenol mit einem abgewetzten und eingerissenen Etikett. Alte Leute schmeißen nichts weg. Ich warf einen Blick auf das Verfallsdatum: September 1982. Nicht gerade verheißungsvoll. Gab es damals nicht diese große Hysterie wegen der vergifteten Medikamente? Ich erinnerte mich, dass meine Mutter, als ich zehn Jahre alt war, sämtliche Arzneipackungen im Haus weggeworfen hatte, darunter auch Tylenol.

Doch die Pillen in dem Behälter schienen in Ordnung zu sein. Sehr gut möglich – sogar wahrscheinlich –, dass mein Großvater die übergroße Plastikflasche wiederverwendet und mit Pillen aufgefüllt hatte, wenn sie alle waren. Also schüttete ich mir vier davon auf die Handfläche. Es handelte sich offensichtlich um 250-Milligramm-Tabletten; tausend Milligramm erschienen mir genau richtig. Ein paar Schmerztabletten mitten in der Nacht machen den Kater am Morgen um einiges erträglicher.

Ich schluckte die Pillen, dann spülte ich mir den Mund aus. Es war zwar eher unwahrscheinlich, dass Meghan aufwachte und vorhatte, mit mir zu knutschen, aber ich wollte nicht, dass mein Mund wie der Ausguss in einer Bar schmeckte, nur für alle Fälle.

Ich trottete zurück zum Bett, legte mich neben Meghan und schob den linken Arm unter mein Kopfkissen. Sie schlief tief und fest. Ich war ebenfalls müde. Es war ein langer Tag gewesen.

Für einen kurzen Moment war ich weg, dann kam ich in einem fremden Schlafzimmer wieder zu mir.

II

So gut wie tot

Ich lag auf einem Hartholzfußboden. Ohne Schlafcouch, ohne Decke, ohne Kissen.

Und ohne Meghan.

Das Zimmer sah aus wie die Wohnung meines Grandpas, allerdings so, als hätte man sie umdekoriert, während ich schlief. Die Fenster nach vorne raus waren mit brauner Pappe und Kreppband abgeklebt. Durch die Ritzen fielen feine Lichtkegel von der Hochbahnhaltestelle draußen ins Zimmer. Im Innern war es dunkel, trotzdem konnte ich an den Wänden gerahmte Fotos erkennen, und in der Ecke einen Topf mit Farn. Der ganze Krempel – die Kartons, die Plastikkisten – war fort.

Als ich das Geräusch von knarzendem Holz hörte, fuhr ich herum und entdeckte eine dunkelhaarige Frau, etwa in meinem Alter, vielleicht ein wenig älter, die hinter mir auf einem Sofa saß. Sie schien mich nicht wahrzunehmen. Sie war hübsch, doch ihre Augen wirkten müde, und sie trug ein Kleid mit kleinen bunten Punkten, das aussah, als wäre sie damit in einen Topf voller Smarties gefallen.

»Äh, hi«, sagte ich.

Ohne mich eines Blickes zu würdigen, fing sie an zu sprechen.

»Du brauchst mal 'ne Pause. Komm mit raus. Genehmigen wir uns einen Cocktail. Der geht auch auf mich.«

»Wie bitte?«

Mit beiden Handflächen strich sie ihr Smarties-Kleid glatt, dann stand sie auf und lief direkt an mir vorbei. Als wäre ich Luft.

Ich rappelte mich vom Boden auf und versuchte zu begreifen, was zum Henker hier los war? War ich schlafgewandelt? Und in eine fremde Wohnung auf einer anderen Etage geraten? Der Grundriss dieses Zimmers war mit dem meines Großvaters identisch. Ich befand mich in 2-A … oder so. Allerdings hatte ich keine Ahnung, wie ich dort hingelangt war.

Am anderen Ende des Zimmers nahm die Smarties-Frau eine Packung Lucky Strike vom polierten Holzschreibtisch meines Großvaters. Er sah genauso aus wie der Tisch, auf dem ich vorhin meine leeren Bierflaschen aufgereiht hatte. Nur, dass jetzt dahinter ein dicker Mann hockte – ein wahnsinnig dicker Mann. Er trug ein verknittertes weißes Hemd, und die hochgekrempelten Ärmel gaben den Blick frei auf Unterarme, die so dicht behaart waren, dass sich Fliegen hätten darin verfangen können.

Die Frau tippte eine Zigarette aus der Packung, ließ ein Zippo aufschnappen und erweckte die Zigarette mit einem Zug zum Leben.

Der dicke Mann seufzte.

»Ich muss noch die Protokolle abtippen, und gleich kommt jemand zu einer Sitzung vorbei«, sagte er.

»Du arbeitest zu lang, Mitchell«, sagte die Frau.

»Ich muss. Das ist Teil des Exp… des Jobs.«

»Man kann seinen Abend auch spannender verbringen, als mit langweiligen Patienten über ihre Träume zu reden. Du könntest zum Beispiel mit mir reden.«

Es entstand eine unangenehme Stille. Vor allem für mich. Der dicke Typ hinter dem Schreibtisch – Mitchell – brach schließlich das Schweigen.

»Hör zu, du solltest nach unten zu deinem Jungen, Erna. Mach ihm was zum Abendessen. Es ist spät. Wahrscheinlich ist er schon am Verhungern.«

»Dem Jungen geht's prima«, sagte sie. »Er weiß, wie man eine Dose öffnet.«

Mitchell seufzte und lehnte sich in seinem Stuhl zurück. Die Holzdielen ächzten unter seinem Gewicht.

»Erna, manchmal frage ich mich, ob es ein Fehler war, dir hier eine Wohnung zu überlassen.«

»Gib's zu. Du hast mich gerne in deiner Nähe.«

»Aber nicht, wenn ich arbeiten muss.«

Okay, was auch immer hier los war, es ging mich nichts an, und ich machte mich besser schleunigst aus dem Staub. Vorsichtig ging ich ein paar Schritte auf den Schreibtisch zu.

»Also«, sagte ich. »Hört mal – Mitchell? Erna? Es tut mir echt leid, Leute. Keine Ahnung, was passiert ist, aber ich verzieh mich jetzt, okay?«

Sie schienen mich nicht zu hören.

Sie reagierten überhaupt nicht auf mich.

»Komm schon, Mitchell, sei nicht immer so spießig«, sagte Erna. »Nur einen Cocktail bei Brady's. Oder ein Bier. Wir haben Feierabend. Ich möchte ein bisschen Spaaaaaaß haben.«

»Wir haben Dienstagabend«, sagte Mitchell, »und du solltest nach Hause ins Bett gehen.«

»Das sagt du jedes Mal. Und nie leistest du mir Gesellschaft.«

»Hör auf. Du solltest wirklich nach deinem Jungen sehen.«

Allmählich kriegte ich es ein wenig mit der Panik, darum fing ich an, mit den Armen herumzufuchteln.

»Äh ... He! Hier drüben. Könnt ihr mich wirklich nicht sehen, oder verarscht ihr mich?«

»Mach dir keine Gedanken um den Jungen«, sagte Erna. »Ständig erzählst du mir, was ich mit ihm machen soll. Manchmal führst du dich auf, als wäre es *dein* Junge.«

»Nein, tu ich nicht. Ich komme mit Kindern nicht gut klar.«

»Das verlange ich auch gar nicht. Darum ist er ja unten, und darum bitte ich dich, mit mir was trinken zu gehen.«

Erna zog ein letztes Mal an ihrer Zigarette und blies den Rauch aufreizend langsam in die Luft, bevor sie den Stummel in einem Glasaschenbecher auf Mitchells Schreibtisch ausdrückte. Dabei bemerkte ich ein schwarzes Namenschild auf einem Messingsockel: DR. Mitchell DeMEO. Doktor, hä? Ich inspizierte den

Rest des Zimmers. Dicht an einer Wand standen zwei Aktenschränke.

Dann wurde mir klar, dass dies keine Wohnung war, sondern ein Büro. Wie zum Henker war ich im Büro eines Arztes gelandet?

Erna drehte sich um und rauschte an mir vorbei, dabei kratzte der raue Stoff ihres Kleides über meinen nackten Arm. Sie nahm erneut auf der Couch Platz, die eher wie ein Klubsessel mit langer Rückenlehne wirkte, mit ihrem dunklen Holz und der kastanienbraunen Polsterung. Ihr gesprenkeltes Kleid schmiegte sich an ihren Körper. Sie drehte die Füße nach innen und starrte ins Leere. Zog einen Schmollmund.

»Nie hast du Lust, dich zu amüsieren«, sagte sie.

Da ich nichts weiter tun konnte, hockte ich mich neben sie. Vielleicht würde mich dann einer dieser beiden Crackheads bemerken. Meine Glieder fühlten sich wahnsinnig schwer an, als hätte man mir unsichtbare Gewichte um Handgelenke und Fußknöchel gebunden. Ich musste einen Moment nachdenken. Dann wandte ich mich Erna zu und starrte mit bohrendem Blick auf die Seite ihres Kopfes.

»Also, nur um das zu klären«, sagte ich, »ihr könnt nichts hören von dem, was ich von mir gebe, oder?«

Erna sagte keinen Ton.

»Rein gar nichts.«

Sie antwortete nicht.

»So als wäre ich überhaupt nicht hier.«

Immer noch nichts.

»Ich habe auf meinen Hoden einen Ausschlag, der heller leuchtet als die roten Punkte auf deinem Kleid.«

Immer noch nichts.

»Also schön. Ich wollte nur für Klarheit sorgen.«

Mag ja sein, dass ich für sie unsichtbar war, ich aber konnte ihr Parfum riechen, einen süßlichen und kräftigen Duft. Sie hatte die Lippen leicht geöffnet, als wollte sie etwas sagen, zögerte jedoch. Draußen rumpelten die Waggons der Hochbahn über die Schienen, so dass die Holzdielen unter unseren Füßen vibrierten. Ich konnte hören, wie sie kreischend zum Stehen kamen, wie die Türen aufsprangen und sich einen kurzen Moment später wieder schlossen. All das fühlte sich real an. *Ich* fühlte mich real an. Warum konnten diese Leute mich nicht sehen?

»Komm schon, Mitchell, sei kein Arschloch. Ich verlange ja nicht, dass du deine Arbeit liegen lässt. Ich bitte dich nur um einen kleinen Drink.«

»Erna, bitte. Nicht heute Abend.«

Sie seufzte, erhob sich und trottete leise durchs Zimmer, bis sie neben Mitchell stand. Dann ging sie auf die Knie. Mitchell tat so, als würde er sie nicht bemerken, doch er war ein schlechter Schauspieler. Sein Blick huschte nach links. Erna zog an seinem Gürtel. Er ließ sich nicht öffnen. Sie zog erneut daran.

»Erna. Du musst das nicht tun …«

»Da haben wir's. Du bist zu verkrampft. Du solltest dich ein wenig entspannen.«

Darauf ertönte das leise metallische Schnurren eines Reißverschlusses, und Ernas Kopf verschwand hinter dem Schreibtisch. Mitchell ließ seinen gewaltigen Kopf in den Nacken fallen, den Mund zu einem großen O geöffnet, und ganz plötzlich wollte ich nicht mehr hier sein.

Mit abgewandtem Blick rannte ich durchs Zimmer und wünschte mir, ich könnte meine Ohren abschalten, damit ich das Schmatzen nicht hörte.

Jetzt, aus der Nähe, konnte ich erkennen, dass über die milchige Glasplatte in der Tür ebenfalls ein Stück Pappe geklebt war. Ich griff nach dem Knauf. Er war glitschig. Ich versuchte, ihn leise herumzudrehen, doch ich bekam das Scheißding einfach nicht zu fassen.

Es war immer noch das Schmatzen und Stöhnen zu hören.

Ich gab es auf, mich unauffällig zu verhalten. Ich umklammerte den Knauf so fest, als wollte ich ihn zerdrücken, und drehte ihn gewaltsam nach rechts. Hinter mir verwandelte sich das Stöhnen in ein *Oh ja, so ist es gut, Mama.* Das Schloss klickte. Und quietschend öffnete sich die Tür.

»H-hoppla … was war das?«

»Nichts, Mitchell. Entspann dich einfach.«

Mit einem Klack fiel die Tür hinter mir ins Schloss. Ich blickte den dunklen, aber sauberen Flur hinunter. Von den grauen Wänden blätterte die Farbe. Der abgewetzte Teppich war ebenfalls grau, in den Stoff war ein rosafarbenes Blumenmuster eingeflochten, das inzwischen verblasst war. Seltsam, denn als ich vorhin hier eingezogen bin, waren die Wände cremefarben gestrichen und der blanke Fußboden starrte vor Dreck. Dies war nicht der Flur, den ich vor kurzem entlanggelaufen war. Nichts von alldem ergab irgendeinen Sinn.

Vom Absatz des ersten Stocks gingen drei Türen zu anderen Wohnungen ab. Während ich an ihnen vorbeitrottete, öffnete sich die Tür zu 2-C einen Spaltbreit. Ein verschlafen dreinblickender Junge von etwa elf Jahren mit einem widerborstigen roten Haarschopf, bekleidet mit einem seltsam altmodischen Schlafoverall, spähte zu mir heraus.

»Wer sind Sie?«, fragte er.

»Ich bin niemand«, sagte ich. »Leg dich wieder hin.«

»Kommen Sie aus dem Büro vom Doktor? Ist meine Mom auch da oben?«

Oh Gott. Seine Mutter war Erna. Ich wollte nicht derjenige sein, von dem er erfuhr, dass seine Mutter oben, aber im Moment etwas beschäftigt war. Dann wurde mir etwas klar.

»Halt«, sagte ich. »Du kannst mich *sehen,* oder?«

Der Junge kniff misstrauisch die Augen zusammen.

»Sind Sie einer von Docs Patienten?«

»Nein. Ich bin gerade eingezogen.«

»Wo?«

»Oben.«

»Oben wohnt keiner. Keiner außer dem Doktor. Und

der wohnt auch nicht da. Das ist nur sein Büro. Wer sind Sie?«

»Ich bin echt verwirrt und ratlos, und so langsam beschleicht mich das Gefühl, das alles ist ein einziger endloser, total abgefahrener Traum. Was meinst du? Glaubst du, dass wir beide gerade träumen?«

Er riss die Augen auf. Und knallte rasch die Tür zu.

Okay. Ich fasste nochmal zusammen: Ich war nicht vollkommen unsichtbar. Und ich befand mich im richtigen Wohnblock.

Und auch wieder nicht.

Ich musste dringend an die frische Luft. Vielleicht weckte mich das ja auf. Ich konnte mir unten im Kiosk ein kleines Kühles genehmigen, während ich darauf wartete, dass mein Bewusstsein zurückkehrte. Es wäre doch nett, auf diese Weise den Rest eines Traums zu verbringen, oder?

Ich trat aus der Haustür und rechnete damit, auf die feucht-schwüle Luft des frühen Junis zu treffen. Doch stattdessen durchfuhr meinen Körper ein eiskalter Windhauch. Meine Güte, war die Temperatur gerade mal eben um dreißig Grad gefallen?

Dann blickte ich die Frankford Avenue hinunter. Mein Gehirn brauchte ein paar Sekunden, um zu erfassen, was ich da vor mir hatte.

Autos.

Sehr, sehr alte Autos.

Längs der Frankford Avenue parkten Buicks, Cadillacs, Dodges, Fords und Pontiacs. Alles alte Modelle, die man außer in den Kriminalstreifen aus den Siebzigern sonst nirgends mehr zu sehen kriegte. Riesige Blöcke amerikanischen Stahls. So als hätte man alle anderen Autos für eine Siebziger-Muscle-Car-Show von der Straße entfernt. Doch das ergab keinen Sinn. Wenn man eine Show mit alten Autos veranstaltete, dann nicht unter der Hochbahn.

Erneut durchfuhr meinen Körper ein heftiger Windstoß eiskalter Luft, so dass mir die Augen tränten. Ich hatte noch nie einen derart lebhaften Traum gehabt.

Das hier war immer noch die Frankford Avenue – mehr oder weniger. Über mir verlief immer noch die Hochbahn, doch sie stand auf den grünen Trägern, die man Ende der Achtziger abgerissen hatte. Die Schaufenster waren alle ungesichert – es war nicht ein Metallrollladen zu sehen. Und es gab lauter unterschiedliche Geschäfte. Süßwarenläden, Geschäfte für Kinderbekleidung und unabhängige Drogeriemärkte; und in den Fenstern klebten handgeschriebene Verkaufsschilder aus Papier, auf denen die Namen der neuen Produkte und die Preise standen.

Noch irritierender allerdings war die Tatsache, dass der Block meines Großvaters nicht mehr einem kaputtes Lächeln glich. Alle acht Gebäude standen da und bildeten einen kompletten Block. Es gab ein Diner. Ein Geschäft für Damenunterwäsche. Die alte ursprüngliche Hochbahnhaltestelle, mit dem Pizzastand darunter. Der Kiosk im Erdgeschoss war verschwunden; stattdessen befand sich dort ein altmodischer Lebensmittelladen.

Also war das hier tatsächlich ein Traum. Ich träumte von dem Frankford, das ich aus meiner Kindheit kannte.

Doch es waren keine verschwommenen, vergilbten Polaroid-Kindheitserinnerungen. Das hier war Frankford bei Nacht, dabei durfte ich als Kind nie so spätabends noch auf die Straße.

Ich dachte kurz daran, wieder ins Haus zu gehen, um in irgendeinem imaginären Wandschrank nach ein paar Traumklamotten zu suchen und draußen die Gegend zu erkunden. Aber obwohl mir kalt war, konnte ich dem Verlangen nicht widerstehen, jetzt gleich auf Erkundungstour zu gehen.

Ich lief wie betäubt durch die Gegend. Die Frankford Avenue wirkte beengter, als ich sie in Erinnerung hatte, und die Hochbahn über mir nicht ganz so hoch. Es gab keine leeren Schaufenster. Und kaum Graffiti. Das Ganze wirkte wie eine Frankford-Filmkulisse, dem nachempfunden, wie es in glücklicheren Tagen gewesen sein musste. Hatte meine Erinnerung auch nur annähernd etwas mit der Wirklichkeit zu tun? Oder entsprang dieser ganze Mist bloß meiner Fantasie?

Irgendwo in der Nähe der Church Street, etwa zwei Blocks weiter, spürte ich, wie sich etwas um meinen Fuß wickelte – ein Stück Zeitung. Mein Blick fiel zunächst auf die Schlagzeile, doch sie ergab keinen Sinn:

SAIGON BEFÜRWORTET NIXONS BESUCH IN CHINA

Ich warf einen Blick auf den altertümlichen Schriftzug im Zeitungskopf und rechnete damit, dort *The Philadelphia Inquirer* zu lesen.

Doch stattdessen stand dort *The Evening Bulletin*. Die Zeitung war vor inzwischen fast dreißig Jahren eingestellt worden. Ein schwarzes Kästchen in der rechten Ecke verriet mir, dass ich die Sportausgabe in der Hand hielt.

Das Datum: *22. Februar 1972.*

Zufällig wurde ich an diesem Tag geboren.

Der Nachhimmel hellte sich ein wenig auf, als wäre Gott plötzlich eingefallen: *Ach ja, richtig, Morgen, ich sollte das Licht mal ein bisschen hochfahren.* Plötzlich überkam mich ein Schwindelgefühl, als hätte ich mir intravenös eine Ladung Tequila verpasst.

Inzwischen waren noch mehr Leute unterwegs, sie hasteten an mir vorbei, ohne mich wahrzunehmen – den frierenden Kerl in T-Shirt und Turnhose, der an einem eiskalten Morgen Ende Februar 1972 hier herumstand. Es waren Arbeiter aus Frankford, bekleidet mit Overalls, langen Hosen und Kleidern, die von ihren Reihenhäusern und Wohnungen auf dem Weg zur Hochbahnstation waren, um zur Arbeit zu fahren. Ich fragte mich, wie die Innenstadt von Philly wohl aussähe, in diesem Traum-1972. Vielleicht sollte ich der Menge folgen, mit ihr in die Hochbahn springen und mir die

Stadt ansehen. Die Skyline betrachten, bevor man Neubauten errichtete, die höher als das Rathaus waren.

Doch dann wurde mir erneut schwindlig. Meine Haut fing an zu jucken und zu brennen. Und ich beschloss, mir den Ausflug in die Traum-Center-City zu schenken und das Apartment aufzusuchen ... das Büro ... was auch immer. Vielleicht war Erna inzwischen damit fertig, Mitchell einen zu blasen. Vielleicht konnte ich mich auf das unbequem aussehende Sofa legen und wieder bei Meghan im Bett aufwachen. Dem physikalischen Aspekt des Ganzen konnte ich später noch auf den Grund gehen.

Inzwischen brannte meine Haut wirklich heftig. Allmählich machte ich mir ein wenig Sorgen. Ich hatte keine Lust, im Traum auf der Frankford Avenue zu verbrennen, nur um dann mit einem umgekippten Heizgerät auf meinem Körper aufzuwachen und festzustellen: *Wow, ich bin ja wirklich verbrannt.* À la Rod Serling.

Ich rannte die Avenue hinunter und schlängelte mich an den Leuten vorbei, die mich nicht sehen konnten. Nur ein Typ, der vor seiner Drogerie den Gehweg fegte, schien mir hinterherzustarren.

Als ich den zweiten Stock von Grandpa Henrys Gebäude erreichte, wurde ich von mehreren heftigen Schwindelanfällen gepackt. Normalerweise reicht bereits ein Anfall, um einen umzuwerfen, doch diese hörten gar nicht mehr auf. Ich musste mich hinlegen. Oder aufwachen. Irgendwas. Ich griff nach dem Türknauf.

Abgeschlossen.

Ich zog daran, und dann fiel es mir wieder ein. Ich hatte die Tür beim Verlassen des Zimmers selbst verriegelt.

Halt, was redete ich da überhaupt? Das hier war ein gottverdammter Traum, also sollte es keine Rolle spielen, ob ich die Tür verriegelt hatte. Ich zog noch fester daran, trat gegen die Tür, brüllte sie an. Komm schon, Traumtür. Spring. Jetzt. Auf. Erna? Bist du da drin? Würde es dir vielleicht etwas ausmachen, von Mitchells Schoß abzulassen, um die Tür zu öffnen?

Die frühe Morgensonne drang jetzt durch das Fenster, das nach Osten hinausging. Das sich darin brechende Licht ergoss sich in schillernden Farben über den ganzen Flur. Meine Haut fühlte sich irrsinnig heiß an, Hiroshima-nach-der-Explosions-heiß, kurz davor, bei der geringsten Berührung zu verglühen.

Ich warf mich mit der Schulter gegen die Tür, und dann noch einmal, mit jedem Mal stärker.

Immer noch nichts.

Die Sonne knallte jetzt heftig durch das Fenster am Ende des Flurs. Ich nahm die linke Hand hoch, um meine Augen zu bedecken, und im selben Moment verspürte ich einen stechenden Schmerz, als hätte ich das falsche Ende eines heißen Lockenstabs angefasst. Mit tränenden Augen blickte ich gerade noch rechtzeitig auf, um zu sehen, wie ein Lichtstrahl zwei meiner Finger wegbrannte.

Erst den Ringfinger.

Dann den kleinen.

Aus meinem Mund drang ein gepresster Schrei, dann riss ich meine Hand aus dem Licht. Und drückte mich mit dem Rücken gegen die Tür. Hatte sich gerade tatsächlich ein Lichtstrahl wie ein Laserschwert durch meine Finger gefräst?

Ich zwang mich, nach unten zu schauen. Am Boden, zu meinen Füßen, lagen mein Ringfinger und mein kleiner Finger.

Sie waren nicht abgetrennt worden. Jedenfalls nicht im herkömmlichen Sinne. Es waren weder Blutspritzer noch Hautfetzen oder freiliegende Knochen zu sehen. Dort lagen Knetfinger, die von einer Knethand abgetrennt worden waren.

Nach ein paar Sekunden fingen sie an zu verblassen und verschwanden schließlich ganz.

III
Das Ding mit den drei Fingern

Auf einer Krankenhaustrage kam ich wieder zu mir; mein Schädel war kurz davor zu platzen, und mein Hals war ganz rau. Hin und wieder stieß eine Person im blauen Kittel gegen mein Bett, das dicht an der Wand eines belebten Flurs stand. Jeder Ruckler versetzte dem Stachel, der sich Zentimeter für Zentimeter ins Innere meines Gehirns vorarbeitete, einen brutalen Schlag. Im Mund hatte ich den Geschmack von dreckigen Pennies. Am liebsten hätte ich mich übergeben.

Schließlich rollte ich mich auf die Seite und zog mich am Metallgestell in die Sitzposition. Ich fuhr mir über meinen Fünf-Tage-Bart, tätschelte mir Brust und Bauch. Alles noch da. Ich trug immer noch meine kurzen Nylonhosen und das T-Shirt. Und Ringfinger und kleiner Finger der linken Hand waren auch noch dran.

Doch sie fühlten sich beide völlig taub an, als wäre ich darauf eingeschlafen. Sie ließen sich auch nicht krümmen. Zumindest nicht ohne unerlaubterweise meine andere Hand zur Hilfe zu nehmen, in der, wie ich jetzt bemerkte, eine Infusionsnadel steckte. Mein Gott, was war letzte Nacht passiert?

Jemand eilte an meiner Trage vorbei und blätterte Unterlagen auf einem Klemmbrett durch.

»Hey«, rief ich, und der Typ blieb unvermittelt stehen.

»Ja?«

»Wo bin ich?«

»Im Frankford Hospital, Mensch. Sie hatten eine Überdosis.«

»Eine *was?* Wie bin ich hierhergekommen?«

»Ihre Freundin hat Sie hergebracht. Sie war völlig verängstigt. Ich an Ihrer Stelle würde mal darüber nachdenken, mir Hilfe zu suchen. Aber ich bin bestimmt nicht der Erste, der Ihnen das sagt.«

Und dann lief er weiter den Flur hinunter.

Eine *Überdosis?*

Ich musste dringend hier raus. Mit den drei gesunden Fingern meiner linken Hand packte ich die Infusionsnadel, riss sie heraus und setzte mich auf. Es spritzte ein wenig Blut heraus, also zog ich das Klebeband hoch und bedeckte damit das Einstichloch.

Das hier war also das Frankford Hospital. Es war schon ein paar Jahre her, dass ich das letzte Mal hier gewesen war – und das war im alten Gebäude gewesen, das man abgerissen und durch dieses ersetzt hat.

Mein Großvater lag hier, auf irgendeinem dieser Stockwerke. Für einen Moment dachte ich daran, noch etwas zu bleiben und ihn zu besuchen, um mich endlich dieser Pflicht zu entledigen. Auf diese Weise konnte ich zwei Fliegen mit einer Klappe schlagen: mich von der Überdosis erholen – erledigt; Großvater besuchen – erledigt. Doch dann fiel mir ein, dass ich keine

Schuhe anhatte, dass ich verkatert und verwirrt war. Ich musste dringend duschen und ein Nickerchen machen. Ein Nickerchen von zwei Wochen.

Und ich musste mich vergewissern, dass es Meghan gutging, und dass sie mich nicht für ein komplettes Arschloch hielt.

Sobald ich halbwegs sicher war, das ich nicht kotzen musste, schwang ich meine Beine über den Rand der Trage und rutschte herunter. Zunächst war ich noch etwas wacklig auf den Beinen, aber es ging. Und so marschierte ich aus dem Krankenhaus. Niemand versuchte, mich aufzuhalten. Warum auch? Ich war bloß ein Junkie in Nylonshorts und abgewetztem T-Shirt. Verdammt, ich tat ihnen einen Gefallen.

Während ich die vier Blocks zum Apartment zurücklief, achtete ich darauf, nicht in die Glassplitter auf dem Gehweg zu treten. Eine alte Frau, eingehüllt in einen schmutzigen alten Schal und ein zerrissenes Kleid voller Flecken, starrte mich aus dem Eingang eines Lebensmittelgeschäfts an, das vor langer Zeit dichtgemacht hatte. In ihrem Blick lagen Erschütterung und Wut.

»Da bist du ja! Lässt du dich also endlich hier blicken?«

Willkommen zu Hause, Mickey Wade.

»Du Scheißkerl!«

Ich lief einfach weiter.

Meghan hatte die Tür abgeschlossen. Doch sie hatte daran gedacht, den Schlüssel unter die Fußmatte zu legen, die gute Seele. Ich konnte nur erahnen, was sie letzte Nacht meinetwegen durchgemacht hatte. Kein Wunder, dass sie ausgeflogen war.

Das Sofa in der Wohnung war immer noch ausgezogen, die Decken waren zerwühlt, und die Kissen lagen kreuz und quer. Außerdem waren die Kartons zur Seite geschoben worden. Offensichtlich hatte ich im Schlaf das Bewusstsein verloren. Meghan musste es mit der Panik gekriegt und den Notruf gewählt haben.

Ich drückte mein Gesicht gegen das Kissen, auf dem sie geschlafen hatte. Es duftete nach ihr – nach Vanille und dem lieblichsten Früchtearoma, das man sich denken konnte. Das hatte ich also nicht geträumt. Meghan war letzte Nacht tatsächlich hier gewesen.

Und irgendwie hatte ich es geschafft, mir mit Bier und Tylenol eine Überdosis zu verpassen.

In Granpa Henrys mikroskopisch kleinem Kühlschrank war nichts weiter als die zwei Yuengling von gestern Abend. Ich hatte keine Lust, nochmal nach unten zu traben und etwas Anständiges zum Frühstück zu kaufen, wie eine Diät-Cola oder eine Flasche Kakao. Also öffnete ich ein Bier. Vielleicht konnte ich damit die Kopfschmerzen vertreiben. Und wenn nicht, verschaffte das wenigstens meinem Hals etwas Linderung. Abgesehen davon, erwartet man das nicht von arbeitslosen Autoren? Dass sie sich um acht Uhr morgens ein kaltes Bierchen genehmigen?

Ich klappte meinen Laptop auf, um die Jobbörsen durchzuforsten. Doch es gab nicht viel zu forsten – jedenfalls nicht für arbeitslose Journalisten. Vor ein paar Jahren konnte ein Journalist ohne Job noch als Lehrer oder Pressereferent arbeiten. Doch inzwischen prügelten sich die richtigen Lehrer und Pressereferenten wie bei Deathmatch um dieselben Jobs. Schreiberlinge hatten da keine Chance.

Meine Augenlider fühlten sich wie Betonplatten an, also gab ich es auf, nahm erneut ein paar Schlucke und ließ mich auf die Ausziehcouch fallen. Irgendwo im Nebel meiner Bewusstlosigkeit hörte ich, wie mein Handy einmal klingelte. Ich hob die linke Hand, die Finger immer noch taub, und tastete nach dem Telefon, in der leisen Hoffnung, dass es Meghan war. Nope: meine Mom. Ich drückte die Ignorieren-Taste und schloss die Augen. Wahrscheinlich wollte sie wissen, ob ich schon einen Job gefunden hatte. Oder bei meinem Großvater gewesen bin. Oder ob ich mich inzwischen berappelt hatte.

Etwas später wurde ich vom Gerumpel der Hochbahn geweckt.

Ich war ziemlich beunruhigt, als ich feststellte, dass die zwei Finger meiner linken Hand *immer noch* taub waren. Warum hatte ich immer noch kein Gefühl in den Fingern? Vielleicht hatte ich sie mir auf dem Weg ins Krankenhaus irgendwo angeschlagen und mir dabei die Nerven verletzt. Das wäre echt klasse. Wozu braucht ein arbeitsloser Schreiberling überhaupt Finger?

Ich rollte mich von der Couch, denn ich hatte einen

Mordshunger. Doch in Granpas Küchenschränken befand sich lediglich Junk-Food für alte Männer – ein paar Thunfischdosen, Tomatencremesuppe, eine Schachtel Cracker und eine Tüte mit Chipskrümeln. Vielleicht konnte ich meinen Kopf in die Tüte stecken und etwas mit Nährwert einatmen.

Ich entschied mich für den Thunfisch, allerdings dauerte es eine Weile, bis ich einen Öffner aufgetrieben hatte. Nachdem ich die Dose verputzt hatte, machte ich mich über jeden einzelnen der muffigen Spanholz-Cracker her und spülte sie mit Leitungswasser hinunter, das nach Salz und Metall schmeckte.

Okay, genug Zeit geschunden. Ich schnappte mir das Handy von der Couch mit dem Hahnentrittmuster. Es war an der Zeit, Meghan anzurufen und mich auf meine typisch unbeholfene Art zu entschuldigen. Und vielleicht herauszufinden, was zum Henker eigentlich passiert war.

Zunächst hörte ich die Nachricht meiner Mutter ab:

»Mickey, hier ist deine Mom. Ich wollte nur hören, wie es dir in der Wohnung ergeht. Warst du schon im Krankenhaus, um deinen Großvater zu besuchen?«

Ja, Mom, könnte ich wahrheitsgemäß antworten, *ich bin heute Morgen gleich als Erstes im Krankenhaus gewesen.*

»Wie auch immer, vielleicht kannst du ja am Wochenende zum Essen mit Walter und mir vorbeikommen. Er hat nach dir gefragt. Sag Bescheid, dann hol ich dich ab.«

Walter war ihr Lebensgefährte. Ich konnte ihn nicht leiden. Sie wusste das, tat aber so, als wüsste sie es nicht. Ich löschte die Nachricht.

Der Akku war fast leer, also suchte ich nach einer Möglichkeit, es aufzuladen. Ein schwarzes Stromkabel schlängelte sich über den Boden, um eine Pappschachtel herum zur Rückseite eines Gegenstands, der unter einem Stapel Ordner begraben war. Zu meiner Überraschung handelte es sich um einen silbernen Technics-Plattenspieler.

Das Ding sah aus, als wäre es dreißig Jahre alt. Ich drückte auf den Einschaltknopf des silbernen Tuners darunter, dann fuhr ich mit dem Zeigefinger über die Nadel, worauf ein Kratzgeräusch, ein Knacken ertönte. Er funktionierte noch.

Ich zog eine der Platten meines Vaters aus einer Kiste – Sweets *Desolation Boulevard* – und hörte mir »The Six Teens« an, während ich das warme Yuengling austrank, das ich vor ein paar Stunden geöffnet hatte.

Es war das erste Mal, dass ich mir eines dieser Alben anhörte.

Die LPs hatten meinem Dad gehört. Meine Mom hat sie mir zu meinem einundzwanzigsten Geburtstag in die Hand gedrückt. Sie erzählte mir, dass ich sie mir als kleines Kind gerne angeschaut hätte. Nun, den letzten Plattenspieler hatte ich mit acht Jahren besessen – eine Spider-Man-Anlage mit abnehmbaren Lautsprechern voller Spinnweben. Ich hatte also seither keine Möglichkeit gehabt, mir diese Alben anzuhören. Doch hin und wieder hatte ich die drei Kisten mit alten LPs geöffnet und sie durchgeblättert, um die Bilder auf mich wirken zu lassen.

Eure winzig kleinen CD-Cover können mir gestohlen bleiben, und erst recht eure mikroskopisch kleinen iPod-jpegs. Ich stehe auf LP-Cover wie George Hardies schlichtes Schwarz-weiß-Bild eines in Flammen aufgehenden Luftschiffs von *Led Zeppelin I.* Oder die schwebenden Röhrenglocken auf der Vorderseite von Mike Oldfields *Tubular Bells.* Den irren Löwenkopf in Schwarz-weiß auf dem Cover von *Santana,* was ich fälschlicherweise immer wieder als *Satan* gelesen habe. Oder die Stones, die sich auf *Metamorphosis* in Kakerlaken verwandeln. Grand Funk Railroad, Iron Butterfly, The Stones, Lou Reed, Styx – alles Bands, die ich schon wegen ihrer Covergestaltung mochte.

Was die Musik im Innern betraf ... na ja, das war etwas anderes. Man kann »In-a-Gadda-Da-Vida« nur eine bestimmte Anzahl von Malen hören, falls ihr wisst, was ich meine.

Doch ich betrachtete die Cover und stellte mir vor, wie mein Dad mit ihnen vom Plattenladen – wahrscheinlich Pat's auf der Frankford Avenue – nach Hause zurückkehrte, seine Kopfhörer aufsetzte und der Musik lauschte, während er ebenfalls die Cover betrachtete, seiner Fantasie freien Lauf ließ und davon träumte, eines Tages selbst eine Platte aufzunehmen.

Doch das hat er nie getan. Er wurde getötet, bevor er Gelegenheit dazu hatte.

Während mein Handy geladen wurde, ging ich unter die Dusche, zog mir ein T-Shirt und eine Jeans über und wagte mich vor die Tür, um was zu essen zu kaufen. Zunächst brauchte ich jedoch Geld. In der Nähe des Sav-N-Bag am anderen Ende der Frankford Avenue, kurz vor dem Ende der Hochbahn, gab es einen ramponierten Geldautomaten. Der Weg dorthin war genauso deprimierend, wie ich ihn mir ausgemalt hatte. Verrammelte Schaufenster. Die verlassenen Gebäude von Fast-Food-Filialen, in der eine Zeit lang Arztpraxen untergebracht gewesen waren, bevor diese ebenfalls dichtmachten.

Am Geldautomaten hielt ich kurz Ausschau nach möglichen Straßenräubern, dann schob ich rasch meine Karte in den Schlitz und drückte die entsprechenden Tasten. Ich forderte 60 Dollar an – gerade genug, um etwas Aufschnitt, vielleicht ein paar Suppendosen und ein paar Schachteln Frühstücksflocken zu kaufen. Die Grundnahrungsmittel eines Junggesellen.

Meine Anfrage wurde zwar bewilligt, doch auf meinem Beleg stand, dass ich nur noch 47 Dollar auf meinem Konto hatte.

Halt, halt, halt. Das konnte nicht sein. Es mussten noch mehr als 675 Dollar sein! Was war mit meiner letzten Überweisung von der Zeitung? Heute war Freitag. Zahltag. Mein letzter. Vielleicht für immer.

Durch ein Wunder kriegte ich den stellvertretenden Leiter der Personalabteilung ans Telefon. Komisch, dass die Zeitung es sich leisten konnte, Autoren und Grafikdesigner zu feuern, aber niemanden aus der Geschäftsführung. Derzeit bestand die Personalabteilung der Zeitung aus drei Mitarbeitern; und nach meiner Kündigung gab es exakt noch einen festangestellten Nachrichtenreporter. Welches Personal wollte die Personalabteilung eigentlich verwalten?

Der stellvertretende Leiter der Personalabteilung – Howard – erklärte mir, dass die letzte Zahlung durch die Krankentage, die ich der Zeitung noch schuldete, bereits abgegolten sei.

»Nein. Nein. Das kann nicht stimmen.«

Howard versicherte mir, dass es stimmte.

»Ich war keinen einzigen Tag krank. Ich bin Reporter – ich war oft draußen unterwegs. Also, auf Recherche.«

Howard erklärte mir, dass ihm die Hände gebunden seien.

»Hören Sie, Howard, ehrlich, Sie irren sich. Klären Sie das mit Foster ab.«

Howard wollte wissen, wer Foster sei.

»Star Foster. Die Chefredakteurin? Also, Ihrer Zeitung?«

Howard sagte, dass es keinen Unterschied mache, wenn er mit Foster redete, oder was sie vielleicht sagte. Er habe meine Stundenzettel vor sich liegen. Und allein die seien für ihn ausschlaggebend.

»Sie verstehen nicht. Ich möchte … nein, ich *brauche* mein komplettes letztes Gehalt.«

Howard erklärte mir, dass es ihm leidtue, wünschte mir alles Gute und legte auf.

Was bedeutete, dass ich, falls ich Howard nicht umgestimmt hatte, mit exakt 47 Dollar – plus der 60, die ich gerade abgehoben hatte – eine halbe Ewigkeit lang auskommen musste.

Wie die meisten Amerikaner hatte ich nichts gespart. Jeden Monat schrammte ich knapp am Minus vorbei, mein Konto war eher so was wie eine kurzfristige Durchgangsstation für eine kleine Summe Geld, die von der Zeitung zu einer Reihe Kreditkartenfirmen, Unternehmen und Einrichtungen wanderte.

Meine bisherige Haushaltsführung war einfach gewesen: Wurde das Geld knapp, verringerte ich einfach bis zum nächsten Zahltag meine Ausgaben. Diese Vorgehensweise beruhte natürlich darauf, dass es einen weiteren Zahltag *gab*.

Mom um Unterstützung anzuhauen, kam nicht infrage. Noch nicht jedenfalls. Mir Großvaters Wohnung zur Verfügung zu stellen, war ihre Art von Hilfe – ein vorsichtiger Vorschlag, kein Almosen. Sie um einen Kredit zu bitten, würde nur ihre lebenslange Ansicht bestätigen, dass die Männer der Familie Wadcheck nicht in der Lage waren, irgendetwas bis zum Ende durchzuziehen: die Ehe, die Vaterschaft (mein Granpa), Songs, Plattenaufnahmen, das eigene Leben (mein Vater), eine Beziehung, eine Karriere (ich). Ich war also auf mich allein gestellt.

Ich hatte Hunderte von Artikeln geschrieben und wirklich jeden in der Stadt interviewt, von einflussreichen Persönlichkeiten über korrupte Bullen bis zu Drogenabhängigen, die in abbruchreifen Lagerhallen hausten. Und drei Jahre lang hatten Tausende von Leuten meine Artikel gelesen und wussten, wer sie verfasst hatte. Schließlich erkannte man in Bars oder Restaurants sogar den Namen auf meiner Bankkarte. *Sind Sie nicht der Mickey Wade, der für die* Press *schreibt?*

Nope. Ich bin nur irgendein Trottel, der in seinem alten Viertel, ohne Job und mit etwa sechzig Dollar in der Tasche vor einem Supermarkt herumlungert.

»Du Schwein.«

Ich fuhr herum. Es war die alte Lady von heute Morgen, sie lehnte an der Steinmauer des Supermarktes. Aus der Nähe wirkte sie noch fertiger. Schlechte Zähne, wässrige Augen. Offensichtlich hing sie den ganzen Tag auf der Frankford Avenue herum und wartete auf irgendwelche Versager, die sie verhöhnen konnte. Mit einem gekrümmten, knochigen Finger deutete sie jetzt in meine Richtung.

»Der Tag wird kommen, an dem du kriegst, was du verdienst.«

Oh, wie hatte ich Frankford vermisst.

Ein Redakteur von der *Press* namens Alex Alonso erklärte mir mal, welche drei Nährstoffe ein Mensch zum Überleben benötigt. Er hatte früher auf einem Fischerboot in Alaska gearbeitet – ein Job, bei dem man für ein hübsche Stange Geld zwei Monate lang eine aufreibende, ekelerregende Hölle über sich ergehen lässt. Alex meinte, das Ganze bestehe mehr oder weniger aus achtzehn Stunden hektischer Arbeit, gefolgt von sechs Stunden Schlaflosigkeit. Zwei Monate lang hatte er sich von nichts anderem als Äpfeln, Erdnussbutter, billigem Bier und Kokain ernährt.

Seit Jahren trage ich dieses nützliche Halbwissen mit mir herum, für den Fall, dass es mal superknapp wird. Kokain ist zwar nicht billig, aber darauf kann man auch verzichten. Was Alex am Leben gehalten hatte, waren Ballaststoffe (Äpfel), Eiweiß (Erdnüsse) und Getreide (das Bier, klar).

Ich war also bereit für meinen Einkauf.

Der Sav-N-Bag hatte sich in den letzten fünfundzwanzig Jahren nicht verändert – immer noch dieselbe schmutzige orange-gelbe Farbkombination, dieselben überfüllten Gänge, dieselben Einkaufswagen mit einem Rad, das sich entweder gar nicht drehte oder einen zwang, den ganzen Einkauf über mit dem Wagen nach links gegenzusteuern. Dieselben beschissenen Nahrungsmittel.

Das hier war ein Supermarkt in einer billigen Gegend, der auf Kunden ohne Autos spezialisiert war. Jeder, der einen Wagen hatte, fuhr zu einem anständigen Supermarkt in Myfair oder Port Richmond.

Glücklicherweise hatte der Sav-N-Bag ein großes Plastikglas Erdnussbutter im Sonderangebot. Kein Markenartikel wie Skippy, Jif oder Peter Pan. Nein, ganz gewöhnliche Erdnussbutter. Ich stellte sie in meinen schmutzigen Plastikkorb und legte eine Tüte winziger Äpfel dazu. Die Rechnung belief sich auf neun Dollar.

Mann, mit diesen Ausgaben würde mein Geld noch anderthalb Monate reichen.

Die Lebensmittel in einer umweltfeindlichen Plastiktüte, lief ich die Frankford Avenue wieder zurück und betrat Willie Shahids Kiosk im Erdgeschoss meines Wohnhauses, um das billigste Sixpack zu kaufen, das ich finden konnte: Golden Anniversary für 4,99 Dollar.

Willie – nicht, dass ich damals wusste, wie er hieß – musterte mich und dachte wohl: *Wow, du hast dein Mädchen und deinen Biergeschmack verloren, und beides am selben Tag. Willkommen in Frankford.*

Während über den Dächern der Reihenhäuser in Frankford die Sonne unterging, machte ich mich über mein Abendessen her – vier Esslöffel Erdnussbutter, einen Apfel und zwei Dosen Golden Anniversary. Als ich aufgegessen hatte, war ich immer noch hungrig. Und bei weitem nicht betrunken genug.

Ich versuchte Meghan zu erreichen, hatte aber nur ihre Mailbox dran. Also hinterließ ich ihr eine Nachricht.

»Hey, ich bin's. Mickey. Oder, wenn es dir lieber ist, Mr. Wadcheck. Also, es tut mit aufrichtig leid wegen letzter Nacht, und um ganz ehrlich zu sein, ich bin etwas verwirrt. Wenn du mich jetzt nicht abgrundtief hasst, ruf mich bitte zurück, okay? Okay.«

Okay.

Ich legte ein weiteres von den alten Alben meines Vaters auf den Plattenteller: Pilots gleichnamige Debüt-LP. Als Kind liebte ich das zweite Stück, »Magic«, und ich wollte es nochmal so hören, wie man es hören sollte – mit Kratzern und Knackern. So wie mein Dad es gehört hatte.

Von der Wah-wah-Gitarre bekam ich allerdings Kopfschmerzen. Also marschierte ich ins Badezimmer und nahm zwei Tylenol-Tabletten. Trotz allem, was passiert war, wollte ich die Sache locker nehmen. So sind wir halt, wir zügellosen Schmerzmittel-Junkies.

Und dann passierte es erneut.

Gerade noch saß ich aufrecht. Und im nächsten Moment lag ich auf dem Boden dieses seltsamen Büros. Mit demselben braunen Papier an den Fenstern. Demselben Topffarn. Denselben Aktenschränken. Demselben Klubsessel. Demselben Schreibtisch. Hinter dem derselbe pummelige Arzt hockte.

Im Büro war es stickig von der trockenen Ventilatorluft und totenstill. Ich konnte den verkohlten Staub riechen.

Was ging hier ab? Ich hatte keine Ahnung. Alles fühlte sich real an und wirkte auch so. Dies war weder ein Tagtraum noch eine Fantasievorstellung. Und auch keine Halluzination. Jeder meiner Sinne sagte mir dasselbe: Ich befand mich tatsächlich in diesem Zimmer.

Als ich an mir herabblickte, bemerkte ich, dass der Ringfinger und der kleine Finger meiner linken Hand wieder fehlten. Aber es waren weder Wunden noch irgendwelche Narben zu sehen. Lediglich ein Stück geglättete Haut anstelle der Finger.

Wenn dies ein Traum *war,* dann befand ich mich wieder in der Vergangenheit. Ich fragte mich, welches Jahr wir hatten, und suchte nach meinem Laptop – bis mir einen Moment später klarwurde, was für ein Idiot ich war.

Inzwischen hatte Dr. DeMeo sich auf seinem quietschenden Metallstuhl herumgedreht und betätigte einen Schalter. Das Summen einer elektrischen Schreibmaschine ertönte. Dann knackte er mit den Fingerknöcheln, und wenige Sekunden später war der Raum vom Maschinengewehr-Geklapper der Tasten erfüllt. Wann habe ich dieses Geräusch zuletzt gehört? In der Highschool?

»Lassen Sie sich nicht stören, Doc«, sagte ich. »Ich komme schon alleine wieder hoch.«

Dr. DeMeo tippte weiter, ohne mich auch nur ansatzweise wahrzunehmen.

»Sie können nichts hören von dem, was ich sage, stimmt's, Sie fetter verschwitzter Scheißkerl?«

Die Maschine verstummte, aber nur weil Dr. DeMeo sich zur Seite gewandt hatte, um einen Blick auf seinen Schreibtisch zu werfen. Dann fuhr er mit seinem Geklapper fort.

»Hey, Sie haben echt viel zu tun«, sagte ich. »Aber ich kann damit leben.«

Ich trat ein paar Schritte vor und spähte über Dr. DeMeos Schulter. Als Autor halte ich das für eine Todsünde, die durch das Abtrennen einzelner Körperteile zu bestrafen ist. Doch DeMeo konnte mich nicht sehen, was spielte es also für eine Rolle?

Nach der Einnahme von 500 mg fiel der Proband innerhalb von 2 Minuten in einen ruhigen Schlaf. Ungefähr 90 Minuten später erwachte der Proband und fing an, den Testraum ausführlich, wenn auch vage zu beschreiben. Stellte man ihm Fragen wie »Welche Farbe hatte der Teppich?«, »Wie viele Trinkgläser standen auf dem Tisch?« oder »Ist Ihnen an den Wänden irgendetwas Besonderes aufgefallen?«, machte er Aussagen allgemeiner Natur, offenbar zu dem Zweck, dem Versuchsleiter Informationen zu entlocken. Der Versuchleiter ist daher der Überzeugung, dass der Patient sich bemüht hat, eine erfolgreiche Erfahrung vorzutäuschen, indem er die Details so vage hielt, dass der Eindruck entstand

Er hörte auf zu tippen und lehnte sich auf seinem Stuhl zurück, so dass er fast gegen meinen Körper knallte.

»Erna?«, fragte er. »Bist du das?«

Weit gefehlt, mein Dicker.

DeMeo wuchtete sich nach vorne, um erneut einen Blick auf seine handschriftlichen Notizen zu werfen. Ich spähte auf das Datum über dem Bericht:

25. Februar 1972

Also gut, ich war immer noch in dem Traum von der Vergangenheit gefangen. Einer Vergangenheit, die ich sehen, riechen, anfassen und hören konnte. Ich war mir ziemlich sicher, dass ich auch etwas schmecken würde, wenn ich daran leckte. Wie etwa an dem halb aufgegessenen Doughnut auf DeMeos Schreibtisch. Doch für diese Art Experiment war ich noch nicht bereit. Schließlich wusste ich nicht, was DeMeo mit seinem Mund alles berührt hatte.

Der Arzt drehte sich auf dem Stuhl wieder Richtung Schreibmaschine. Und erneut ertönte das Maschinengewehr-Geklapper.

So schnell und leise, wie ich konnte, glitt ich durch die Vordertür. Ob er merkte, wie sich die Tür für einen kurzen Moment öffnete und dann von alleine zuschlug? Ich hatte keine Ahnung, und ehrlich gesagt war mir das auch scheißegal.

Unten auf der Frankford Avenue war nicht viel los. Es waren kaum Autos auf der Straße, und auf dem Gehweg waren nur wenige Leute unterwegs. Die Geschäfte hatten längst geschlossen, doch ein paar Bars und Lebensmittelläden waren noch für die Säufer und Arbeiter der Spätschicht geöffnet. Es war kalt. Ich lief zur Straßenecke und starrte die Margaret Street hinunter.

Was ich noch nicht erwähnt habe: Ich bin um die Ecke von Grandpas Apartment aufgewachsen.

Im wahrsten Sinne des Wortes.

Die Darrah Street verläuft, einen Block weiter, parallel zur Frankford Avenue. Die Straße wurde nach einer Heldin des Unabhängigkeitskrieges namens Lydia Darragh benannt. Der Legende nach belauschte sie die Pläne der Briten, Washingtons Armee in einen Hinterhalt zu locken. Ihren Freunden sagte sie, sie müsse bei einer der Mühlen in Frankford Mehl kaufen. Doch auf den Weg dorthin steckte sie den Amerikanern ihre Informationen, dann kaufte sie das Mehl und kehrte nach Hause zurück. Aufgrund ihres Ausflugs nach Frankford wurde der Angriff ein Reinfall und Dutzende amerikanischer Leben wurden verschont – darunter möglicherweise auch das von George Washington. Keine Ahnung, warum die Stadtoberen das »g« aus Daraghs Nachnamen gestrichen haben, als sie mit einer Straße geehrt wurde (einem früheren Pfad, der nahe der Getreidemühle vorbeiführte). Keine Ahnung, ob die Geschichte überhaupt stimmte. Aber sie bot genug Stoff für ein oder zwei Geschichtsreferate in der Grundschule.

Sonst war die Darrah Street nichts Besonderes. 2002 ist meine Mutter schließlich nach Northwood gezogen, das als »besserer« Teil von Frankford gilt.

Ein paar Jahre später, kurz nachdem ich bei der *City Press* meine Festanstellung als Autor angetreten hatte, stolperte ich über eine Pressemitteilung aus dem Büro des State Attorney General, mit Einzelheiten zur Zerschlagung eines stadtweit operierenden Drogenrings.

Eine der Adressen darin fiel mir sofort ins Auge: der 4700er Block an der Darrah Street. Ich konnte es nicht fassen. Ein Drogenring, direkt in dem Block, wo ich aufgewachsen war! Ich rief den Pressesprecher des State Attorney Generals an, um weitere Einzelheiten zu erfahren, denn die Geschichte bot vielleicht genug Stoff für eine Kolumne. Wie sich herausstellte, war nicht nur mein alter Block betroffen. Der Drogenring operierte direkt aus dem *Haus meiner Kindheit* heraus.

Ich sah die Namen der Angeklagten nach, dann rief ich meine Mom an.

Sie bestätigte die Geschichte: Ohne es zu wissen, hatte sie ihr Haus an ein (mutmaßliches) Drogendealerpaar verkauft.

»Sie schienen ein nettes junges Paar zu sein.«

Da bin ich sicher. Wer konnte schon ahnen, dass sie eine Organisation leiteten, die in der ganzen Stadt (angeblich) Heroin im Wert von mehreren hunderttausend Dollar verkaufte?

Trotzdem war es beunruhigend, zu erfahren, dass das Haus, in dem man aufgewachsen war, in dem man laufen gelernt hatte, in dem man seine ersten Bücher gelesen, seine ersten Geschichten geschrieben und seine erste Freundin befummelt hatte, zum Hauptquartier von Leuten geworden war, die ihre Zeit damit verbrachten, Heroin in winzige Plastiktütchen zu stopfen.

Ich hatte die Story dann nicht weiterverfolgt.

Wenn heute tatsächlich der 25. Februar 1972 war, dann war ich drei Tage alt und lag, nur einen Block von hier, schlafend in meinem Kinderbett.

Ich fragte mich, wie weit ich es in diesem Traum wohl treiben konnte.

Dieser Abschnitt der Darrah Street wurde zur Hälfte von Wohnhäusern, zur Hälfte von einem Gewerbegebiet gesäumt – auf der einen Seite kleine Reihenhäuser, auf der anderen eine Feuerwache und eine Fabrik. Diejenigen, die auf der Reihenhausseite wohnten, wurden beim Blick aus den Vorderfenstern ständig an die Arbeit erinnert. Und diejenigen, die auf der anderen Straßenseite arbeiteten, wurden ständig an zu Hause erinnert.

Ich stand auf der Fabrikseite der Straße und betrachtete das Haus meiner Kindheit. Was mir als Kind so groß vorgekommen war, wirkte jetzt, mit den Augen eines Erwachsenen, lächerlich beengt. Vor dem Haus parkte der Dodge Dart meiner Eltern. Das Vordach war noch nicht weiß gestrichen; ich kann mich erinnern, dass mein Dad das tat, als ich fünf oder sechs Jahre alt war, und wie ich ihm dabei »geholfen« habe. Jetzt waren der ursprüngliche braune Backstein und der ockerfarbene Zement zu sehen. Im Wohnzimmerfenster brannte Licht.

Von der anderen Straßenseite aus konnte ich mich schreien hören.

Zumindest nahm ich an, dass ich das war. Das Geschrei kam offensichtlich direkt aus dem Vorderfenster von Nummer 4738. Und ich war zu dieser Zeit das einzige Baby im Haus.

Ich blickte nach links, dann nach rechts – die Straße war leer –, dann ging ich hinüber und lief die Betonstufen zum Vordach hinauf. Ich fühlte mich, als würde ich das Bühnenbild einer Schulaufführung betreten. Alles war so winzig.

Ich hatte gar nicht mehr gewusst, wie die Einrichtung unseres Hauses in meiner Kindheit ausgesehen hatte. Es stammte direkt aus dem *Lifestyle-Führer für den modernen Hippie:* rote Samtwände, braune Teppiche. In einer Ecke stand eine Buddhastatue, umgeben von Weihrauchgefäßen und Aschenbechern. Außerdem gab es eine Fernsehtruhe – gebraucht, stellenweise abgeschlagen. Meine Mom hockte auf einer Secondhand-Couch. Ich wusste noch, wie ich auf die Couch geklettert war, bis das Gestell drohte, unter meinem Gewicht zusammenzubrechen.

Meine Mom zitterte. Nein – sie *schluchzte.* Das Gesicht in den Händen.

In der anderen Ecke des Zimmers stand ein Korbwagen. Er zitterte ebenfalls leicht. Ich konnte mich selbst nicht sehen, doch ich hörte, wie ich unablässig schrie. Entweder hatte ich Hunger, oder ich hatte mir in die Hose gemacht. Ganz egal, was. Ich brauchte irgendeine Form von Zuwendung.

Komm schon, Mom. Worauf wartest du noch? Nimm mich raus! Wo ist mein Dad? Warum nimmt er mich nicht hoch?

Dann fiel es mir wieder ein. Ich war an einem Dienstag geboren geworden; es musste also Freitag sein. Showtime. Mein Dad und seine Band hatten irgendwo einen Auftritt.

Ich hörte einfach nicht auf zu schreien. Ich spürte, wie meine Hände zu zittern anfingen. Warum nahm sie mich nicht heraus? Hatte sie etwa schon genug von mir?

Bevor ich mich's versah, hatte ich meine rechte Hand gehoben. Und fing an, mit meiner Faust gegen das Fenster zu klopfen.

IV

Der Mörder meines Vaters

Meine Mutter hob den Kopf. Ihr Gesicht war knallrot. Mein Gott, war sie jung. So unglaublich jung.

»Ist da jemand?«, fragte sie; ihre Stimme drang gedämpft durch das Glas.

Plötzlich bekam ich es mit der Panik und hechtete links neben das Fenster.

»Hallo? *Ist da jemand?*«

Kurz darauf erschien ihr Gesicht am Fenster und spähte hinter den aufgezogenen Vorhängen nervös nach draußen. Für einen Moment hielt ich die Luft an. Sie war bei meiner Geburt erst achtzehn Jahre alt, doch dieses Alter war nur etwas Abstraktes. Für mich war sie immer meine Mutter gewesen, immer achtzehn Jahre älter als ich. Außer jetzt. Jetzt war ich ein Geist, der auf der Veranda vor dem Haus seiner Kindheit stand, ich war siebenunddreißig Jahre alt und betrachtete das Gesicht der Frau, die mich zur Welt gebracht hatte – plötzlich zwei Jahrzehnte jünger als ich. Und sie hatte geweint. Ihre Wangen waren immer noch feucht, ihre Augen gereizt und gerötet. Sie wirkte verloren. Allein. Verstört. Völlig verängstigt. Alles zugleich.

Und ihr Ehemann war in Frankford irgendwo in einer Bar – oder in der Nähe von Kensington. Wahrscheinlich hatte sie ihm gesagt, dass es kein Problem für sie sei, sich alleine um das Baby zu kümmern, doch was hatte sie schon für eine Wahl? Sie brauchten das Geld. Schließlich hatten sie jetzt ein weiteres Maul zu stopfen.

Nach einer Weile trat sie vom Fenster fort und fing an, mit dem Baby zu reden, mit mir, in einem mechanischen, monotonen Tonfall. *Okay,* sagte sie. *Okay, ich komme. Hör auf zu schreien, ich komme. Hör auf zu schreien.*

Erneut fühlte ich mich benommen und schwindlig. Ich hatte keine Ahnung, ob ich wieder dort aufwachen würde, wo ich eingeschlafen war, doch ich wollte es nicht riskieren, mitten in der Nacht auf der Darrah Street zu mir zu kommen.

Auf dem Weg nach oben lief ich erneut dem rothaarigen Jungen in die Arme. Er hockte mit gespreizten Knien am oberen Absatz der ersten Treppe, die Hände zu kleinen Fäusten geballt. Seine grünen Augen durchbohrten mich mit ihrem wütenden Blick. Ich fragte mich, was ich falsch gemacht hatte.

»Du kannst mich immer noch sehen, was?«, sagte ich.

»Warum fragen Sie mich das ständig? Natürlich kann ich Sie sehen. Sie sind doch da, oder nicht?«

»Wo ist deine Mom?«

Er hielt inne, starrte auf seine Füße hinab, dann sagte er: »Unterwegs.«

»Du solltest deiner Mutter sagen, dass sie nachts bei dir zu Hause bleiben soll, statt sich in Bars herumzutreiben.«

»Ja? Sagen *Sie* es ihr.«

Dann stand er auf, rannte die wenigen Stufen zum ersten Stock hoch und knallte die Tür hinter sich zu. Das Geräusch hallte wie eine Gewehrsalve durchs Treppenhaus.

Ich wartete ein Weilchen, dann stieg ich so leise, wie ich konnte, in die zweite Etage hinauf. Ich rüttelte am Türknauf von 3-A. Immer noch verschlossen. Wahrscheinlich hatte DeMeo Feierabend gemacht.

Doch plötzlich öffnete sich die Tür. Der Knauf glitt mir aus der Hand. Und DeMeo sprang aus der Türöffnung, in der Hand eine kleine silberne Pistole, die in seiner fleischigen Faust wie eine Spielzeugwaffe wirkte.

Er konnte mich immer noch nicht sehen. Gott sei Dank. Einige Male wischte er mit dem Lauf der Pistole an meinem Gesicht vorbei, während er in den dunklen Flur spähte.

»Wer ist da?«

Ich trat ein paar Schritte zurück.

»Ich hab gehört, wie du am Knauf gerüttelt hast! Ich weiß, dass du da draußen bist!«

Ich drückte mich mit dem Rücken an die gegenüberliegende Wand.

»Hier gibt es keine Drogen. Und auch kein Geld. Gar nichts! Wenn du dich nochmal hier blicken lässt, puste ich dir das Hirn weg.«

Ich versuchte, die Luft anzuhalten. Und betete, dass ich nicht plötzlich sichtbar wurde.

»Verdammte Hippiejunkies.«

DeMeo blickte ein letztes Mal den Flur rauf und runter, bevor er mit eingezogenem Kopf ins Zimmer zurücktrat.

Ich rutschte an der Wand hinunter, bis ich auf dem Flurboden hockte.

Ich habe keine Ahnung, wie lange ich dort saß und ins Leere, in die Dunkelheit starrte. Schließlich hörte ich, wie unten mit einem lauten Knall die Tür aufgestoßen wurde; Stöckelschuhe klackerten über den Fliesenboden des Eingangsbereichs, und eine weibliche Stimme murmelte etwas vor sich hin. Fluchte. Dann Schlüsselgeklapper. Ich konnte mir schon denken, wer das war.

»Geh heim zu deinem Kind«, sagte ich, dann wiederholte ich etwas lauter. *»Geh heim zu deinem Kind.«*

Am liebsten wäre ich jetzt sofort zu Brady's marschiert und hätte meinen Vater zur Rede gestellt, ihn aufgefordert:

Geh heim zu deinem Kind.

Der Name Anthony Wade sagt euch wahrscheinlich nichts. Dabei wäre das für einen kurzen Zeitraum durchaus möglich gewesen.

Den Erzählungen meiner Grandmom Ellie zufolge hatte die Band meines Vaters, Flick, während einiger aufregender Wochen Anfang 1971 eine Aufnahmesession oben in New York, die ihnen einen Plattenvertrag bei einem der großen Labels verschaffen sollte. Sie klangen ein bisschen wie Chicago – die frühen Chicago. Die *guten* Chicago. Kompakte Rhythmusgruppe, kraftvolle Bläser. Nur, dass sie aus Philadelphia kamen.

Doch die Sache zerschlug sich, als jemand aus der Führungsetage, den Namen der Band auf der Basstrommel sah: FLICK.

Schreibt man »L« und »I« sehr dicht zusammen, sieht es mehr oder weniger wie »U« aus.

Dem Plattenboss fiel das während der Aufnahmen auf, und er meinte, dass er unter keinen Umständen eine Band unter Vertrag nehmen würde, die *dieses Wort* auf ihrem Schlagzeug stehen hatte. Mein Dad weigerte sich, es zu ändern. Das war der Name der Band, Alter.

Allerdings wusste mein Vater, dass FLICK wie *dieses Wort* aussah. Genau deshalb hatte er sich für diesen Namen entschieden, erzählte meine Großmutter.

»Dein Vater hatte immer einen selbstzerstörerischen Sinn für Humor.«

Ich war fast ein wenig überrascht, dass er nicht unter dem Namen CLINT auftrat.

Ein Jahr nach der Pleite in New York kam ich zur Welt. Mein Dad nahm unendlich viele Hilfsjobs an, um die Familie über Wasser zu halten, doch am Wochenende hatte er immer seine Auftritte – selbst als es mit der Band den Bach runterging.

Die Bläser verabschiedeten sich als Erste; sie hatten zu viele Anfragen und fanden problemlos besser bezahlte Auftrittsmöglichkeiten. Als Reaktion darauf kaufte mein Vater ein Ding, das man Guitorgan nennt und mit dem man bratzige Orgeltöne erzeugen kann, indem man die Finger auf den Bund drückt (während man weiter die Saiten anschlägt). Das verärgerte den Keyboard-Spieler, der ungefähr 1976 den Abgang machte und den Bassisten gleich mitnahm. Doch mein Vater ließ sich davon nicht entmutigen. Er schaffte sich einfach ein Basspedal an, das er mit den Füßen spielen konnte. 1978 sah der Schlagzeuger in der ganzen Sache keinen Sinn mehr, also stieg er ebenfalls aus – und wurde von einer elektronischen Drum Machine ersetzt.

Inzwischen war mein Dad als ANTHONY WADE, DIE MENSCHLICHE JUKEBOX bekannt und schaltete in lokalen Zeitungen kleine Anzeigen. Seine Auftritte absolvierte er an verschiedenen Veranstaltungsorten der Gegend.

Brady's war ein kleines Restaurant mit Bar, direkt neben der Endhaltstelle der Hochbahnstrecke Market-Frankford. Torkelte man an der Station City Hall betrunken in einen Zug Richtung Osten, wurde man hier wieder ausgespuckt. Direkt hinter der Brigde and Pratt lagen mehrere Friedhöfe. Das hier war eben in vielerlei Hinsicht die Endstation.

Einmal sind meine Eltern mit mir zu Brady's gegangen, eine Stunde bevor mein Dad einen Auftritt hatte. Ich fühlte mich wie Graf Koks, bestellte einen Hamburger und eine Coke in einem riesigen Plastikbecher voller Eis und sah dabei zu, wie mein Dad seine Geräte aufbaute. Da mein Dad als Menschliche Jukebox auftrat, war das eine ganze Menge. Ich weiß noch, wie stolz ich war, während ich ihn dort oben beobachtete. Bald wären alle Blicke auf ihn gerichtet. *Mein Dad.*

Das nächste Mal, als ich an Brady's vorbeikam, ging ich bereits in die zwölfte Klasse. Ich schwänzte den Nachmittagsunterricht und schlenderte durch die Gegend, bis ich schließlich an der Bridge and Pratt landete. Die Fenster waren dunkel; und die Tür war mit einer Kette abgesperrt. Kurz nach dem Tod meines Vaters hatte der Laden dichtgemacht.

So etwas vergisst du nicht: den Morgen, an dem dir deine Mutter mitteilt, dass dein Vater getötet wurde.

Mein Gott, sie hat es einfach so gesagt.

Dein Vater wurde getötet.

Ich fragte sie, was passiert war – ob ihn ein Auto überfahren hatte? Als Kind konnte ich mir unter dem Tod nur ein schnelles Auto vorstellen. Man hatte mir verboten, die Darrah Street zu überqueren, und mir erklärt, dass ich womöglich von einem Auto überfahren wurde, wenn ich mich nicht daran hielt, und dann würde ich sterben, und dann gäbe es keinen Mickey mehr.

Doch Mom antwortete, nein, dein Vater wurde in eine Schlägerei verwickelt – *du weißt ja, wie gefährlich das ist* –, und der Typ, mit dem dein Vater sich geprügelt hat, hat zu fest zugeschlagen und …

Und was?, fragte ich, während ich mir die ganze Zeit meinen Vater auf dem harten Gehweg von Frankford vorstellte, die Fäuste in die Luft gereckt, um die Schläge abzuwehren und selber auszuteilen, genau wie Rocky Balboa.

Und er ist gestorben, sagte sie.

Wenn ich sie später erneut nach dem Tod meines Vaters fragte, erzählte sie mir stets dieselbe Geschichte. Er sei in eine blöde Schlägerei geraten, und der Typ habe zu kräftig zurückgeschlagen, das sei alles.

Was in aller Welt ist mit dem Typen passiert?, hatte ich meine Mom gefragt.

Nichts.

Das ergab keinen Sinn für mich. Wie konnte es sein, dass der Typ, der ihn getötet hatte, einfach so davonkam, Unfall hin oder her?

Als ich älter wurde, füllte ich die Lücken in der Schilderung meiner Mutter mit meinen eigenen Vorstellungen. Ich malte mir aus, dass ein Besoffener meinen Vater mit Zwischenrufen aus dem Konzept gebracht hatte. Wie er wütend wurde, so wie er manchmal auf mich wütend wurde, wenn ich ihm auf den Wecker ging. Wie er den Betrunkenen in der Bar fortschubste, und wie der Typ ihn ebenfalls schubste. Wie mein Dad zum Schlag ausholte, dabei das Gleichgewicht verlor und mit dem Kopf auf die scharfe Kante der Bar knallte. Worauf der betrunkene Typ erklärte, es sei ein Unfall gewesen, und wieder auf freien Fuß kam.

In meiner Vorstellung wurde diese Version vom Tod meines Vaters schnell zur unumstößlichen Tatsache. Das war die Version, die ich Freunden erzählte, wenn sie erfuhren, dass mein Vater tot war. Und diese Version war es auch, die ich als Erstsemester im Schreibseminar am College zu einem Aufsatz ausarbeitete. Der Artikel (»Der Mörder meines Vaters«) wurde schließlich im Vierteljahresheft der anglistischen Fakultät abgedruckt und brachte nebenbei meine Journalistenkarriere an den Start, als ein Professor namens Jack Seydow mich ermutigte, für die Uni-Zeitung zu schreiben.

Laut dieser Version der Geschichte war der Typ, der meinen Vater getötet hatte, nichts weiter als ein besoffener Scheißkerl, der einmal zu kräftig zugeschlagen hatte.

»Der Mörder meines Vaters«, hatte ich in meinem Aufsatz angedeutet, war er selbst gewesen. Er hatte sich das selbst angetan. Und es fiel mir schwer, ihm das zu verzeihen.

Mehr oder weniger für den Rest meines Lebens.

Ich hatte einen so dicken Kopf, als wäre er voller Sand. Als ich meine Handflächen gegen die Augen presste, sah ich Sterne, Kometen und Nebelflecken auf mich zurasen. Ich fragte mich, wie lange ich wohl hier noch hocken würde, auf dem Boden dieses dunklen Flurs im Februar 1972, bevor der Traum wieder aufhörte. Würde erneut die Sonne aufgehen und einen anderen Teil von mir wegbrennen? Meine Arme? Meinen Kopf? Vielleicht gab mir die Sonne heute den Rest?

Und dann wachte ich auf.

Meghan starrte mich an. Ihr blondes Haar war feucht und roch nach Shampoo. Nach dem saubersten, betörendsten Shampoo der Welt. Sie kniete auf einem Bein und berührte meine Brust.

»Mickey?«

Ich blinzelte ein paarmal, dann tastete ich die Holzdielen ab, nur um mich zu vergewissern, dass sie auch wirklich da waren.

»Also. Hi. Äh, wie bist du hier reingekommen?«

»Du hast die Tür nicht abgeschlossen. Und ich dachte, du hast gesagt, das hier wäre eine üble Gegend.«

»Die meisten Räuber sind zu faul, um in den zweiten Stock zu stiefeln.«

Sie setzte sich in den Schneidersitz, dann streckte sie die Hand aus, um meine Stirn zu befühlen. Offensichtlich sah ich ziemlich mitgenommen aus. Erst hatte sie mich frühmorgens in die Notaufnahme eines Krankenhauses bringen müssen. Und jetzt fand sie mich ohnmächtig auf dem Boden wieder.

»Wie geht's dir?«, fragte sie.

»Mir geht's gut.«

An ihrem Gesichtsausdruck konnte ich ablesen, dass sie mir nicht glaubte. Ich glaubte mir auch nicht.

»Möchtest du irgendwas? Ich hab ein paar Truthahn-Sandwiches mitgebracht. Und einen Energiedrink.«

»Nein, wirklich, mir geht's gut.«

Ihr Blick fiel auf den Plattenspieler und auf die *Pilot*-LP. Die Nadel lief immer wieder über die letzte Rille.

»Pilot … wow. Ich glaube, mein Dad hatte das Album

auch. Du hast also einen kleinen Abstecher in die Vergangenheit gemacht?«

Ich biss mir, so fest ich konnte, auf die Zunge.

Eine Weile blieben wir dort unten auf dem Boden. Um mich herum drehte sich alles – als hätte ich einen Vollrausch, nur ohne die Sauferei. Die winzigen elastischen Schläuche, die Blut durch mein Hirn pumpten, krümmten sich und hämmerten. Im Mund hatte ich den Geschmack von Metall, und ich spürte die dünne Schweißschicht unter meinen Klamotten. Es ging mir zwar nicht so schlecht wie heute Morgen, als ich im Krankenhaus zu mir gekommen war und das Gefühl hatte, man hätte meinen Schädel aufgebrochen. Trotzdem wollte ich mich nicht zu heftig bewegen. Noch nicht.

Ich warf einen Blick auf die Finger an meiner linken Hand. Alle noch dran. Immer noch taub.

Schließlich drückte ich mich nach oben, Meghan gegenüber, in die Sitzposition.

»Tut mir leid wegen gestern Nacht«, sagte ich. »Ich hatte nicht vor, dir so einen Schrecken einzujagen.«

»Was ist denn passiert?«

»Eigentlich hatte ich gehofft, du könntest es mir sagen.«

»Du kannst dich nicht erinnern?«

Ich erinnerte mich an eine Menge, doch ich war mir nicht wirklich sicher, ob das tatsächlich passiert war. Ich wollte nur nicht, dass das Gespräch noch unangenehmer wurde. Also log ich.

»Das Letzte, woran ich mich erinnern kann«, sagte

ich, »war, wie ich mit dir im Bett war. Halt … ich meine … wie ich neben dir auf der *Couch* lag. Irgendwann bin ich eingenickt, und dann? Was hab ich verpasst?«

Meghan sah mich an.

»Du hast im Schlaf gemurmelt. Und irgendwas gesagt wie, du kannst mich nicht hören, du kannst mich nicht sehen. Und dann, dass das alles nur ein Traum ist.«

»Wie bin ich im Krankenhaus gelandet?«

»Kurz vor sieben hast du angefangen zu zucken. Das hat mir tierisch Angst eingejagt. Ich habe versucht, dich zu wecken. Vergeblich. Dann hast du angefangen, mit geschlossen Augen zu schreien, also habe ich den Notruf gewählt. Die wollten von mir wissen, ob du irgendwelche Drogen genommen hast, und ich hab ihnen gesagt, dass ich es nicht weiß.«

Während sie mir das erzählte, ging ich in meinem Kopf noch einmal den Traum von letzter Nacht durch. Als Meghan beobachtete, wie mein Körper zuckte, warf ich mich wahrscheinlich mit der Schulter gegen eine imaginäre Tür und versuchte, sie einzurennen. Und als meine imaginären Finger abfielen, stieß ich einen Schrei aus.

Meghan packte mich an den Schultern. Blickte mir tief in die Augen.

»Mickey, ich weiß, du bist auf Jobsuche und so weiter, aber wenn du jemand zum Reden brauchst, kann ich dir helfen.«

»Ich brauche keine Hilfe. Ich bin nur ein bisschen müde.«

»Man trinkt nicht ein Sixpack und fällt dann fast ins Koma. Das kann nicht sein. Ständig scheinst du pleite …«

»Halt, halt – glaubst du etwa, dass ich auf Droge bin?«

»Ich werfe dir doch nichts vor. Ich bin nicht hier, um zu urteilen. Mein Gott, ich klinge wie eine Therapeutin … hör zu, im College war ich mit 'nem Typen zusammen, der ein ernsthaftes Problem hatte, und wir haben ihm Hilfe beschafft. Es brauchte zwar seine Zeit, doch inzwischen geht es ihm wieder gut.«

»Meghan, ich schwör dir, es sind keine Drogen. Ich bin zu pleite, um mir Drogen leisten zu können. Ich habe nur ein paar Biere getrunken und zwei Aspirin eingeworfen. Mehr nicht. Du warst die ganze Zeit hier bei mir, vergessen?«

»Aspirin, ja?«

»Aus dem Arzneischrank meines Großvaters. Es sei denn du glaubst, er hat Drogen genommen und sie in der Tylenol-Flasche versteckt.«

Meghan berührte mein Gesicht, als könnte sie mit ihren Fingerspitzen Gedanken lesen. Ich war zwar wütend, doch ihre Berührung besänftigte mich ein wenig.

»Okay, Mickey. Vielleicht brauchst du nur ein bisschen Ruhe.«

»Ja. Vielleicht.«

Sie stand auf und begann in ihrer Handtasche nach ihren Schlüsseln zu suchen. So sehr ich mir auch wünschte, dass sie noch blieb – ich brauchte etwas Zeit, um zu rekapitulieren, was ich gerade geträumt hatte. Alles war so verdammt real, so lebendig gewesen.

»Ich bring dich zu deinem Wagen.«

»Ich komm schon zurecht – ich parke direkt vor der Tür. Du tust, als wäre das hier Beirut oder so.«

»Hey, ich weiß schon, dass das hier nicht Beirut ist. In Beirut stehen noch mehr Gebäude.«

Meghan beugte sich nach unten und strich mir mit den Lippen über die Stirn. Ich streckte die Hand aus und fasste nach ihrem Arm, als könnte meine Berührung sie zum Bleiben bewegen. Doch plötzlich wich sie zurück und lief zur Tür. Mit einem Lächeln sagte sie mir, dass sie später noch einmal nach mir schauen würde.

Ich rappelte mich hoch und ging ins Badezimmer, um mir erneut etwas Tylenol einzuwerfen. Die zwei Tabletten, die ich vorhin genommen hatte, hatten überhaupt nicht geholfen …

Moment mal.

V

Zeuge im Uhrzeigersinn

Während ich mit einem Buttermesser eine einzelne Tablette in Viertel zerteilte, stellte ich ein paar Berechnungen an. Letzte Nacht hatte ich vier 250-Milligramm-Pillen eingeworfen. Worauf ich einen total durchgeknallten Traum von Autos, Frauen in gesprenkelten Kleidern und fetten, verschwitzten Ärzten hatte, der fast die ganze Nacht dauerte.

Heute Abend hatte ich zwei Pillen genommen, und der total durchgeknallte Traum dauerte drei, vielleicht vier Stunden.

Also ergäbe eine Vierteltablette was … eine halbe Stunde?

Okay, im schlimmsten Fall schluckte ich sie, und sie hatte keinerlei Wirkung. Dann wusste ich wenigstens, dass etwas anderes für meine Träume vom Februar 1972 verantwortlich war. Doch *wenn* es die Tabletten waren, würde das eine Menge erklären. Nämlich, dass all diese verrückten Träume nicht einfach aus dem Nichts kamen.

Ich öffnete einen Vitamindrink mit Traubengeschmack, den Meghan mitgebracht hatte, und schluckte eine Viertelpille. Dann legte ich mich neben der Couch auf den Boden und schloss die Augen.

Ohne jede Warnung, ohne jede Ankündigung setzte die Wirkung der Tablette ein.

Sekunden später fand ich mich auf dem Boden des dunklen, leeren Büros wieder. Meine zwei Finger fehlten immer noch. Draußen rumpelte die Hochbahn vorbei.

Ich hatte mir vorgenommen, diesmal im Büro zu bleiben, aus dem irgendwann die Wohnung meines Großvaters werden würde. Wie Blaise Pascal mal geschrieben hat: »Das Unglück des Menschen rührt daher, dass er unfähig ist, mit sich selbst in einem Zimmer zu sein.«

Stattdessen zog ich ein Stück Karton zur Seite, warf einen Blick aus dem Vorderfenster und beobachtete, wie der Regen sanft auf die Autos aus den frühen 1970ern herabrieselte, die die Frankford Avenue hinunterfuhren. Ich lauschte den nassen Reifen auf dem Asphalt, ein beruhigendes Geräusch, das alle paar Minuten vom Dröhnen der ankommenden Hochbahn unterbrochen wurde; jedes Mal schüttelte es mich unweigerlich durch, während ein Schatten über mein Gesicht huschte.

Außerdem war irgendwo im Haus Gemurmel zu hören. Eine Frauenstimme. Dann ein wütendes Kind, das sagte, es verstehe nicht, es *sei* doch still. Und erneut die Frauenstimme, die erklärte, sie habe die Nase voll, jetzt sei endgültig Schluss, sie ertrage das nicht länger. Ah, ein ganz normaler beschaulicher Abend in Frankford um 1972 herum.

Oder? Es *war* doch 1972?

Doch ich hatte nicht vor, das Zimmer zu verlassen, um mich zu vergewissern. Ich wollte auf dieser seltsam harten Psychiatercouch sitzen und alles auf mich wirken lassen. Mich davon überzeugen, dass ich mich tatsächlich in der Vergangenheit befand.

Alles kam mir vollkommen real vor. Ich konnte den verbrannten Staub in der Luft riechen, der von dem Heizkörper in der Ecke geröstet wurde. Ich konnte das Gerumpel der Hochbahn draußen hören. Das Kreischen der Bremsen. Das dumpfe Knallen der Türen, die sich öffneten und wieder schlossen. Ich konnte die Fasern des Polsters unter mir spüren, das weiche, polierte Holz des Sofagestells. Ich konnte blinzeln und atmen. Ich war in der Lage, mir mit der Zunge durch den Mund zu fahren.

Aber das konnte doch nicht mein richtiger Körper sein, oder? Meghan hatte erzählt, dass sie meinen Körper in der Gegenwart beobachtet hat – murmelnd und zuckend, aber sonst völlig in Ordnung.

Welcher Teil von mir saß also jetzt gerade hier? Meine Seele? Mein Geist? Meine Lebensenergie? Was auch immer, dieses *andere Ich* war in der Lage, nach unten zu laufen, Türen zu öffnen und Zeitungen aufzuheben. Ja, wenn man mal den Umstand außer Acht ließ, dass es für die meisten Leute unsichtbar war und dass es sich bei Tageslicht auflöste, verhielt sich dieses *andere Ich* wie mein richtiger Körper.

Vielleicht sollte ich aufstehen, um meine Grenzen auszutesten. Um etwas zu finden, was dieser Körper konnte und mein richtiger nicht.

Doch zu spät; die Zeit war um. Ich spürte, wie ich

von dem vertrauten Schwindelgefühl erfasst wurde, und ein heftiges Kopfnicken später …

War ich wieder zurück.

Das Wochenende verbrachte ich damit, herumzuexperimentieren – allerdings nur nachts. Ich fand schnell heraus, dass die Tageszeit, zu der ich eine Pille einwarf, der Tageszeit entsprach, zu der ich in der Vergangenheit erwachte. Am frühen Sonntagmorgen nahm ich eine Vierteltablette, ganz scharf darauf, meine Experimente fortzusetzen, wurde in dem hellen, sonnigen Büro jedoch fast bei lebendigem Leib geröstet – trotz der Pappe vor den Fenstern. Ich krabbelte unter DeMeos Schreibtisch und rollte mich zitternd zu einem kleinen Häufchen zusammen, bis die Wirkung der Tablette nachließ.

Tageslicht war also tödlich. Nach der Einnahme der Tabletten fühlte ich mich erschöpft und bekam Kopfschmerzen, während meine Körpertemperatur wild rauf- und runterging. Das Ganze erinnerte entfernt an eine Grippe. Um mich von den Schmerzen abzulenken, hörte ich die Alben meines Vaters.

Die einzigen Körperteile, die nicht wehtaten, waren die zwei tauben Finger an meiner linken Hand. Im Arzneischrank fand ich etwas Leukoplast und fertigte daraus eine primitive Schiene an. Keine Ahnung, wie oft ich mit den Fingern auf dem Kirschholzschreibtisch oder der Couch umknickte, weil ich vergessen hatte, dass sie noch da waren.

Hin und wieder klingelte mein Handy, und jedes Mal griff ich nach oben und drehte es in meine Richtung, nur um zu sehen, dass Mom schon wieder anrief. Hatte sie immer noch nicht kapiert, dass ich so gut wie nie ans Telefon ging, dass ich sie stets auf die Mailbox sprechen ließ? Sie war davon jedoch nicht zu bremsen, fragte, wann ich Grandpa besuchen und was meine Jobsuche machen würde oder ob ich zum Essen käme – drei Dinge, die ich nicht in allzu naher Zukunft in Angriff nehmen würde.

Meine Mom kapierte nicht, dass sie, wenn sie mich bedrängte, eine genauso starke Gegenreaktion provozierte. Oder es war ihr klar, und sie hoffte, dass ich irgendwann durchdrehte und die Kräfte sich umkehrten, wie der Nord- und der Südpol nach einer gewaltigen Entmagnetisierung.

Also ignorierte ich sie einfach.

Außerdem rief Meghan zweimal an, doch ich konnte mich nicht dazu durchringen, ihre Nachrichten abzuhören. Es war immer noch gut möglich, dass ich in einer Abwärtsspirale des Wahnsinns gefangen war, und ich wollte sie nicht mit in die Tiefe reißen. Schließlich war dies mein Verlorenes Wochenende auf Pillen. Nur ich und die Pillen, etwas Erdnussbutter, mehrere Sixpacks Golden Anniversary und eine Menge LPs, die mal einem inzwischen toten Hippiemusiker gehört hatten. Menschen, die man mag, nimmt man nicht auf so einen Trip mit.

Und überhaupt, was bildete ich mir eigentlich ein –

dass wir eine gemeinsame Zukunft hätten? Ihre Anrufe waren eine freundschaftliche Geste. Nichts Weltbewegendes. Früher oder später würde Meghan sich anderen Sachen zuwenden. Ich hatte schon erlebt, wie so was passierte. Nein, ich musste diesen Weg alleine beschreiten.

Tagsüber ernährte ich mich also von Erdnussbutter und Äpfeln. Wenn es dann spät genug am Nachmittag war, trank ich ein paar Golden Anniversaries. Sie schmeckten gar nicht so übel, man musste sie nur schnell genug runterkippen.

Und nachts geisterte ich durch die frühen 1970er.

Je mehr Erfahrung ich sammelte, desto gezielter konnte ich zu Werke gehen. Der menschliche Geist ist zu allerlei erstaunlichen Kunststücken fähig. Etwa wenn man sich vor dem Schlafengehen sagt, dass man morgens zu einer bestimmten Zeit aufwachen möchte. Meistens wacht man genau zu diesem Zeitpunkt auf – und sticht sogar den Wecker aus, den man sich zur Sicherheit gestellt hat.

Jedes Mal wenn ich also eine Pille einwarf, oder ein kleines Stück davon, konzentrierte ich mich auf das Datum, zu dem ich reisen wollte.

24. Februar.

28. Februar.

10. März.

30. März.

Und so weiter.

Egal, wie sehr ich mich auch anstrengte, ich konnte nicht weiter als bis zum Tag meiner Geburt zurückgehen – dem 22. Februar 1972. Das schien die vorgegebene Grenze zu sein, und das war enttäuschend. Der Journalist in mir träumte davon, zum 22. November 1963 zurückzureisen, um den Grashügel in Dallas im Auge zu behalten und diese fast fünfzig Jahre alte Geschichte zu einem Abschluss zu bringen. *Lieber Oliver Stone,* würde meine E-Mail beginnen …

Doch nichts zu machen. Wenn ich mich auf den 21. Februar 1972 konzentrierte – oder irgendeinen Tag davor – landete ich automatisch am 22. Februar 1972.

Ich konnte auch nicht zu einem Zeitpunkt zurückreisen, den ich bereits besucht hatte. Vielleicht war das eine eingebaute Schutzfunktion, um mich davon abzuhalten, die Struktur der Wirklichkeit zu beschädigen oder etwas in der Art.

Jedenfalls funktionierte es.

Ich konnte auch nicht weit über das Jahr 1972 hinaus reisen. Am Samstagabend wollte ich mir die Feiern zum zweihundertsten Jahrestag der Unabhängigkeitserklärung anschauen, und wie mein Dad mit seiner Band in der Nähe von Penn's Landing ein Konzert gab. Das war eine meiner frühesten Erinnerungen: ich unten am Flussufer; der Anblick der großen Schiffe; die roten, weißen und blauen Luftschlangen; und mein Vater, Anthony Wade, der vor einem Restaurant auf seiner Gitarre spielte – einer von Dutzenden Musikern, die an diesem Tag von der Stadt engagiert worden waren. Irgendwann ging ich verloren und marschierte mit meiner Tante, die nur neun Monate älter war, zu einem nahe gelegenen Restaurantboot. Ein Polizist gabelte uns zum Glück auf, und alles war gut. Manchmal frage ich mich, was passiert wäre, wenn er uns nicht gefunden hätte. Wenn wir verschwunden geblieben wären. Es war wohl diese Mischung aus Angst und Erregung, die diesen Tag für immer in mein Gedächtnis gebrannt hatte.

Also warf ich vier Pillen ein und dachte fest an jenen Abend am 4. Juli 1976. Ich konzentrierte mich auf das Datum, murmelte es immer wieder vor mich hin. Stellte mir das Feuerwerk vor. Überall rote, weiße und blaue Luftschlangen. Penn's Landing. Die Freiheitsglocke. Das Restaurantschiff – die *Moshulu.* Das Gewusel der Menge. Die Musik von der Band meines Vaters. Jedes nur erdenkliche Detail, das ich aus meinem Kopf quetschen konnte. Erneut sprach ich das Datum laut aus. Wurde förmlich zum Method Actor – ich *wurde* das Datum.

Als ich jedoch im Büro erwachte, hatte ich das Gefühl, das etwas nicht stimmte. Mir war schwindlig, und ich war abgelenkt. *Oooh, sieh dir die hübschen Autos an. Die rasende Hochbahn … oooh! Eine Taube!* Irgendwie schaffte ich es die Treppe hinunter durch die Tür und auf die belebte Frankford Avenue hinaus, die vom Lärm und Geschrei spielender Kinder erfüllt war. Du musst nur bis zur Hochbahn kommen, sagte ich zu mir. Doch ich machte lediglich zwei Schritte auf dem Gehweg, bevor mir schwindlig wurde, ich mit dem Kopf nickte und zu Hause wieder die Augen aufschlug.

Die Tabletten wollten offenbar, dass ich mich an ein bestimmtes Zeitfenster hielt.

Außerdem wollten die Tabletten, dass ich im Dunkeln blieb. Mir wurde klar, dass ich meine Finger nicht zufällig verloren hatte. Direktes Licht jeglicher Art – egal, ob Sonnenlicht, Kunstlicht oder auch nur ein Blitzlicht – fügte meinem zeitreisenden Körper ernsthaften Schaden zu. Als ich einmal die Frankford Avenue hinunterlief und einer Leuchtschrift zu nahe kam, *spürte ich es.* Kaum hatte ich mich entfernt, ging es mir besser. Wenn ich mich unter eine Straßenlaterne stellte, wurde mir schwindlig, und meine Geisteraugen fingen an zu tränen. Es dauerte nicht lange, bis ich kapierte, dass jegliches Licht Verletzungen zur Folge hatte. Und wenn die Dosis hoch genug war, bedeutete das dauerhaften Schaden. Am besten hielt ich mich vollständig im Schatten.

Erneut dachte ich über diesen »geisterhaften« Körper nach, mit dem ich mich durch die Vergangenheit bewegte. Reagierte die Seele, der Geist oder das Gespenst – oder was immer es auch war – eines jeden Menschen so empfindlich auf Licht? Hatten wir auf diese Weise Körper aus Fleisch und Blut entwickelt – um uns zu schützen?

Es sind Fragen wie diese, die einen nachts wach liegen lassen und von denen einem gleichzeitig schwindlig und angst und bange wird.

Irgendwann an diesem zeitverlorenen Wochenende kam mir in den Sinn, dass die Lösung für all meine Probleme vielleicht in dieser Tylenol-Flasche steckte.

Ich war arbeitslos und pleite. Bestimmt fiel mir eine Möglichkeit ein, mit den Pillen ein bisschen Kohle zu machen.

Nichts Waghalsiges, nichts, was das dünne, hauchfeine Gewebe des Raum-Zeit-Kontinuums durcheinanderbringen würde. Ich hatte genug schlechte Science-Fiction-Filme gesehen, um die Regeln zu kennen. Außerdem wurde mir klar, dass, wenn ich in der Lage wäre, in die Vergangenheit zurückzureisen, um etwas zu klauen, zahlreiche wunderbare Gegenstände in unserem Alltag fehlen würden. Es gäbe keine Kronjuwelen. Keine *Mona Lisa.* Keinen Hope-Diamanten. Kein Mondgestein. Zukünftige Zeitdiebe würden sie alle einsacken.

Aber nach einer Weile kam mir die Idee mit den alten Taschenbüchern und Comics.

Überlegt mal. Das waren Massenprodukte, billig, und niemand würde sie in ihrer Zeit vermissen. Und in der Gegenwart wären sie sehr viel mehr wert.

Als ich noch bei *City Press* arbeitete, war ich manchmal quer durch die Stadt gegurkt und hatte den ganzen Samstagnachmittag damit verplempert, die Regale eines Krimibuchladens namens Whodunit zu durchforsten. Die meisten Sachen dort waren bezahlbar – fünf oder sieben Dollar für ein Hardboiled-Taschenbuch von Gold Medal, das mal einen Vierteldollar gekostet hatte. Doch es gab dort auch ein paar richtige Raritäten, deren Preis bei zwanzig, dreißig oder sogar fünfzig Dollar lag. Natürlich handelte es sich dabei in der Regel um unerschwingliche Titel meiner Lieblings-Hardboiled-Autoren – David Goodis, Jim Thompson, James M. Cain, Frederic Brown, Dan J. Marlowe.

In einem Jahr einen Vierteldollar, in einem anderen fünfzig Dollar. Ich hatte zwar keinen »Wharton School«-Abschluss, aber selbst mir war klar, dass dies eine fantastische Rendite war.

Also machte ich einen Probelauf, um zu testen, ob ich etwas in die Gegenwart zurückbefördern konnte. Ich nahm eine halbe Pille und reiste zum 30. März 1972 zurück. Im Ständer auf der gegenüberliegenden Straßenseite entdeckte ich ein druckfrisches Exemplar von *Marvel Spotlight #2: Werewolf by Night.*

Das Original hatte ich nie besessen. Doch Teile daraus wurden zusammen mit den Seiten späterer Nummern erneut verwurstet und zu einem Buch-und-Schallplatten-Set zusammengestellt, das mir mein Vater 1978 zu Weihnachten schenkte. Er liebte die klassischen Monster – die Draculas, Frankensteins und Werwölfe. Und ich liebte dieses Buch-und-Schallplatten-Set, obwohl es mir eine Scheißangst einjagte.

Nachdem ich mich eine Weile vor dem Comic-Ständer herumgedrückt hatte, griff ich schließlich nach dem Heft, darauf bedacht, kein Aufsehen zu erregen.

Ich war unsichtbar, das war also zu meinem Vorteil. Niemand konnte mich sehen. Und selbst wenn, was war an einem Typ mittleren Alters vor einem Zeitungskiosk schon verdächtig. Trotzdem war ich so nervös, als würde ich gleich eine Bank überfallen. Ich tastete mit den Fingern nach dem Heft. Doch das glatte Titelblatt rutschte mir einmal, zweimal, dreimal aus der Hand. Kriegte das irgendjemand mit? Den armseligsten Diebstahlversuch der Welt?

Nach einer weiteren Ewigkeit Herumgestochere, kriegte ich das Ding endlich zu fassen und rannte los.

Da drüben, Kinder! Seht den unsichtbaren Mann mit dem gestohlenen Werwolf-Comic. Er rennt über die Frankford Avenue und weicht den hellen Scheinwerfern aus, er wirkt wie das personifizierte schlechte Gewissen.

Zurück im Büro legte ich mich auf den Boden und drückte den Comic mit den Handflächen fest gegen die Brust. Dann schloss ich die Augen und wartete, dass mich das vertraute Schwindelgefühl überkam.

Nachdem ich unsanft erwacht war, griff ich mir mit meinen acht gesunden Fingern sofort an die Brust.

Der Werwolf-Comic war fort.

Und mit ihm meine Idee, Comics und Taschenbücher aus der Vergangenheit zu klauen und in der Zukunft mit einem Preisaufschlag von 400 Prozent auf eBay zu verkaufen.

Allerdings fielen mir weitere Verdienstmöglichkeiten ein. So dachte ich kurz daran, als Privatdetektiv zu arbeiten. Ich konnte in der Vergangenheit meine Auftraggeber kontaktieren und dann in der Gegenwart mit Hilfe von Google ihre Fälle »lösen«. Es gab nur ein Problem: In der Vergangenheit konnte mich so gut wie niemand sehen. Nur dieser rothaarige Junge unten im ersten Stock. Sollte ich den zwölfjährigen Burschen etwa zu meiner Velda machen?

Ich konnte natürlich auch versuchen, in der Gegenwart ein Geschäft aufzuziehen, doch gab es da ebenfalls ein Problem: Wenn ich nicht Dutzende von Leuten ausfindig machen konnte, die brennende Fragen zu den Ereignissen des Februar 1972 hatten, würde es sich nicht wirklich rentieren. Und in diesem Zeitraum hatte sich in Philadelphia nicht mal irgendeine nette Tragödie ereignet, der ich beiwohnen konnte, um ein Buch darüber zu schreiben. Meine Fähigkeiten, durch die Zeit zu reisen, waren so begrenzt, dass sie praktisch wertlos waren.

Die Pillen taugten offensichtlich nur dazu, durch das Philadelphia meiner ersten Lebensmonate zu spazieren und mich tierisch runterziehen zu lassen.

Meine Mutter wuchs am Rand von Frankford auf, nahe der Bridge Street und der Torresdale Avenue. Das Viertel war heute zwar immer noch voller Leben, doch man merkte, dass es ganz schön was mitgemacht hatte. Irgendwann meinten die Nachbarn, dass es in Ordnung wäre, überall seinen Müll hinzuwerfen – auf den Gehweg, in den Rinnstein, auf ihre Veranda. Fenster gingen zu Bruch und blieben kaputt. Ein paar Blocks weiter konnte man das unablässige Dröhnen des Interstate-95 hören.

Allerdings nicht Ende Februar 1972, denn damals war der Interstate-95 noch nicht gebaut.

Damals existierten auch keine aufgemotzten Geländewagen mit hämmernden Subwoofern, die in den winzigen Straßen spazieren fuhren. Keine leerstehenden Pizzerien oder Lebensmittelläden. Im Rinnstein lag kaum Müll. Es gab nur wenige kaputte Gehwege und zerbröselte Bordsteinkanten. 1972 war dies eine ganze normale Mittelklassegegend bei Nacht.

Von der anderen Straßenseite aus betrachtete ich das Reihenhaus, in dem meine Mutter aufgewachsen war, vier Häuser, bevor der Block aufhörte. Alle Lichter waren gelöscht, bis auf eins: in der Küche. Irgendwo in diesem Haus machte sich der Vater meiner Mutter, Grandpa Ted, wahrscheinlich einen schönen Samstagabend und hörte sich Polkas im Radio an, während er eine Dose Schaefer nach der anderen leerte und sich durch unzählige Packungen Lucky Strikes brannte. Achtzehn Jahre später sollte Grandpa Ted sterben. Lungenkrebs.

Stand ich aus einem bestimmten Grund hier? Sollte ich vielleicht die Bridge Street überqueren, an die Tür klopfen und ihn höflich bitten, weniger zu rauchen?

Nach der Ermordung meines Vaters verbrachte ich

viele Nächte in diesem Haus an der Brigde Street, wo ich auf dem grünen Fransenteppich im Wohnzimmer schlief. Ich lauschte, wie Grandpa Ted sich mit Grandma Bea unterhielt, während sie beide tranken und rauchten und das Radio im Hintergrund Polkas spielte. Sie lachten. Sie stritten sich. Ich lag dann zusammengerollt auf dem Boden und weinte oft, allerdings zu leise, als dass sie mich hören konnten.

Vielleicht sollte ich nochmal zum Haus meiner Eltern zurückgehen und meiner Mutter eine Nachricht hinterlassen:

HI ANNE!
ALSO, DIESER GITARREN-FUZZI MIT DEM PFERDESCHWANZ, DEN DU GERADE GEHEIRATET HAST … DU DARFST IHN UNTER KEINEN UMSTÄNDEN AM SONNTAG, DEN 7. DEZEMBER 1980, VOR DIE TÜR LASSEN. VETRAU MIR.

GEZEICHNET,
EIN FREUND

Ich schlenderte zurück in das Zentrum von Frankford, das voll mit den Wahrzeichen meiner Kindheit war. Statt eines schäbigen Sav-N-Bag stand dort ein sauberer, blitzeblanker Penn Fruit Supermarket, mit neuen Einkaufswagen und frisch gestrichenen Wänden, mit Reihen voller Lebensmittelpackungen und Dosen, Obst, Fleisch und Brot. Die Frankford Avenue weiter runter gab es einen Geflügelladen, wo hinter dem Schaufenster in einem Kasten die Brathähnchen rotierten. Jetzt, nachts, waren dort keine Vögel mehr zu sehen, doch der Grill stand für den nächsten Tag bereit, zusammen mit einem Schild, auf dem ganze und halbe Hähnchen, Schenkel, Brüste und Oberschenkel angepriesen wurden. Bei diesem Anblick fing mein Magen an zu rumoren. Außerdem gab es hier einen Billigladen mit einem Imbissstand sowie eine Drogerie, nicht von einer Kette, sondern ein grundehrliches Familienunternehmen, ebenfalls mit Imbissstand. Selbst in der Dunkelheit konnte man ihn direkt hinter der Eingangstür erkennen. Und es gab einen riesigen Spielzeugladen namens Snyder's. Plattenläden. Geschäfte für Kinderbekleidung, wo man zu Ostern für die Kleinen Kostüme kaufen konnte. Einen Laden für Damenunterwäsche. Und ein Süßwarengeschäft. Keine Zigaretten, kein Brot, keine Milch, keine Lottoscheine, keine Pornohefte und auch kein Motorenöl – nur Reihen voller Honigbonbons, Weingummi, überzuckerter Gummibonbons, Fruchtgelee und Schokolinsen hinter einer riesigen Glastheke. Man konnte mit fünfzehn Cent in den Laden marschieren und ihn mit einer Papiertüte voller Süßigkeiten wieder verlassen. Das Stück zu einem Penny.

Wenn man einen Ort vor so langer Zeit abgeschrieben hat, vergisst man, wie sehr man ihn in Wirklichkeit mal geliebt hat.

Ich hätte die ganze Nacht so weiterlaufen können, doch das hätte nichts an den Tatsachen geändert. Ich war immer noch völlig abgebrannt, ein paar Scheine von meinem College-Abschluss entfernt und wohnte ohne Job in einer üblen Gegend, während der schlimmsten Rezession seit der Großen Depression. Was wäre, wenn ich nach der Einnahme der Pillen in einem anderen Jahr aufwachte? Niemand konnte mich sehen. Niemand konnte mit mir reden. Niemand interessierte sich für mich, weder in der Gegenwart noch in der Vergangenheit.

Die Pillen mussten zu irgendetwas gut sein. Doch ich war nicht schlau genug, es herauszufinden. Bis jetzt. Vielleicht hatte es ja mein Großvater herausgefunden.

Und auf einmal fielen mir die Kartons und Kisten ein.

Zurück in der Wohnung stürzte ich mich auf die Unterlagen. Wo war ich nur mit meinen Gedanken gewesen? Er musste eine Möglichkeit entdeckt haben, aus den Tabletten einen finanziellen Nutzen zu ziehen. Er war sicher nicht reich, aber er kam über die Runden. Offensichtlich hatte er in diesem Apartment die ganze Zeit einen bestimmten Plan verfolgt. Und diese Kartons und Kisten enthielten wahrscheinlich Hinweise darauf.

Als Erstes stieß ich auf Stammbäume. Scheinbar zusammenhanglose Zeitungsausschnitte, die die Zeit von den Zwanzigern bis zu den Neunzigern umfassten. Grundstücksverzeichnisse. Seiten mit Geburtsanzeigen. Krankenberichte. Nichts davon war geordnet. Und nichts davon ergab irgendeinen Sinn.

Wozu das Ganze?

Zum Beispiel: Eine Aktenmappe mit der unleserlich hingekrakelten Aufschrift »Verbrechenswelle« war mit mehreren Ausschnitten aus einer lokalen Zeitung vollgestopft, dem *Frankford Gleaner.* Die Artikel beschrieben ausführlich eine Serie von Einbrüchen und Diebstählen auf der Frankford Avenue im Sommer 1979. Was sollte das?

Nun, vielleicht war mein Großvater einfach sehr viel geschickter darin, das Jahr, das er besuchte, zu bestimmen. War es möglich, dass er ins Jahr 1979 zurückgereist war und auf der Avenue auf Beutezug gegangen war? Und wenn ja, wie hatte er das Zeug bei sich behalten? Hatte er in der Vergangenheit alles in einem Bankschließfach deponiert und es dann in der Gegenwart geöffnet? Allerdings musste er dazu in der Lage sein, in der Vergangenheit ein Schließfach einzurichten, und das ging nicht, wenn man unsichtbar war. Und obendrein in einer gut beleuchteten Bank stand.

Vielleicht handelte es sich wirklich nur um eine zusammenhanglose Serie von Artikeln, die er aufgehoben hatte, weil er ein Faible für wahre Kriminalfälle hatte. Vielleicht hatte es rein gar nichts zu bedeuten.

Mein Kopf begann wehzutun.

Nachdem ich bereits ein paar Stunden herumgestöbert hatte, stolperte ich über einen Florsheim-Schuhkarton. Er war mit alten Fotos meines Vaters vollgestopft. Ich öffnete ein Golden Anniversary und setzte mich hin, um sie genauer zu betrachten.

Ich hatte diese Aufnahmen noch nie gesehen. Viele

zeigten meinen Vater als kleinen Jungen, in kurzen Hosen und so weiter. Er hockte lächelnd neben Grandpa Henry, der – ich hasste es, das zuzugeben – mir sehr ähnelte. Er trug ein T-Shirt mit V-Ausschnitt und lächelte. Damals hatte er noch mehr Haare.

Wir Wadcheck-Männer ähnelten uns alle. So als wäre derselbe Mann mit nur einem geringen Anteil mütterlicher Gene stets aufs Neue wiedergeboren worden.

Hey, und da war auch Grandma Ellie, sie strahlte und hielt meinen Vater als Baby im Arm. Wahrscheinlich hatte Grandpa Henry das Foto geschossen.

Diese Fotos gewährten mir einen flüchtigen Einblick in eine Welt, von deren Existenz ich kaum etwas wusste – ein magisches, märchenhaftes Königreich, in dem mein Vater lebte und seine Eltern noch verheiratet waren, sich liebten, und wo noch die Möglichkeit bestand, dass sich alles zum Guten wandte. Die Möbel waren abgenutzt, die Wände abgeschlagen, doch sie fingen in einer ruhigen Gegend von Philadelphia gerade ein gemeinsames Leben an. Sie hatten keine Ahnung, welche Tragödien noch auf sie warteten.

Der Mann in dem Shirt mit dem V-Ausschnitt hatte keine Ahnung, dass er etwas dreißig Jahre später seinen eigenen Sohn zu Grabe tragen würde.

Die Frau, die das Baby hielt, hatte keine Ahnung, dass ihr Ehemann sie verlassen würde und sie den Rest ihres Lebens mehr oder weniger alleine bleiben würde.

Und das Baby hatte keine Ahnung, dass es in einer Bar die Beherrschung verlieren und einen dreißigsekündigen Kampf vom Zaun brechen würde, der sein Leben beenden sollte.

Ich nahm mir noch ein Bier und wühlte weiter in den Kartons. Zu meiner Überraschung entdeckte ich ein paar grobkörnige, vergilbte Polaroids von mir.

Da war ich, wie ich mich mit meinem Vater auf unserem abgewetzten braunen Wohnzimmerteppich herumfläzte. Ich, wie ich mir, an seinen Arm geklammert, einen übergroßen Doughnut mit ihm teilte, während auf der Fernsehtruhe im Hintergrund eine *Star-Trek*-Wiederholung lief. Ich, wie ich auf einer Spielzeugorgel herumhämmerte, während Dad auf seiner akustischen Gitarre spielte. Ich, wie ich mich beim Auftritt meines Vaters zur Zweihundertjahrfeier unten bei Penn's Landing in der Nähe der Band herumdrückte. Was, falls ich damals tatsächlich verlorengegangen wäre, wohl das letzte Foto gewesen wäre, das meinen Eltern von mir geblieben wäre.

Vor allem erinnere ich mich aus der gemeinsamen Zeit mit meinem Vater daran, dass sich alles um Musik, Horrorfilme oder Science-Fiction-Sendungen drehte – kurz gesagt um das, was ihn interessierte. Er indoktrinierte mich. Verpasste mir schon früh eine kräftige Dosis von dem guten Stoff. Damals war ich völlig von ihm begeistert. Ich hockte oft auf dem oberen Absatz der Kellertreppe und lauschte, wie mein Vater seine Akkordläufe übte oder versuchte, die Akkorde irgendwelcher Top-40-Singles nachzuspielen, und ich sah dabei zu, wie er seine Platten und Textblätter in einem

Aktenschrank ordnete. Die Luft im Keller war immer vom Geruch seiner Zigaretten oder eines Joints erfüllt.

Wenn er noch länger gelebt hätte, hätten wir vielleicht unseren ersten Joint zusammen geraucht.

Draußen rumpelte die Hochbahn vorbei. Ich öffnete ein Bier und legte ein weiteres von den Alben meines Vaters auf – Styxs *Paradise Theatre.* Er war nicht mehr dazugekommen, es sich anzuhören – eines der wenigen aus seiner Sammlung. Mein Vater hatte bei einem Plattenversand das Album des Monats abonniert, und es lag (zusammen mit Phil Seymours *Phil Seymour*) einen Monat nach seinem Tod in der Post. Meine Mutter war zu sehr durch den Wind, um mitzukriegen, dass ich das Album einsackte. Und vergesst nicht, das war zwei Jahre, bevor es dank »Mr. Roboto« peinlich wurde, Styx zu mögen.

Ich leerte mein Bier und fragte mich, ob ich womöglich den Verstand verlor und mir das alles nur einbildete. Vielleicht war ich derjenige, der im Koma lag, Opfer einer Drogensucht, der ich mir nicht mal bewusst war.

Am Boden einer Plastikkiste stieß ich auf ein Fotoalbum. Der dicke Samteinband und die steifen, zerknitterten Seiten wurden von scheußlichen Messingringen zusammengehalten. Es war eines dieser Fotoalben, bei denen man eine Plastikfolie abziehen muss, das Foto auf den weißen, klebenden Untergrund legt und die Folie wieder glattstreicht. Ohne die Geduld und die ruhige Hand eines stoischen Mönchs hatte man am Ende immer Falten. Offensichtlich war Grandpa Henry besoffen, als er dieses Ding zusammenstellte.

Ich blätterte ein paar Minuten darin, bis ich begriff, dass ich, was den Tod meines Vaters betraf, völlig falsch gelegen hatte.

VI

This could be the last time

Mein Vater, Anthony Wade, die Menschliche Jukebox, spielte bei Brady's drei Sets, von 9.00 bis etwa 11.40 Uhr. Zu diesem Zeitpunkt betrat laut Zeugenaussagen der zwanzigjährige William Allen Derace – alle Mörder haben drei Namen – die Bar, setzte sich und bestellte einen Krug Budweiser und ein Lendensteak.

Er hockte alleine in einer Nische und sah meinem Vater, der Menschlichen Jukebox, dabei zu, wie er ein paar Songs von den Stones, The Doors und Elvis coverte. Derace rührte sein Steak nicht mal an; es lag immer noch in seinem roten Plastikkorb auf dem Wachspapier, nachdem die Cops aufgetaucht und wieder verschwunden waren. Er trank auch nichts von seinem Bud. Und dann, ungefähr um 11.45 Uhr, fünf Minuten bevor mein Vater eine Pause machen wollte, mitten in einem Gitarrensolo von »The Last Time« der Rolling Stones, marschierte Billy Allen Derace auf die Bühne, zeigte meinem Vater lächelnd das Steakmesser in seiner Hand, murmelte irgendetwas und begann, auf seine Brust einzustechen.

Beim zweiten Stich wurde die Hauptschlagader meines Vaters durchbohrt, und wahrscheinlich erlitt er einen Schock, trotzdem schaffte er es noch, seine Guitorgen hochzureißen und den dritten Stich zu parieren.

Die *Daily News* veröffentlichte ein Foto der Gitarre, über deren schwarz lackierten Körper eine Messerkerbe bis ins Griffbrett verlief. Derace stach auf meinen Vater ein viertes, fünftes, sechstes Mal ein und schließlich zum siebten und letzten Mal, bevor ihn zwei Feuerwehrleute außer Dienst von der Bühne zerrten und überwältigten. Derace schaffte es jedoch, sich aus ihrer Umklammerung zu winden und durch eine Seitengasse zu entkommen.

Das Ganze dauerte dreißig Sekunden.

Billy Derace war nicht betrunken. Er hatte nicht mal am Bier genippt. Der Krug, den er bestellt hatte, stand noch unberührt auf dem Tisch.

Der Tod meines Vaters war also kein »Unfall« infolge einer Schlägerei gewesen. Verschiedene Zeugen, die von der Polizei, vom *Philadelphia Bulletin* und von der *Philadelphia Daily News* befragt worden waren, sagten aus, dass der irre Billy Derace einfach zu der winzigen Bühne geschlendert war und angefangen hatte, mit dem Steakmesser auf seine Brust einzustechen. Mein Vater hatte nicht die geringste Chance, ihm einen Schlag zu verpassen. Sekunden später wurde Billy Derace zu Boden geschleudert.

Und kurz darauf war er irgendwie verschwunden.

Die Polizei fand Billy Derace schließlich in seiner damaligen Unterkunft – in der Nähe des Adams Institute, das bis heute eine der besten psychiatrischen Kliniken des Landes ist. Sie existierte bereits seit 1813, zunächst unter dem Namen Asylum for Persons Deprived of the Use of Their Reason – Anstalt für Personen, die des Gebrauchs ihrer Vernunft beraubt sind –, später dann als Frankford Asylum for the Insane – Irrenanstalt – und schließlich als politisch korrekteres Adams Institute, benannt nach einer wohlhabenden Familie, die in der Nähe einen Arsch voll Ackerland besessen hatte und Namensgeber für eine angrenzende Avenue war.

Zwei Cops betraten mit Pistolen und Handschellen sein Zimmer im Institute, doch Billy Derace war bereits an Handgelenken und Fußknöcheln fixiert.

Seine Fesseln hatte er fast die ganzen letzten vierundzwanzig Stunden getragen, außer als man ihn mit einem Schwamm abgewaschen hatte.

Derace, so erzählten die Ärzte des Adams Institute der Polizei, lag praktisch im Koma und wurde hin und wieder von Anfällen und Krämpfen heimgesucht. Zu seinem eigenen Schutz war er ans Bett gefesselt.

Einer der Ärzte wurde sogar zitiert: Mitchell DeMeo.

Nein, erklärte Dr. DeMeo, mein Patient hat sich garantiert *nicht* irgendwo in der Nähe von Brady's an der Bridge und Pratt aufgehalten. Derace ist die ganze Zeit hier gewesen, gefesselt, die diensthabende Schwester hat jede Stunde nach ihm gesehen. Seit 1979 befand er sich in einem halb-vegetativen Zustand. Und er hatte erst vor kurzem begonnen, gelegentlich Zeichen von Interesse zu zeigen. Aber aus einer Nervenklinik zu fliehen und eine Bar aufzusuchen, um irgendeinen Gitarristen niederzustechen? Ausgeschlossen.

Mitchell DeMeo – derselbe Mann, aus dessen Büro später die Wohnung meines Großvaters wurde.

Um sein Aussage zu untermauern, legte DeMeo sogar ein schwarz-weißes Überwachungsvideo mit Timecode vor, das belegte, dass Billy Derace in jener Woche das Grundstück kein einziges Mal verlassen hatte. Ebenso wenig wie in den zwei Jahren zuvor.

Die Zeugen aus der Bar schworen jedoch, dass es Derace gewesen sei. Einige hatten ihn sogar schon mal in Frankford gesehen. Man gab ihre Personenbeschreibung an einen Polizeizeichner weiter. Und das Ergebnis sah Billy Derace verdammt ähnlich.

Gerade betrachtete ich eine Fotokopie der Zeichnung. Irgendwie hatte mein Großvater sie in die Hände gekriegt, nebst dem vollständigen Polizeibericht.

Außerdem hatte er sämtliche Zeitungsartikel zu dem Mord ausgeschnitten, was, ehrlich gesagt, nicht viele waren. Ein toter Musiker in einer Kneipe ist keine Geschichte für die Titelseiten.

Die Tatsache, dass er als Ein-Mann-Band auftrat, verlieh der ganzen Sache zwar eine bizarre Note, aber das reichte nur für eine kurze Notiz. Es konnte nie eindeutig bewiesen werden, dass Billy Derace tatsächlich am Tatort war.

Wem schenkte man mehr Glauben? Einem Haufen Arbeiter, die gegen Mitternacht schon gut was gebechert hatten, oder einem Team der besten Psychiater und Schwestern des Landes?

Billy Derace wurde nie verurteilt.

Meine Mom verlor nie ein Wort darüber. Auch meine Großeltern nicht.

Doch offensichtlich hatte die Sache Großvater nicht mehr losgelassen.

Und er hatte in seinem Arzneischrank eine Flasche Pillen, mit denen er in die Vergangenheit reisen konnte.

Warum?

Meistens schienen die anderen Familienmitglieder Grandpa gehörig auf den Wecker zu gehen. An den Feiertagen hockte er sich immer mit seinem lauwarmen Bier in die Ecke. Nie mit einer kalten Dose. Er mochte es, wenn sein Blondes Raumtemperatur hatte.

Mom kommandierte mich dann immer dazu ab, mich mit ihm zu unterhalten. Ich trat dann zu ihm, und er musterte mich von oben bis unten, bevor er sich wieder seinem Bier zuwandte. Wenn wir miteinander sprachen, ergriff stets er das Wort. Und wenn er mich mit ein paar seiner Weisheiten beehrte, hielt ich besser den Mund.

Einen Dreck weißt du. Ich habe Krawatten, die sind älter als du.

Lässt du mich jetzt die Geschichte zu Ende erzählen, oder was?

Hol mir noch ein Bier, Mickey.

Doch jetzt war er mir wehrlos ausgeliefert.

Großvater lag bewusstlos auf seinem Krankenhausbett, an Kabel und Plastikbeutel angeschlossen, die unter und über seinem dünnen Krankenhaushemd entlangliefen. Das kleine Zimmer roch nach Ammoniak und etwas Zitrone. Seine Fingernägel waren zu lang, zu gelb. Ein Monitor zeigte seine Herztätigkeit an.

Es gab so vieles, was ich ihn fragen wollte. Den ganzen Weg hierher waren mir jede Menge Fragen durch den Kopf geschossen.

Es gibt Berichte von Komapatienten, die mitbekommen, was um sie herum geschieht. Wenn ich also mit lauter Stimme redete, konnte Grandpa mich vielleicht hören. Vielleicht nahm er Stift und Papier und kritzelte ein paar Hinweise hin, so dass ich die ganze Sache endlich verstand.

»Grandpa, ich bin's, Mickey. Kannst du mich hören?«

Er antwortete nicht. Das einzige Geräusch war das Piepen aus der Ecke des Zimmers, als würde ein Pong-Automat endlos gegen sich selbst spielen. Nach ein paar Sekunden zuckte Grandpa leicht, aber vielleicht hatte ich mir das nur eingebildet. Ich zog einen Plastikstuhl ans Bett, um ihm von Angesicht zu Angesicht gegenüberzusitzen.

»Ich habe diese Tabletten in deinem Arzneischrank gefunden, Grandpa. Ich hab ein paar davon genommen. Das ist kein Tylenol, so viel weiß ich.«

Die rechte Hand meines Großvaters zuckte unmerklich, und einer seiner knorrigen Finger tippte gegen eine Infusionsflasche. Er hatte die Augen geschlossen, doch unter den Lidern bewegten sie sich schnell hin und her.

Vielleicht konnte er mich tatsächlich hören.

»Hast du sie auch geschluckt?«

Keine Antwort.

»Haben sie dich ins Jahr 1972 zurückbefördert?«

Keine Antwort.

»Hast du darum in den letzten Jahren niemanden von uns besucht? Warst du damit beschäftigt, in die –«

Plötzlich öffnete sich hinter mir die Tür, und eine Schwester stürmte herein. Sie hatte ihr platinblondes Haar zu einer Igelfrisur hochgegelt, und wahrscheinlich bliebe sie damit in der Decke stecken, wenn sie einen Luftsprung machte. Die Schwester beachtete mich gar nicht, sondern wandte sich den Geräten zu, die meinen Großvater überwachten. Ich war bloß ein Besucher, also nicht weiter wichtig. Sie musste ihre Arbeit erledigen, die Schicht zu Ende bringen.

Ich hielt für ein Weilchen den Mund. Meine Fragen waren nicht unbedingt für die breite Öffentlichkeit bestimmt. *Oh, lassen Sie sich nicht stören. Ich unterhalte mich mit meinem komatösen Großvater nur über Pillen und Zeitreisen.* Ich legte mein Gesicht in die Hände und tat, als würde ich beten oder irgendwas.

Die Schwester tippte mir auf die Schulter.

»Hey. Wollen Sie seine Sachen haben?«

»Sachen?«

»Sie wissen schon. Seine Kleidung. Sie ist in einem Plastikbeutel in dem Wandschrank da drüben.«

Grandpa lag im Koma; vermutlich machte es ihm nichts aus, wenn seine Klamotten in dieser Zeit nicht gewaschen wurden. Und ich hatte nicht vor, drei oder vier meiner letzten Dollar für die Reinigung zu verpulvern.

»Nicht jetzt. Danke.«

Sie warf mir einen Wie-Sie-wollen-Blick zu und verschwand wieder.

Nach einer Weile tat ich das ebenfalls. Es ist nicht leicht, schwierige Fragen zu stellen, wenn man weiß, dass man keine Antworten bekommt. Vergeblich hofft man auf eine Reaktion.

Vielleicht hatte Großvater aber auch jedes meiner Worte gehört und war zu dem Schluss gekommen, dass sein einziger Enkel komplett den Verstand verloren hatte.

Ich hatte keine Ahnung, was Grandpa in der Vergangenheit so getrieben hatte. Aber auf einmal war mir klargeworden, was *ich* wollte.

Ich wollte ein letztes Mal meinen Vater sehen.

Ich spürte das überwältigende, ursprüngliche Verlangen, meinen Vater hautnah zu erleben – nicht auf einem Foto, nicht in der Erinnerung. Ich wollte meinen Vater im wirklichen Leben sehen, durch meine erwachsenen Augen. Je älter ich wurde und je weiter der Tag seiner Ermordung zurücklag, desto weniger traute ich meiner Erinnerung. Ich hatte keine Ahnung, wie er wirklich aussah. Es war mir egal, wenn er mich nicht sehen konnte oder dass wir nicht miteinander reden konnten. Ich wollte ihn einfach anschauen.

Ein Redakteur von der *City Press,* mit dem ich befreundet war – ein Nachrichtenredakteur namens Tommy Piccolo – hatte mir mal erzählt, dass er seinen Vater ebenfalls verloren hat, als er noch ein Kind war. Wir hockten in der Bar auf der anderen Straßenseite und tranken eine ziemliche Menge Bier, bis wir beide schließlich wehmütig und niedergeschlagen waren. Tommys Dad starb, als er zwölf Jahre alt war, und inzwischen fing er an, seiner eigenen Erinnerung an ihn zu misstrauen.

»Ich meine, das ist dreißig Jahre her. Ich kann nicht sagen, an was ich mich wirklich erinnere und was ich mir nur ausgedacht habe. Ich weiß nicht mal, wie seine Stimme geklungen hat. Ich stelle mir vor, wie er mit mir redet, und habe Angst, dass ich mir die Stimme, mit der er spricht, nur ausgedacht habe.«

Ich sagte Tommy, dass ich genau wusste, wie er sich fühlte. Und dann bestellte ich für uns eine Runde Whiskey.

Doch jetzt hatte ich eine zweite Chance. Wer bekommt so ein Geschenk und weist es von sich?

Ich wäre sogar zufrieden gewesen, wenn das nur ein verschlungener Traum gewesen wäre, der durch halluzinogene Drogen in Pillenform hervorgerufen wurde. Es wäre immer noch besser gewesen als die Alternative. Nämlich nichts.

Also traf ich auf dem Weg vom Krankenhaus eine Entscheidung. Ich wollte ein paar kleine weiße Pillen einwerfen und zur Darrah Street des Jahres 1972 zurückreisen, um in das Haus meiner Kindheit einzubrechen. Ich würde vielleicht ein Fenster einschmeißen oder einen Stein gegen die Tür werfen … oder warten. Ich musste nicht mal einbrechen. Ich konnte ja irgendwas im Garten umstoßen. Das wäre am einfachsten. Hinter der Häuserzeile unseres Blocks verlief eine Gasse. Als Kind hatte ich dort oft gespielt, obwohl sie fast vollständig von Unkraut überwuchert war und die Betonplatten immer mehr Risse und Spalten bekamen, so dass die Erde sich die Zwischenräume zurückeroberte. Ich tat so, als verliefe hinter unserem Haus ein gigantischer Highway und als könnten mich meine Spielzeugautos überall hinbringen.

Ich hatte also Folgendes vor: Ich wollte von der Gasse aus über den ein Meter hohen, rostigen Metallzaun springen und im Garten nach einem Gegenstand suchen, den ich umwerfen konnte. Ich erinnerte mich, dass meine Eltern damals dort einen kleinen Holzkohlegrill aufbewahrten. Den konnte man leicht umkippen.

Dann würde mein Vater vor die Tür treten, und ich würde ihn sehen.

Alles, was ich wollte, war, ihn ein letztes Mal sehen.

Wenn ich durch die Vergangenheit spazieren wollte, musste ich allerdings einige Schutzmaßnahmen ergreifen. Da ich weiterhin nur bei Nacht loszog, war das Tageslicht kein Problem. Doch Straßenlaternen und normale Haushaltslampen taten ebenfalls weh. Leuchtete jemand mit einer Taschenlampe in die falsche Richtung, konnte er mich womöglich köpfen. Also durchstöberte ich den Wandschrank meines Großvaters.

Jeder Quadratzentimeter darin war mit Button-Down-Hemden und Hosen, mit Anzugjacken, Anoraks und Plastiktüten voller Skimützen, Handschuhe und Socken vollgestopft. So als hätte sich ein besoffener Gebrauchtwarenladen in seinem Innern übergeben. An den Nägeln einer Wand hingen rissige Ledergürtel, Strumpfhalter und Krawatten, so schrill, dass man erblindete, wenn man seine Augen nicht schützte. Auf dem Boden des Wandschranks stapelten sich weitere Schachteln voller Papiere, als hätte er noch nicht genug Zeug im Apartment verstreut. Bei diesem Anblick fühlte ich mich, als wäre ich nicht in das Apartment meines Großvaters gezogen, sondern in einen Lagerraum.

Ich zog die Bügel auseinander, um die Kleidungsstücke besser begutachten zu können. Sie schienen aus keinem bestimmten Jahrzehnt zu stammen. Es waren die Kleidungstücke eines alten Mannes; und das wären sie auch schon vor dreißig oder sechzig Jahren gewesen.

Wenigstens trug ich die richtigen Klamotten. Bei der *City Press* waren T-Shirt und Jeans angesagt gewesen. Sicher, wenn ich eine Audienz beim Bürgermeister oder einem Mitglied des Stadtrates gehabt hätte, hätte ich ein Hemd angezogen. Ich besaß genau eine schwarze Anzughose, die wer weiß wie alt war, einen dunkelblauen Blazer und ein einziges Paar Schuhe, die keine Turnschuhe waren, sondern schwarze Slipper.

Nachdem ich etwa zwanzig Minuten herumgewühlt hatte, fand ich in Grandpas Wandschrank einen hellbraunen Trenchcoat – das einzige Herrenaccessoire, das nie ganz aus der Mode kam. Wie ein Bart konnte ein Mantel eine beliebige Anzahl Sünden verbergen. Und er schützte neunzig Prozent meines Körpers vor der Lichteinwirkung.

An einem Nagel hing außerdem ein zerbeulter Filzhut. Bei seinem Anblick musste ich zunächst lachen. Doch Lichtschutz ist Lichtschutz. Und angesichts der Tatsache, dass ein einzelner Lichtstrahl unter Umständen mein Hirn durchtrennen konnte, war es nur klug, in der Vergangenheit dieses Ding zu tragen.

Er passte sogar.

Es dämmerte bereits. Es war Zeit. Ich hatte das Hemd zugeknöpft und den Mantelgürtel zugeschnallt. Ich versuchte, den Hut à la Gene Kelly über meinen Arm rollen zu lassen, doch er segelte zu Boden.

Nachdem ich drei Tabletten eingeworfen hatte, legte ich mich, den Mantel um den Körper gewickelt, auf die Couch. Handschuhe an den Händen, Filzhut auf dem Kopf – obwohl im Apartment eine Bullenhitze herrschte, versuchte ich, mich zu entspannen und die Wirkung der Tabletten abzuwarten. Die Frage war nur, würden der Mantel, die Handschuhe und der Hut immer noch an meinem Körper sein, wenn ich zu mir kam?

Meine Augenlider wurden schwer, und eine Sekunde später befand ich mich im Jahr 1972. Und ich trug immer noch Hut, Mantel und Handschuhe. Ich betrachtete mich im Badezimmerspiegel, nahm sogar den Hut vom Kopf, um mich zu vergewissern, dass er nicht verschwand. Doch ich hatte Angst, ihn loszulassen. Wenn ich das tat, löste er sich vielleicht auf, wie der Ringfinger und kleine Finger meiner linken Hand. Ich wollte den Hut nicht verlieren, nur Minuten nachdem ich ihn gefunden hatte.

In der Vergangenheit war das Büro leer. DeMeo war dort, wo auch immer er nachts seinen Arsch parkte. Und die Eingangstür war verschlossen.

Glücklicherweise ließ sich das Schloss von innen ohne Schlüssel öffnen, ich musste also nur den Sperrriegel zurückschnappen lassen und den Knauf herumdrehen. Doch mit meinem anderen Selbst gestalteten sich einfache Tätigkeiten bekanntermaßen erschreckend kompliziert. Ich ließ den Sperrriegel zurückschnappen, war jedoch nicht in der Lage, den Knauf festzuhalten. Und als ich den Knauf umklammerte, rutschte der Schnappriegel aus den mir noch verbliebenen Fingern. Und … nochmal.

Ein paar Minuten später schaffte ich es schließlich aus der Vordertür. Als ich die Hälfte der Treppe zurückgelegt hatte, hörte ich ein schrilles Lachen, als würde jemand zu Tode gekitzelt. Nein, Irrtum. Das war kein Lachen. Sondern ein Schrei – der Schrei eines Kindes.

Er kam aus 2-C.

Plötzlich ertönte ein furchtbarer dumpfer Schlag, als etwas gegen die Wand direkt neben der Tür knallte, so heftig, dass ich spürte, wie der ganze Flur um mich herum vibrierte. Dann ertönte ein weiterer Schrei, gefolgt von einem klatschenden Geräusch – ein Schlag. Dann erneut ein dumpfer Knall gegen die Wand, und ein *Bitte, bitte, Mom, nicht.*

Verdammt, ich hab dir doch gesagt, dass du still sein sollst!

Das ging mich nichts an. Das war mir schon klar. Was hinter verschlossenen Türen passierte, sollte hinter – Ach, scheiß drauf.

Ich rannte zur Tür und packte den Griff. Verschlossen. Ich schätze, wenn man seinen Sohn verprügeln will, verriegelt man vorher die Eingangstür, um ungestört zu sein.

Also hämmerte ich, so kräftig ich konnte, mit der Faust in kurzen Abständen fünfmal gegen die Tür. Das Geschrei verstummte und wurde von einem erschreckten Röcheln abgelöst. Ich hörte ein *Psssst.* Schritte näherten sich der Tür. Dann ertönte ein gedämpftes *Sei still! Sofort! Es ist mein Ernst!* Dann ein Schniefen und Husten. Der Schlüssel wurde herumgedreht, und quietschend öffnete sich die Tür. Erna, die Frau aus DeMeos Büro, spähte hinaus in den Flur. Seitlich an ihren Wangen lief Wimperntusche herunter. Ihre Haut war gerötet, ihr Haar verrutscht. Natürlich konnte sie mich nicht sehen.

»Ist da jemand?«

»Ja, Erna. Ich bin's. Wie wär's, wenn du damit aufhörst, dein Kind zu schlagen?«

»Hallo?«

Ich möchte bezweifeln, dass ich im echten Leben so mutig gewesen wäre. Aber hier war mein *anderes Selbst* unsichtbar. Niemand konnte meine Worte hören – außer dem Jungen vielleicht. Und darauf zählte ich. Er sollte wissen, dass jemand zuhörte. Dass seine Misshandlung nicht unbemerkt blieb.

Erna ließ ihren Blick erneut durch den Flur wandern, dann trat sie einen Schritt zurück und schloss langsam die Tür. Doch bevor sie ganz zufiel, schaute sie mir direkt in die Augen. Es war kein flüchtiger Blick, kein zufälliger Augenkontakt. Ich schwöre, für eine Sekunde *sah sie mich.*

Dann knallte sie die Tür zu.

Ich blieb eine Weile vor der Tür und lauschte, ob erneut Schläge oder Schreie ertönten. In dem Fall hätte ich erneut gegen die Tür gehämmert. Ich konnte so bis zum Morgengrauen weitermachen oder bis die Wirkung der Tabletten nachließ, je nachdem. Doch in 2-C blieb es ruhig. Auf einmal war es mir unangenehm, in einem dunklen Flur des Jahres 1972 herumzustehen. Also legte ich ein letztes Mal mein Ohr an die Tür, und da nichts als Stille zu hören war, lief ich die Treppe zur Frankford Avenue hinunter.

Draußen war es bitterkalt. Der Verkehr kroch im Schneckentempo die Avenue entlang. Über mir rumpelte die

Hochbahn, voller Arbeiter, die aus der Innenstadt nach Hause fuhren. Es war ein gutes Gefühl, die eisige Luft in meinen anderen Lungen zu spüren.

Da ich noch nicht ganz bereit war, die Darrah Street aufzusuchen, lief ich zum Zeitungskiosk auf der anderen Straßenseite. Eine Schlagzeile auf der Titelseite fiel mir sofort ins Auge:

VIERJÄHRIGES MÄDCHEN VERMISST

Mit dem Bauch gegen den Tresen gedrückt – in der Hoffnung, dass niemand in mich hinein- oder durch mich hindurchrannte – überflog ich den Artikel. Es war nicht leicht, die Worte im Halbdunkel zu entziffern, und es waren nur ein paar Zentimeter, bis der Artikel auf einer anderen Seite fortgesetzt wurde, doch es reichte, um einen ungefähren Eindruck zu bekommen. Ein vierjähriges Mädchen namens Patty Glenhart war in einem Billigladen, nur ein paar Blocks von hier, verlorengegangen.

Zunächst fühlte ich mich schlecht, wie man das tut, wenn man so eine tragische Geschichte liest. Man wünscht sich, das Ganze wäre nicht passiert. Doch dann setzte mein Selbsterhaltungstrieb ein. Vergiss es, du kannst sowieso nichts dagegen tun, außer mit deinen Gedanken und Gebeten bei der Fam…

Doch dann fiel mir ein, wo ich war, *wann* ich war.

Ich *konnte* etwas tun.

VII
Die Grube

Ich musste mir eine Ausgabe der Zeitung besorgen. Musste die Einzelheiten in Erfahrung bringen. Namen, Adressen. Die übliche Recherchearbeit. Nachdem ich eine Zeit lang daran herumgefingert hatte – diesmal dauerte es eine halbe Minute –, hatte ich schließlich einen *Evening Bulletin* unter dem Arm klemmen.

Wieder oben im Büro, schlug ich die Zeitung auf und versuchte mir möglichst viel davon einzuprägen. Die Glenharts wohnten an der Allengrove Street in Northwood, etwa sechs Blocks von hier. Patty hatte zwei ältere Brüder, die beide bereits zur Schule gingen. Auch wenn das Mädchen fast noch im Kleinkindalter war, war es unglaublich altklug. Laut ihrer Mutter hatte es die Angewohnheit, bei Kresge's an den Tresen des Imbisstands zu marschieren und etwas zu essen zu bestellen, bevor ihre Mutter etwas einwenden konnte. Die Bedienung und der Koch fanden das süß und gaben ihr meistens einen Gratis-Imbiss.

Die Bedienung und der Koch wurden auch dahingehend zitiert, dass sie einen »unheimlichen« Typen mit langen Koteletten und gelber Jacke gesehen hätten, der in der Nähe des Imbisses herumgeschlichen sei, etwa zu dem Zeitpunkt, als die Mutter angefangen habe, um Hilfe zu rufen: Wo ist meine Kleine, oh Gott, wo ist meine Kleine. Die Polizei sucht nach Hinweisen, bitte rufen sie an unter MU6-8989 …

Ich las, so viel ich konnte, prägte mir möglichst viele Einzelheiten ein, dann legte ich mich auf den Boden und wartete, bis ich das vertraute Schwindelgefühl verspürte. Ich hatte vier Pillen genommen, in der Annahme, ich bräuchte diese Zeit, um meinen Vater abzupassen. Mit dieser Sache hatte ich nicht gerechnet.

Nach einer Weile schlief ich wohl ein, denn bevor ich mich versah, fand ich mich im Apartment wieder.

Ich rappelte mich auf und prüfte auf meinem Laptop, wie spät es war – 3.17 Uhr. Nur noch ein paar Stunden bis Sonnenaufgang. Mir blieb nicht mehr viel Zeit.

Ich klickte auf Google, tippte »Glenhart«, »Allengrove« und »vermisst« ein – und landete sofort einen Treffer.

Wie jede alte Stadt hat auch Philadelphia eine lange Historie von Gräueltaten. Einige machten landesweit Schlagzeilen, wie Gary Heidnick mit seinem berüchtigten Keller voller Sexsklaven in West Philly. Oder der Radiojournalist, der einen Polizeibeamten erschoss, darauf zum Tode verurteilt wurde und mit seinem Fall Berühmtheit erlangte. Oder die Bombardierung eines kompletten Wohnblocks im Kampf gegen eine Gruppe Radikaler, die sich MOVE nannte. Wofür der Bürgermeister persönlich verantwortlich war.

Doch selbst hier im Nordosten Philadelphias – wobei Frankford eine inoffizielle Grenze zum Rest der Stadt bildete – hatten sich eine Menge schwerer Verbrechen ereignet.

Zum Beispiel die Sache mit dem »Jungen im Karton« – so wurde ein Kind genannt, nicht älter als sechs Jahre, das man 1957 an einer wenig befahrenen Straße zu Tode geprügelt in einem alten Karton für Korbwiegen gefunden hatte. Trotz einer aufwendigen Kampagne und eines Fotos des Jungen, das in jeder Stadt der Gasrechnung beilag, konnte seine Identität bis heute nicht geklärt werden.

Das Revier des Schlitzers von Frankford lag sogar noch näher, des Serienmörders, der in den späten 1980ern Jagd auf Prostituierte machte. Was das betrifft, habe ich Meghan nicht verarscht; den Schlitzer gab es wirklich. Die Polizei verhaftete schließlich einen Mann, der später für einen der Morde verurteilt wurde, allerdings vermutete man, dass der echte Schlitzer entweder tot oder noch auf freiem Fuß war.

Beim »Mädchen in der Grube«, einer weiteren Gräueltat aus Frankford, war das anders. Zu meiner Überraschung hatte ich noch nie davon gehört. Dabei hatte ich es mir zur Aufgabe gemacht, sämtliche Kriminalfälle aufzuspüren, die sich in der Gegend ereignet hatten, in der ich aufgewachsen war.

Auf einer privaten Webseite über wahre Kriminalfälle stand eine knappe Zusammenfassung der Ereignisse. Patty Glenhart war verschwunden und blieb verschwunden. Erst Jahre später wurde ihre Leiche gefunden.

Ich hielt mich nicht mit den grausamen Einzelheiten auf. Es gab bloß zwei Dinge, die mich interessierten: der Name des Scheißkerls, der sie entführt hatte.

Und seine Adresse.

Es handelte sich um ein Einfamilienhaus an der Harrison Street, nur vier Blocks vom Haus meiner Eltern entfernt. Neben ihm wirkten die meisten Häuser in der Gegend winzig, und es wurde zu beiden Seiten von einem breiten Rasenstück gesäumt. Eine riesige Veranda. Drei Stockwerke, mit Dachgeschoss.

Die oberen Stockwerke interessierten mich allerdings nicht – sondern die Grube. Es handelte sich dabei um kaum mehr als um einen flachen Zwischenraum unter der Waschküche, direkt hinter der Küche. Laut der Webseite waren dort vom neuen Besitzer bei Renovierungsarbeiten Patty Glenharts Überreste entdeckt worden. Unter dem Haus befand sich ein kompletter, wenn auch nicht fertiggestellter Keller, doch die Grube war davon getrennt; der frühere Besitzer hatte sie selbst ausgehoben. Der Mörder von Patty Glenhart.

Er hieß Dennis Michael Vincent. Nach seiner Festnahme im Oktober 1983 gestand Vincent der Polizei, dass die Grube als Luftschutzbunker gedacht gewesen war, falls die Russen Wasserstoffbomben auf Frankford abfeuerten. Er hatte sich die vier Jahre alte Patty geschnappt, weil er glaubte, dass im März 1972 ein Angriff bevorstünde, und er hatte sie retten wollen, weil sie so blond und so jung und so hübsch gewesen sei und bei der Wiederbesiedlung des Landes nützlich gewesen wäre. Die Gerichtsmediziner stellten fest, dass sie siebenundzwanzig Knochenbrüche und sechs Schädelfrakturen aufwies.

Später behauptete Vincent, dass er sich geirrt habe. Sie sei nicht hübsch gewesen. Sie sei böse gewesen. Die Tochter des Teufels.

Jetzt stand ich vor Vincents Haus und überlegte, wie ich dort einbrechen sollte. Die Eingangstür war verschlossen. Die Fenster ebenfalls. Ich lief an der Seite des Hauses entlang und kletterte auf die Holzveranda. An der Hintertür war immer noch ein Fliegengitter. Obwohl inzwischen Februar war, hatte Vincent sich nicht die Mühe gemacht, es auszutauschen. Mit den Fingern meiner rechten Hand drückte ich gegen das Netz und riss es, so fest ich konnte, nach unten. Der Stoff glitt durch meine Finger. Also zerrte ich noch fester daran, mit all meiner Kraft.

Das Gitter riss ein wenig ein. Ich steckte drei Finger in das Loch und rupfte es aus dem Rahmen.

Dahinter befand sich ein Ösenhaken. Nachdem ich ihn gelöst hatte, griff ich nach dem Knauf der Fliegengittertür.

Sie war verschlossen.

Doch die Tür aus Holz hatte eine eingelassene Glasscheibe. Ich ging zurück in den Garten, nahm einen Stein und schlug damit vorsichtig gegen das Glas. Es blieb ganz. Ich konnte es nicht riskieren, sie mit voller Wucht zu zertrümmern – ich musste leise zu Werke gehen. Unauffällig. Erneut schlug ich vorsichtig zu. Ein paar Risse zeigten sich im Glas. Nach ein paar weiteren Schlägen zerbrach es schließlich ganz, und die Scherben fielen klirrend auf den Linoleumboden auf der anderen Seite.

Ich wartete einen Moment.

Kein Geräusch, gar nichts. Es war kurz vor vier Uhr morgens.

Ich drückte die Glasscherben aus dem Rahmen, dann griff ich mit dem linken Arm ins Innere, um den Schnappriegel zurückzuziehen. Ich brauchte ziemlich lange, zumal ich nicht sah, was zum Henker ich da tat. Die Geister in Filmen haben es da leichter. Sie können durch Wände laufen, durch die Decke schweben, im Boden versinken, was auch immer. Und ich stand hier und hatte Probleme mit dem einfachsten Schließmechanismus, der je gebaut worden war.

Schließlich sprang er auf, doch da war noch etwas. Ein Riegelschloss. Damit hatte ich nicht gerechnet. Ich griff mit dem Arm weiter ins Innere, legte meine Finger um den Knopf und zog kräftig daran. Das Schloss bewegte sich lediglich den Bruchteil eines Zentimeters. Ich zog erneut daran. Mit einem lauten Klacken öffnete es sich.

Und ich war drin.

Jetzt musste ich die Waschküche und die Grube darunter finden. Ich betete, dass ich nicht zu spät kam. Betete, dass Vincent, das Monster, sie nicht an diesem Tag geholt und getötet hatte.

Laut der Kuckucksuhr in Vincents Küche war es vier Uhr morgens. Das ganze Haus stand voller verstaubter Antiquitäten, was die Vermutung nahelegte, dass Vincents Eltern wohlhabend, aber früh verstorben waren, und ihm jede Menge Zeug hinterlassen hatten, mit dem er nichts anfangen konnte. Einschließlich seines eigenen Lebens als Erwachsener.

Lag er oben im Bett? Oder hielt er neben der Falltür Wache, die er notdürftig am Holzboden der Waschküche befestigt hatte?

Ich schlich weiter.

Die Waschküche war nicht schwer zu finden. Sie lag wie angegeben direkt hinter der Küche, und ich konnte das von Hand ausgesägte Viereck im Boden erkennen, mit rostigen Scharnieren auf der einen und dem Griff eines Riegelschlosses auf der anderen Seite. Tja, noch mehr Schlösser. Es dauerte eine ganze Minute, bis ich es geöffnet hatte und in den dunklen Schacht hinuntersprang.

Im selben Moment hatte ich den Geschmack von Erde im Mund. Prustend und schnaufend drückte ich mich mit den Händen vom Boden ab. Hier unten war es eiskalt. Der Zwischenraum bis zu den Bodendielen war etwa einen Meter zwanzig hoch, mit einem völlig unebenen, matschigen, braunen Boden aus Erdreich. Die Erde unter meinen Handflächen fühlte sich kalt und feucht an, wie schmieriges Knetgummi.

Hier unten gab es so gut wie kein Licht, trotzdem konnte ich ein paar Gegenstände erkennen, je mehr meine Augen sich an die Dunkelheit gewöhnten. Auf einer Seite lag eine kleine Kindermatratze. Die billige, glänzende Matratze ohne Bettgestell war mit einem einzelnen Laken zur Hälfte bedeckt. Daneben lagen in einem Pappkarton ein paar Spielsachen – eine abgenutzte Stoffpuppe, eine Holzente mit roten Rädern und einer Schnur am Schnabel. Spielsachen, wie man sie in einem Waisenhaus erwarten würde. Einem schlecht geführten Waisenhaus, das total pleite war.

Und zusammengerollt in einer Ecke schlummerte Patty Glenhart.

Sie schlief auf dem Boden neben einem freiliegenden Leitungsrohr. Von dem rostigen Metall tropfte Kondenswasser. Offensichtlich hatte sie sich in diese Ecke gekauert, weil es dort ein wenig wärmer war. Ich trat gebückt näher, dann flüsterte ich, um ihr nicht noch mehr Angst einzujagen, als sie ohnehin schon hatte: »Patty.«

Sie stöhnte. Rollte sich noch mehr zusammen.

»Ich werde dich von hier fortschaffen, Patty, versprochen. Du wirst bald wieder bei deiner Mom und deinem Dad sein.«

Hinter einem kleinen, mit blondem flauschigem Haar bedeckten Unterarm öffnete sich mühsam ein Auge. Ein wunderschönes grünes Auge.

Und dann stieß sie einen Schrei aus.

Ich versuchte, sie zum Schweigen zu bringen, sie zu beruhigen, doch es war zu spät. Ihr gellender Schrei hallte durch die Leitungsrohre, durch die Holzdielen, durchs ganze Haus und verriet Dennis Michael Vincent – der inzwischen wahrscheinlich aufrecht im übergroßen Bett seiner Eltern im ersten Stock hockte –, dass etwas nicht stimmte. Ich hörte, wie er mit schweren Schritten eine Holtreppe hinabstapfte. Er kam herunter, um nach seiner Gefangenen zu sehen.

»Patty! Hör zu! Du musst still sein!«

Dann war er direkt über uns und stolperte fast über die offene Klapptür.

»Was zum *Teufel!?*«

Jahre später rückten die Nachbarn mit allen möglichen Einzelheiten heraus. Etwa, dass sie sich daran erinnerten, wie Vincent jede Woche zehn Papiertüten mit Erde für die Müllabfuhr rausgestellt hatte, anstatt sie im Garten zu entsorgen. Die Nachbarn erinnerten sich außerdem, dass sie Sägegeräusche und Hämmern gehört hatten – und hin und wieder Schreie. Doch sie dachten, es handle sich lediglich um den Fernseher, auf dem ein Western oder Science-Fiction-Film lief. Oder ein Kriegsfilm. Nichts, weswegen man sich Sorgen machen müsste.

Konnten sie Pattys Schreie jetzt nicht hören? Warum griffen sie nicht zum Telefon und verständigten die Polizei – und wenn auch nur, um ihr Gewissen zu beruhigen?

Oben ging ein gleißend helles Licht an, als Vincent die Lampe in der Waschküche anknipste. Plötzlich hatte ich das Gefühl, als müsste ich mich übergeben. Schon wieder Licht. Das Licht war nicht gerade mein

Freund. Ich trat langsam zurück und versuchte, mich in den Schatten zu drücken. Warum war mein wunder Punkt ausgerechnet jenes Element, das die Erde die Hälfte der Zeit überflutete? Und das durch schlichtes Betätigen eines Schalters erzeugt werden konnte?

Im Erdreich landeten zwei braune Arbeitsstiefel nebst zweier mit dreckverschmiertem Jeansstoff bekleideten Beinen. Dennis Michael Vincent war ein großer Mann. Mit roten Wangen, kräftigen Knochen und wild wuchernden Koteletten. Seine Augen standen zu dicht zusammen, als wäre die obere Hälfte seines Gesichts in der Kindheit nicht mitgewachsen.

»Psssst, mein kleines Mädchen«, sagte er. »Wir haben doch darüber gesprochen. Du willst doch nicht noch mal den Gürtel spüren, oder? Möchtest du etwa, dass ich damit in die Grube komme?«

Da stürzte ich mich auf ihn.

Es tat verdammt weh – als meine *anderen* Knochen mit seinen echten zusammenstießen. Aber ich glaube, dass es Vincent ebenfalls wehtat. Und ihn irritierte. Er knurrte und fuhr herum, blinzelte ins Halbdunkel. Ich fauchte ihn an und versuchte, möglichst furchterregend zu klingen.

»Mach, dass du von hier wegkommst.«

Sollte er es ruhig mit der Angst kriegen. Sollte er durchdrehen. Sollte er schreiend aus seinem Haus rennen. Vielleicht unternahmen die Nachbarn dann etwas.

»Wer ist da? Was zum –«

Keine Ahnung, ob er mich hörte. Aber das war mir egal. Ich fühlte mich jedenfalls gut dabei.

»Ich bin der Teufel. Ich bin hier, um meine Tochter zu holen.«

Und ich stürzte mich erneut auf ihn.

Diesmal kriegte Vincent mich allerdings für ein paar Sekunden zu packen – keine Ahnung, wie. Doch das Licht von oben brannte mir auf den Rücken. Ich hatte das Gefühl, als müsste ich mich übergeben und würde gleichzeitig zu Tode geröstet. Ich wälzte und rollte mich über die Erde und hörte Pattys Schreie und Vincents erregtes Knurren, während er nach dem suchte, was ihn angegriffen hatte.

Die andere Ecke des Schachts war stockfinster. Dort kauerte ich mich für einen Moment zusammen, während ich versuchte, zu verschnaufen und gegen das Schwindelgefühl anzukämpfen, das ich verspürte. Noch nicht. Ich durfte noch nicht aufwachen. Erst ein bisschen später. Erst wenn sie frei war.

»Du bist das, stimmt's? Du bist das, stimmt's, du kleine Hure?«

Patty schrie, doch der Schrei brach abrupt ab, als hätte man sie plötzlich erdrosselt.

»Du bist das, denn du bist die Tochter des Teufels! Hör auf damit! Hör auf damit, oder du kriegst es mit dem Gürtel, bis dein Hintern blutig ist!«

Ich hörte einen Schlag. Erneut ging ich auf ihn los. Es war mir egal, wenn ich hier unten bei lebendigem Leib verbrannte. Ich musste diesen Mann daran hindern, diesem Kind wehzutun.

Vincents Kopf knallte gegen das Leitungsrohr. Es ertönte ein dumpfes Dröhnen, und einen Moment später schrie er vor Schmerz auf. Schließlich krabbelte er aus dem Schacht. Ich schnappte mir das Laken von der Kindermatratze, wickelte es mir um den Kopf, kletterte hoch in die Waschküche und weiter ins dunkle Wohnzimmer, wo ich sicher war. Er war ebenfalls dort. Ich konnte im Schatten seinen dunklen Umriss ausmachen, den Mund geöffnet, die Augen hervorgetreten, während er versuchte dahinterzukommen, was zum Teufel ihn da verfolgte.

»Ich bin immer noch da.«

Ich knurrte, dann fegte ich eine Lampe von einem Tisch.

Vincent stieß einen Schrei aus, wich zurück.

Ich trat näher an ihn heran, musterte seinen Körper und fragte mich, wo ich ihn mit einem Schlag am meisten verletzen konnte.

»Geh ruhig raus. Bitte deine Nachbarn um Hilfe. Sag ihnen, dass sie die Polizei rufen sollen. Sag ihnen, dass der Teufel da ist, um dich zu holen.«

Vincent taumelte nach hinten, bis er gegen die Wohnzimmerwand stieß. Er keuchte. Schüttelte den Kopf.

Und dann streckte er den Arm aus und schaltete das Wohnzimmerlicht an.

Ich riss meinen rechten Arm nach oben. Für einen Moment sah ich wohl aus wie einer jener Menschen in einem Film der Fünfziger, der im Blitz einer Wasserstoffbombenexplosion erstarrt. Als ob man mit Unterarm und Bizeps die totale atomare Hölle aufhalten könnte. Ich wurde zwar nicht ohnmächtig, aber ich glaube, dass ich aufhörte, etwas bewusst wahrzunehmen, denn ehe ich es mich versah, kauerte ich unter einem Couchtisch. Und Vincent machte sich über mich lustig: »Der Teufel mag wohl kein Licht, was?«

Mein rechter Arm war gelähmt vor Schmerz. Körperliche Schmerzen sind eine Sache. So schlimm sie auch sein können – wie zum Beispiel folterkellerartig –, es ist immer möglich, dass man einen Schock erleidet und sich in sich selbst zurückzieht. Doch aus irgendeinem Grund fühlte sich das hier wie *seelischer Schmerz* an … Schmerz, vor dem man sich nicht verstecken konnte, unter keinen Umständen. So lange deine Seele existierte.

Ich konnte es nicht mehr ertragen, also stürzte ich ins nächstgelegene Dunkel – die Küche. Und unter den Tisch. Ich rutschte über das Linoleum. Zitterte heftig. War kurz davor, mich zu übergeben und ohnmächtig zu werden.

»Hier hast du Licht, Teufel!«

Ein erneutes Klicken. Noch mehr Licht, rings um mich herum. Wo zum Henker war ich nochmal? Genau. In der Küche. Unter meinen Fingern spürte ich das kalte Linoleum – das heißt, unter den noch verbliebenen Fingern meiner linken Hand. Ich hatte keine Ahnung, wo meine rechte Hand war.

Vor mir tauchten die braunen Arbeitsstiefel auf. Der Tisch über mir fing an, nach links zu rutschen. Dann hoben sich zwei der Tischbeine in die Luft. Der Schatten über mir verschwand, und eine Woge aus mörderischem Licht brach über mich herein. Es ging in die letzte Runde.

Also ging ich mit aller mir noch verbliebenen Kraft auf den Scheißkerl los.

Mit voller Wucht warf ich mich vorwärts. Es krachte laut, und ich hatte das Gefühl, als wäre ich in einen Küchenmixer gestolpert. Die Haut zerfetzt; die Knochen zu Staub zermahlen. Die Nerven aufgeschlitzt und von glühenden Nadeln durchbohrt.

Doch irgendwie war ich noch am Leben.

Und wieder ins kühle, wohltuende Dunkel der Nacht getaucht.

Dennis Michael Vincent lag gurgelnd neben mir, auf dem Betonweg neben seinem Haus. Wir waren durch das Küchenfenster geflogen, in seinem Hals und in seinem Unterarm steckten Glasscherben. Rechts aus seinem Hals spritzte in kurzen Abständen ein dünner Strahl Blut. Er stöhnte. Verfluchte den Teufel, mit dem bisschen Stimme, das ihm noch geblieben war.

Zu meiner Rechten blitzte ein gelbes Licht auf. Dann das Geräusch einer Holztür, die sich quietschend öffnete. Ein Nachbar.

Ich krabbelte rückwärts, bis ich einen Maschendrahtzaun in meinem Rücken spürte. Ich versuchte, mich daran hochzuziehen, doch dann passierte etwas

Seltsames. Es schien, als kriegte ich nichts mehr zu fassen. Da ertönte ein neues Geräusch, und ich blickte zurück Richtung Haus.

Auf der Terrasse stand Patty Glenhart. Sie konnte mich sehen. Vermutlich konnten nur Kinder und Verrückte Geister sehen.

Sie schrie, drehte sich um und rannte zurück ins Haus.

Ich warf einen Blick auf meine rechte Schulter. Mein kompletter Arm fehlte.

Der Nachbar von nebenan rief etwas. *Ist alles in Ordnung? Braucht jemand Hilfe?*

Währenddessen erstickte Dennis Michael Vincent an seinem eigenen Blut.

Ich versuchte, nicht an meinen fehlenden Arm zu denken, und zog mich mit den drei Fingern meiner linken Hand am Zaun hoch. Dann torkelte ich völlig aus dem Gleichgewicht an der Seite des Hauses entlang. Schließlich wandte ich mich nach rechts und wankte einen Block hinunter; ich wollte es noch bis zur Frankford Avenue schaffen, bevor ich das Bewusstsein verlor.

Als ich wieder zu mir kam, starrte Meghan mich an, das Handy in der Hand, einen panischen Ausdruck auf dem Gesicht. Ich lag in Grandpas Mantel gehüllt auf dem Boden, seinen Hut immer noch auf dem Kopf.

»Meine Güte, Mickey – bist du wach?«

»Oh Gott.«

Ich stöhnte, dann rollte ich mich auf die Seite und fragte mich, was Meghan hier machte. Und wie ich ihr erklären sollte, warum ich an einem glühend heißen Junimorgen mit Mantel, Hut und Handschuhen bekleidet auf dem Boden lag.

»Mickey! Komm schon, hör auf, dich rumzuwälzen!«

Mein rechter Arm war zwar immer noch an meinem Körper, doch er war, wie die Finger der linken Hand, völlig taub. Ein nutzloses totes Stück Fleisch, das an meiner Schulter herabhing. Ein paar Finger, na gut. Aber ein ganzer Arm?

Der Schmerz, der meinen Körper durchströmte, hatte etwas Unwirkliches. Wie eine Grippe auf Anabolika.

»Ich wähle den Notruf, wenn du mir nicht sofort sagst, was los ist. Und diesmal werde ich dafür sorgen, dass man dir den Magen auspumpt.«

Ich sah sie an. Schluckte.

»Ich habe keine … Ich habe keine Drogen genommen. Ich schwör's. Hilf mir mal hoch und bring mir meinen Laptop.«

»Was? Deinen Laptop? Warum?«

»Es ist wichtig. *Bitte.*«

Widerwillig legte Meghan das Telefon hin und half mir auf die Couch, dann nahm sie meinen Laptop vom Schreibtisch und stellte ihn auf meinen Schoß. Mit meinen drei unversehrten Fingern platzierte ich ihn so, dass ich gut tippen konnte.

»Hey – was ist mit deinem Arm?«

»Er ist taub. Einen Moment.«

Es fiel mir schwer, mit drei Fingern zu tippen. Ich kannte eine Menge Leute, die mit zweien auskamen, aber ihr müsst wissen, dass ich es gewohnt war, mindestens acht Finger zu benutzen. (Die kleinen Finger kommen normalerweise nicht zum Einsatz, wie die Vorarbeiter auf dem Bau.) Mit dreien zu tippen, empfand ich als unnatürlich. Als wollte ich mit den Ellbogen eine Kontaktlinse einsetzen.

»Soll ich es für dich machen?«

»Geht schon.«

Im Adlersuchsystem tippte ich »Patty Glenhart« ein und suchte nach dem Eintrag, auf den ich vorhin gestoßen war.

Er existierte nicht mehr.

Ich versuchte, ihn auf anderem Weg zu finden, indem ich auf der Website über wahre Kriminalfälle (mit dem erbaulichen Titel SinnersAndSadists.com) die Buchstaben »W« und »P« eintippte, doch es gab keinen Eintrag zu einem Mädchen namens Patty Glenhart.

Meghan fasste mich an der Schulter.

»Was suchst du?«

»Etwas, das hoffentlich nicht mehr existiert.«

Es klang absurd, aber vielleicht hatte ich tatsächlich in der Vergangenheit den Lauf der Dinge verändert. Vielleicht war ein kleines Mädchen noch am Leben, weil ich ins Jahr 1972 zurückgereist war und einen Pädophilen aus seinem Küchenfenster geworfen hatte. Ich hatte dabei zwar die Bewegungsfähigkeit meines Arms eingebüßt, doch das spielte keine Rolle, denn vielleicht war Patty Glenhart noch am Leben, und ihre Alpträume hatten ein Ende.

Meghan musterte mich.

»Weißt du, für jemanden, der versucht, mich zu überzeugen, dass er nicht auf Droge ist, stellst du dich ziemlich dämlich an.«

»Ich schwör dir bei Gott, dass ich nicht auf Droge bin.«

»Du redest irgendwelches Kauderwelsch. Ich finde dich hier mit Mantel und Hut auf dem Boden liegen. Dein rechter Arm ist taub. Sag mir, was von alldem nicht darauf hindeutet, dass du mitten in der Woche ein verlorenes Wochenende eingelegt hast. Was ist los?«

Es gab ohne Zweifel Millionen Gründe, Meghan nicht zu erzählen, was los war. Die Spirale des Wahnsinns, die ich erwähnt habe. Doch ich erzählte es ihr trotzdem.

Nachdem ich ihr die Sache erklärt hatte – offensichtlich machte ich das ziemlich gut, denn sie unterbrach mich kein einziges Mal –, bot Meghan mir einen Energiedrink an. Ich nahm das Angebot dankend an. Aus einer Papiertüte, die sie auf dem Kirschholzschreibtisch abgestellt hatte, zog sie eine Plastikflasche, schraubte sie auf und reichte sie mir. Ich war zwar schlau genug, nicht mit meiner rechten Hand danach zu greifen. Allerdings nicht schlau genug, daran zu denken, dass die drei Finger nicht reichten, um die Flasche zu halten. Sie rutschte einfach durch sie hindurch und prallte leicht vom Sofapolster ab, worauf sich eine rosafarbene Flüssigkeit über meinen Schoß ergoss.

»Ah!«

Ich nahm den Laptop hoch. Einen alten Mac, aber meine einzige Verbindung zur Außenwelt, das einzige Teil, das nicht zu Frankford gehörte.

»Scheiße, tut mir leid«, sagte Meghan, hob die Flasche auf und stürzte auf der Suche nach einem sauberen Handtuch durchs Zimmer. Vergeblich, hatte ich doch seit meinem Einzug keine Wäsche gewaschen. Auf einer Küchenrolle, die mein Großvater offensichtlich gekauft hatte, waren noch zwei Papiertücher. Sie kam damit herüber und tupfte mir den Schoß ab.

»Lieber Penthouse. Ich schwör's, so was ist mir noch nie passiert, aber eines Nachts …«

Meghan warf mir ein süffisantes Grinsen zu. Es war das erste Mal seit Tagen, dass wir beide über einen Witz lachten, und das war ein gutes Gefühl. Als sie so viel wie möglich von der Flüssigkeit aufgewischt hatte, knüllte sie die Papiertücher zusammen und beförderte sie mit einem mustergültigen Wurf in die Spüle. Dann umfasste sie meine Knie und blickte mir direkt in die Augen.

»Die Sache läuft folgendermaßen.«

»*Was* läuft …«

»Unterbrich mich nicht. Ich werde die Geschichte, die du mir gerade erzählt hast, auf Herz und Nieren prüfen. Wenn sie standhält, bleibe ich, und wir können alles in Ruhe besprechen. Doch wenn ich auch nur den geringsten Anhaltspunkt habe, dass du mich verarscht oder dir irgendeine schwachsinnige Geschichte ausgedacht hast, weil du vor lauter Drogen den Verstand verloren hast, mach ich mich vom Acker.«

»Okay.«

»Letzte Chance. Du schwörst, das alles, was du mir erzählt hast, die Wahrheit ist?«

»Ja. Nach bestem Wissen und Gewissen. Willst du, dass ich meine taube rechte Hand auf die Bibel lege?«

Meghan kam ganz nach ihrem Vater. Auch wenn sie keine Anwältin war. Tatsächlich hatte ich keine Ahnung, womit sie ihren Lebensunterhalt verdiente – falls sie ihn überhaupt selbst verdiente. Unsere Freundschaft hatte sich zwar um das Leben im Mietshaus an der Spruce Street gedreht und um die nahe gelegenen Bars und Restaurants. Doch einige von den strafrechtlichen Fähigkeiten ihres Vaters hatten offensichtlich auf sie abgefärbt, denn sie nahm mich wie ein Profi in die Mangel.

Zunächst wollte sie diese »Pillen« sehen. Ich forderte sie auf, in der Tylenol-Flasche im Arzneischrank nachzusehen. Als sie sie gefunden hatte, tippte sie sich eine davon in die Hand. Begutachtete sie. Suchte nach dem Markennamen, konnte ihn jedoch nicht finden. Es handelte sich um glatte weiße Kapseln, auf deren Seite lediglich die Dosis (250 mg) eingraviert war.

Sie verstaute die Tablette in einem Gefrierbeutel, als würde sie die Indizienkette sichern.

»Was hast du damit vor?«

»Mach dir deswegen keine Sorgen.«

Als Nächstes erörterte Meghan mit mir meine vermeintlichen körperlichen Interaktionen in der Vergangenheit. Ich konnte also Türen öffnen und die Treppe hinunterlaufen, hatte aber Probleme, Zeitungen und Comichefte festzuhalten? Warum? Licht fügte meinem Körper Verletzungen zu, allerdings nur direktes Licht – richtig? Was war mit dem Umgebungslicht? Wenn die Finger abfielen, lösten sie sich dann sofort auf oder erst nach ein paar Sekunden?

»Okay, und du sagst, dass dich niemand sehen kann?«

»So gut wie niemand. Ich habe dir von dem Jungen erzählt.«

»Dessen Namen du nicht kennst.«

»Richtig. Er kann mich sehen. Und das kleine Mädchen, Patty. Ich glaube, sie konnte mich ebenfalls sehen.«

»Hmmmm.«

Für eine gute halbe Stunde kauten wir das alles durch, bis Meghan erneut auf Patty Glenhart zu sprechen kam. Sie ließ nicht locker.

»Dein einziger Beweis war also dieser Steckbrief in einem Blog.«

»Eine Seite über wahre Kriminalfälle.«

»Was auch immer. Und als du jetzt nach dem Steckbrief gesucht hast, war er verschwunden, richtig?«

»Richtig.«

»Was wenn der Administrator der Seite ihn einfach entfernt hat?«

»Du meinst, zufällig ein paar Stunden nachdem ich ihn zum ersten Mal gelesen hatte?«

»Wär doch möglich. Oder du hast dir den Eintrag nur eingebildet.«

Ich dachte darüber nach.

»Halt. Da war dieser Artikel im *Bulletin* mit der Schlagzeile ›Mädchen vermisst‹.«

»Hast du ein Exemplar davon?«

»Nein. Ich kann nichts mit zurücknehmen, vergessen?«

»Aber diese Zeitung muss ja irgendwo existieren.«

Sie wandte sich von mir ab, als wollte sie sich das für später merken.

»Du sagst, dass du zurückgereist bist und sie aus diesem Keller befreit, aber nicht ihre Entführung verhindert hast.«

»Richtig!«

»Ich werde das gleich morgen im Archiv des *Bulletin* überprüfen. Wenn du die Schlagzeile gesehen hast, dann werde ich sie dort finden.«

»Du kennst das Archiv des *Bulletin?*«

Das Archiv gehörte zum Urban Archives Center der Temple University und bestand hauptsächlich aus Mappen mit den Ausschnitten der vor langer Zeit eingestellten Zeitung. Bevor es das Internet gab, musste man, wenn man etwas über Philadelphias Geschichte nachschlagen wollte, das Archiv aufsuchen und Dutzende winziger Mappen durchsehen, jede voller kleiner vergilbter Ausschnitte, die von einem längst vergessenen Angestellten per Hand ausgeschnitten und mit einem Datum versehen worden waren. Im Grunde handelte es sich um eine Steampunk-Version von Google, und es war jahrelang meine Geheimwaffe als Reporter gewesen.

Doch für Meghan war das ein alter Hut.

»Im ersten Semester hat unser Englischprofessor mit uns eine Exkursion dorthin gemacht. Schickt nicht jedes College seine Erstsemester dorthin?«

Schließlich richtete Meghan ihr Augenmerk wieder auf meinen tauben Arm und meine tauben Finger und fragte, ob ich sie bewegen könne oder ob ich etwas spüren würde, wenn sie mir mit der Gabel in den Unterarm stach. Was sie auch tat. Mehrfach. Überall. Doch nichts.

»Okay, das ist echt gruslig. Ich bringe dich jetzt ins Krankenhaus.«

»Nein. Ich hasse Krankenhäuser. Außerdem bin ich mir ziemlich sicher, dass ich keine Krankenversicherung habe.«

»Selbst wenn ich dir deine durchgeknallte Geschichte mit den Pillen abkaufe – und die Jury berät noch, das nur nebenbei –, warum willst du deinen Arm nicht checken lassen? Du hast dir einen Nerv eingeklemmt. Er kann für immer taub bleiben.«

»Ich brauche nur etwas Schlaf. Und was soll das heißen, die Jury berät noch? Hast du irgendeine Unstimmigkeit in meiner Geschichte gefunden?«

»Noch nicht. Aber ich habe auch noch keinen Beweis für ihre Richtigkeit gefunden.«

Ich dachte einen Moment darüber nach. Dann traf es mich wie ein Schlag.

»Na schön. Du kriegst deinen Beweis.«

Meghan hielt das Steakmesser mit beiden Händen fest, am Griff und auf der stumpfen Seite der Klinge. Dann schaute sie zu mir hoch und deutete auf die Pille vor sich. »Gut so?«

»Nein. Zerteil sie nochmal. Ich möchte nicht lange unterwegs sein.«

»Also ein Achtel? Und ich sag's nochmal: Das ist eine echt blöde Idee.«

»Zerteil einfach die Pille.«

»Soviel wir wissen, sind diese Pillen für das Taubheitsgefühl verantwortlich. Und für die Halluzinationen.«

»Das sind keine Halluzinationen.«

Meghan gab mir trotzdem das winzige Stück Tablette.

»Du bist ein Idiot.«

»Direkt da oben.«

Ich deutete auf den abgeschlagenen Holzrahmen der Badezimmertür. Der Rahmen war 1972 im selben Zustand wie in der Gegenwart. Soweit ich wusste, war er nicht mal gestrichen worden.

»Ich werde zurückreisen und deine Initialen in den Rahmen ritzen.«

»Du bist so romantisch.«

Ihre Initialen waren MC. Kurz nachdem ich Meghan kennengelernt hatte, erfuhr ich, dass ihr Nachname »Charles« lautete – ein absolut typischer Main-Line-Name –, und ich nannte sie von da an MC Meghan, was wortwörtlich genommen keinen Sinn ergab und sie ohne Ende nervte.

Meghan beäugte skeptisch den Rahmen, ja, sie streckte die Hand aus, um mit den Fingerspitzen darüber zu fahren, als hätte ich bereits ihre Initialen hineingeritzt und sie unter einer dicken Staubschicht versteckt.

»Nochmal zum Mitschreiben …«

»Es ist bescheuert, ich weiß.«

Ich schnippte die Pille in meinen Mund, dann legte ich mich auf die Couch.

»Bis gleich. Behalt den Türrahmen im Auge.«

Schwindelgefühl. Schädelpochen. Müde Glieder. Dann fühlten sich meine Augenlider an, als wäre jedes tausend Pfund schwer.

Im Büro des Jahres 1972 kam ich wieder zu mir. Und ja, mein rechter Arm war verschwunden, bis hoch zur Schulter. Eigentlich hätte mich das nicht überraschen sollen, doch das tat es. Und ich war mehr als nur ein bisschen entsetzt. Der fehlende Arm warf mich förmlich aus dem Gleichgewicht. Ich schwöre bei Gott, dass ich mich zur Seite neigte.

Außerdem musste ich die Initialen mit nur einer Hand einritzen.

Das Schärfste, was es in der Küchenschublade gab, war ein Buttermesser. Nicht gerade das ideale Schnitzwerkzeug. Wahrscheinlich benötigte ich meine ganze Reise in die Vergangenheit, um die zwei Buchstaben einzuritzen, aber sei's drum. Ich wäre jetzt gerne in der Gegenwart gewesen, um Meghans Gesicht zu beobachten, während sich ihre Initialen von selbst in das mit aufgeplatzter Farbe überzogene Holz ritzten. Würden sie nach und nach erscheinen, eine Kerbe nach der anderen? Oder würde sie nach einem Lidschlag alles auf einmal sehen, eine Realität, die sich entsprechend verändert hatte.

Ich fragte mich, ob Grandpa Henry irgendwann später die Initialen bemerken würde und sich deswegen den Kopf zerbrach.

Die Vorstellung, dass ich die Wirklichkeit verändern würde, machte mir ganz schön zu schaffen. Ich hatte in meiner Jugend genug Science-Fiction-Romane gelesen, um vom sogenannten Schmetterlingseffekt zu wissen – nahm man in der Vergangenheit irgendwelche Veränderungen vor, konnte das in der Zukunft verheerende Auswirkungen haben. Würde so etwas Simples wie die Initialen in einem Türrahmen einen Unterschied machen? Sicher, wenn ich eine Botschaft wie HALTET EUCH AM 11. SEPTEMBER 2001 AUS NEW YORK FERN oder KAUF MICROSOFT-AKTIEN einritzen würde. Aber Initialen waren harmlos … oder?

Andererseits hatte ich vor ein paar Stunden den Tod eines kleinen Mädchens verhindert. Und jetzt war eine

Person auf dieser Welt, die vorher nicht unter uns war. War an ihrer Stelle jemand anders gestorben? Hatte sie als Erwachsener irgendeine Gräueltat begangen? Was für ein Chaos hatte ich bereits angerichtet?

Ich drückte gerade die Messerspitze in den Rahmen, als draußen vor der Tür ein lauter Schrei ertönte.

Der Schrei eines Jungen.

Ich wusste, dass ich besser nicht zur Tür ging. Dass ich an meinem ursprünglichen Plan festhalten und anfangen sollte, im Apartment meines Großvaters Meghan Charles' Initialen in den Rahmen der Badezimmertür zu ritzen.

Aber hinterher ist man immer schlauer. Nachdem man dir alles genommen hat und es zu spät ist, irgendetwas zu ändern.

Stattdessen lief ich durchs Zimmer und drückte mein Ohr gegen die Glasscheibe.

Ich hörte schwere Schritte.

Es folgte ein Schlag, dann ein erneuter Schrei, und Schritte, die den Flur hinunterrannten. Dann wurde die Tür unten im Erdgeschoss mit voller Wucht zugeknallt. Nach ein paar Minuten schaffte ich es schließlich, die Wohnungstür zu öffnen.

Strahlender Sonnenschein. Es war Morgen. Das Licht war so hell, dass ich die Augen zusammenkneifen musste. Ich sah jetzt nur noch Weiß. Und ließ das Buttermesser fallen. Dann knallte ich die Tür zu, lehnte mich dagegen und konzentrierte mich darauf, ruhig zu atmen.

Ich hörte, wie Ernas schrille Stimme den Flur entlanghallte: »Hör mir zu! Sei endlich still! Oder willst du, dass man uns rausschmeißt? Auf die Straße, wo wir wie die Tiere hausen müssen?«

Und dann: »Halt die Klappe halt die Klappe HALT DIE KLAPPE. Keinen Mucks mehr!«

Und schließlich:

»BILLY ALLEN DERACE, HÖR ENDLICH AUF ZU SCHREIEN ODER ICH SORGE DAFÜR, DASS DU EINEN GRUND DAZU HAST.«

VIII
Kein Mickey mehr

Mir blieb kaum Zeit, den Namen richtig zu erfassen, bevor mich erneut jenes vertraute Schwindelgefühl erfasste. Nein, nein, nicht jetzt. Nicht jetzt! Ich schlug mit den Fäusten gegen die Wand, als könnte ich auf diese Weise noch ein paar Sekunden länger bleiben, um nachzudenken …

Billy Allen Derace? Der zwölfjährige, rothaarige Junge dort unten sollte als Erwachsener meinen Vater erstechen?

Aber sicher doch.

Ich war keine zwei Sekunden wach, bevor Meghan sich über mich beugte und mir ins Ohr flüsterte. Ihr Atem war lieblich und warm. Auf meiner Haut hatten sich Schweißperlen gebildet, meine Wangen und meine Stirn glühten, und die Venen in meinem Schädel pochten.

»Hey, du Genie, es hat nicht funktioniert.«

Meine Knochen und Muskeln waren auf eine schon unwirkliche Weise entkräftet. Vielleicht hatte ich es mit den Pillen übertrieben. Vielleicht war der Verlust des Tastsinns in Armen und Fingern nur der Anfang – ein Vorbote künftiger Ereignisse. Vielleicht hatte Grandpa Henry zu viele Pillen geschluckt und war schließlich ins Koma gefallen.

»Ja.«

Ich versuchte, mich auf die Seite zu rollen. Doch schließlich gab ich es auf. Ich blieb besser flach liegen. Bis der Schweiß auf meiner Haut getrocknet war. Bis das Pochen nachließ. Und gönnte mir etwas Zeit, um mich zu erholen.

Meghan legt mir die Hand auf die Stirn. Ich wollte das nicht. Meine Stirn war schweißgebadet und heiß – es war echt unappetitlich.

»Willst du damit sagen, dass du diesmal nicht in die Vergangenheit gereist bist?«

»Nein, nein … das bin ich schon.«

»Und was ist passiert?«

Ich wollte keine weiteren Fragen beantworten. Ich wollte nicht über den Schmetterlingseffekt nachdenken, über Beweise oder meinen tauben Arm, und auch nicht über Patty Glenhart oder Billy Allen Derace. Ich wollte bloß, dass das Pochen aufhörte und ich nicht mehr schwitzte. Ich wollte nur noch schlafen.

»Mickey Wade, würdest du mir bitte antworten?«

»Nein. Werd ich nicht. Du solltest jetzt gehen.«

»Hey, was ist los?«

»Bitte geh jetzt. Ich muss mich ausruhen.«

Ihre Augen blitzten beleidigt auf, bevor sie mich plötzlich wütend anstarrte.

»Schön«, sagte sie, und ein paar Sekunden später hörte ich, wie meine Apartmenttür zugeknallt wurde. Und noch etwas später donnerte die Hochbahn vorbei und rollte in den Bahnhof. Irgendwie schaffte ich es, mit nur einem Arm auf die Couch zu klettern. Ich rollte mich, so gut es ging, zusammen und versuchte, das Polster zu ignorieren, das immer noch feucht von dem Energiedrink war, und an gar nichts zu denken.

Außer der einen Sache, die mir nicht mehr aus dem Kopf ging.

Billy Allen Derace.

Ich schlief so lange, dass ich erst nachmittags wieder aufwachte. Ich war immer noch ganz benommen vor Erschöpfung. Wenigstens hatte das Pochen in meinem Kopf fast ganz aufgehört, und der Schweiß auf meiner Haut war abgekühlt und getrocknet. Andererseits war mein rechter Arm immer noch nutzlos. Taub. Tot.

Aus einer Plastiktüte im Wandschrank meines Großvaters fischte ich einen alten Schal und formte daraus eine notdürftige Schlinge für meinen rechten Arm, damit er nicht mehr an mir herunterhing und bei jeder Bewegung hin und her baumelte. Ich überlegte, mir von meinem restlichen Geld eine richtige Schlinge zu kaufen. Doch Bier war die billigere Medizin. Vielleicht morgen.

Die Hochbahn donnerte am Fenster vorbei und kam an der Haltestelle knirschend zum Stehen; sie beförderte die Pendler von der Arbeit nach Hause. Doch die wenigsten stiegen in Frankford aus, weil sie hier wohnten. Die meisten rannten die Treppe hinunter, in der Hoffnung die 59 oder die Linie K auf dem kleinen Bahnhof oben an der Arrott Street zu erwischen, die sie an einen sicheren Ort im unteren Teil von Phillys Nordosten brachten. Oder sie fuhren mit der Hochbahn runter zur Endstation, Bridge and Pratt, nur zehn Blocks von hier, wo sie den Bus in den äußersten Nordosten oder in die Vororte nahmen. Sie hielten sich nicht länger als nötig in Frankford auf. Ihre Eltern hatten vielleicht noch einen Zwischenstopp eingelegt, um in den Geschäften auf der Avenue einzukaufen, doch diese Zeiten waren vorbei.

Ich aß ein paar Äpfel und zum Dessert ein paar Löffel Erdnussbutter. Ich leerte vier Dosen Golden Anniversary und fühlte überhaupt nichts.

Inzwischen hatte meine Mutter dreimal angerufen. Die ersten beiden Nachrichten waren die übliche Leier – *was macht die Jobsuche, hast du deinen Großvater schon besucht, wir würden uns wirklich freuen, wenn du zum Essen vorbeikämst.* Die dritte allerdings war neu.

Mickey, dein Großvater ist wieder bei Bewusstsein.

Grandpa starrte mich an.

Für einen Moment fixierte er mich, dann wandte er den Blick wieder ab, als wäre er zu müde dafür. Er verdrehte die Augen und fuhr sich mit der Zunge durch den trockenen Mund, wie um etwas zu sagen. Doch es kam nichts. Er konnte weder Arme noch Beine bewegen. Nur die Augen, und die Lunge – langsam füllte sie sich mit Luft und drückte gegen seine Rippen, bevor diese einen Moment später wieder entwich.

»Hi, Grandpa.«

Erneut richtete der alte Mann kurz seinen Blick auf mich, dann schaute er wieder anderswohin.

Meine Mom war mit uns im Zimmer. Sie war heute Nachmittag früher von der Arbeit gekommen, als sie den Anruf vom Krankenhaus erhalten hatte, und hatte auf mein Eintreffen gewartet. Jetzt sei ich an der Reihe, hatte sie gesagt.

An der Reihe? Mit was eigentlich?

Meine Mutter und ihr Schwiegervater hatten nicht viel füreinander übrig. Allerdings fühlte sie sich verpflichtet, ihn zu den Familienfeierlichkeiten einzuladen – und mein Großvater sagte fast immer zu, vielleicht aus demselben falsch verstandenen Pflichtgefühl. Doch sie redeten kaum miteinander, außer wenn sie sich »Frohe Weihnachten« oder »Frohe Ostern« wünschten oder wenn mein Großvater von meiner Mutter wissen wollte, wo sie das Bier aufbewahrte, oder wenn sie ihm noch etwas Kartoffelsalat anbot. Manchmal dachte ich, sie hielten nur mir zuliebe an diesem Affentheater fest, um mich nicht meines Wadcheck-Erbes zu berauben.

Sie streckte die Hände aus, um mich zu umarmen.

»Warum kommst du nachher nicht zum Essen vorbei?«

Ich erwiderte ihre Umarmung nur halbherzig – hauptsächlich, weil meine abgestorbene rechte Hand in meiner Hosentasche steckte. Sie an mir herabbaumeln zu lassen, hätte Verdacht erregt, und sie in meiner Schalschlinge herumzutragen, hätte alle Unklarheiten in auffälliger Weise beseitigt. Mom hätte mich sofort runter in die Notaufnahme geschleppt.

»Mal sehen.«

»Wir müssen miteinander reden, Mickey. Über deinen Großvater. Und darüber, was wir mit ihm machen sollen.«

Er starrte uns an.

»Mom, er liegt hier neben uns, weißt du?«

»Ich weiß. Versuch jedenfalls gegen sechs vorbeizukommen. Du musst nur die Oxford …«

»Ich weiß, wo du wohnst.«

»Komisch, dass du dich dann nicht so verhältst.«

»Ja, Mom. Tschüss.«

Es vergingen weitere fünf Minuten, bevor ich den Mut aufbrachte, meine Fragen zu stellen. Grandpa, der sich nur mit den Augen verständigen konnte, schien mich darin zu bestärken.

Er warf mir einen Blick zu, als wollte er sagen *Gut, mach weiter,* bevor er die Augen verdrehte und erneut schwer einatmete.

»Ich habe die Pillen gefunden, Grandpa.«

Das weckte seine Aufmerksamkeit. Unverwandt starrte er mich an.

»Und ich hab sie genommen. Ich bin durch die Vergangenheit spaziert, so wie du wohl auch.«

Er wandte den Blick nicht von mir.

»Außerdem habe ich deine Unterlagen durchgesehen und die Ordner über Dad entdeckt.«

Immer noch starrte er mich an.

»Und ich weiß, wer früher im Apartment unter dir gewohnt hat.«

Endlich zeigte er eine Reaktion. Grandpa kniff die Augen zusammen. Und er bewegte den Mund, als versuchte er erfolglos ein Stück Brot von seinem Gaumen zu schnalzen.

»Was wolltest du dort? Wolltest du den Mord an Dad verhindern?«

Grandpas Brust hob sich jetzt in kürzeren Abständen. Seine Augen huschten zur Tür, dann zurück zu mir. Sie waren weit geöffnet, doch dann drehte er sie erneut weg, als wäre er völlig erschöpft.

»Was hattest du vor?«

Aus seiner Kehle drang ein tiefes Rumoren – wie das Knurren eines Tieres, das, zunächst noch ganz leise, allmählich lauter wurde. Seine rechte Hand zitterte und ballte sich zu einer halben Faust.

»Grandpa? Ich muss wissen, was du vorhattest.«

Erneut öffnete er die Augen und sah mich an. Seine Kinnlade klappte kaum merklich nach unten.

Schließlich wandte er langsam den Kopf ab, und dann kam nichts mehr.

Zwanzig Minuten später verließ ich das Krankenhaus und machte mich auf den Weg zur Wohnung.

Ich hatte genug.

Genug von den Tabletten. Genug von den Anrufen. Genug von der Vergangenheit. Ich stellte die Plastikflasche mit den Tabletten zurück in den Arzneischrank, und nach einem kurzen Moment des Überlegens steckte ich das Vorhängeschloss durch die Metallöse des Schränkchens und ließ es zuschnappen.

Inzwischen hatte meine Mutter erneut mehrere Male angerufen, doch das war mir egal. Nein, ich würde heute nicht mit meiner Mom und ihrem Freund in Northwood zu Abend essen. Ich würde zu Hause bleiben und ein paar Äpfel, die Erdnussbutter und ein frisches Sixpack verputzen, das ich mir für so eine Gelegenheit gekauft hatte. Damit war ich zwar so gut wie pleite, aber egal.

Ich hatte genug von der Vergangenheit.

Die einzig verfügbare Musik im Apartment waren die alten Alben meines Vaters. Meinen CD-Spieler hatte ich woanders deponiert, und das Laufwerk in meinem Laptop war kaputt. Doch die Musik meines Vaters wollte ich nicht hören. Nichts Altes. Nicht jetzt.

Die einzigen Bücher, die ich besaß, waren muffige alte Krimi-Taschenbücher und Anthologien klassischer Reportagen – die meisten hatte ich in der Kriminalbuchhandlung auf der Chestnut Street gekauft. Normalerweise marschierte ich mit zwanzig Dollar in den Laden, und der Besitzer, Art, verabschiedete mich mit einer kleinen Einkaufstasche voller abgegriffener Taschenbücher. Was ihren Reiz ausmachte? Ganz einfach: Die Romane waren wie kleine Portale in die Vergangenheit. Doch davon hatte ich ja erst mal genug.

Die Reportagen und Memoiren waren ebenfalls Klassiker: Hunter Thompson. Charles Bukowski. Joan Di-

dion. John Gregory Dunne. Pete Dexter. Alle aus grauer Vorzeit. Der Journalismus ging eindeutig seinem Ende entgegen.

Alles um mich herum versank in der Vergangenheit. Alben voller alter Fotos.

Wie jenes mit den Bildern meines Vaters als Soldat in Vietnam.

Es ist peinlich, wie wenig ich über die Zeit weiß, die mein Vater dort verbracht hat. Ich weiß nur, dass er zweimal dort war. Und dass er sich freiwillig gemeldet hat, um der Einberufung zuvorzukommen – so konnte er sich einen besseren Standort aussuchen. Meine Mutter deutete einmal vage an, dass mein Vater in einem Helikopter das Maschinengewehr bediente und auf LSD durch den Dschungel rannte. Andererseits war sie fest davon überzeugt, mein Vater hätte heimlich eine vietnamesische Familie, die eines Tages, frisch aus Saigon eingetroffen, bei uns aufkreuzen und darauf bestehen würde, in unserem Haus zu wohnen und uns alle Lebensmittel wegzuessen.

Die Sache mit den Lebensmitteln schien meiner Mutter am meisten Kopfzerbrechen zu bereiten.

An eine Geschichte aus dem Vietnamkrieg, die mein Vater selbst erzählt hat, kann ich mich noch genau erinnern. Mir war im Keller eine Kakerlake übers Bein gehuscht. Ich war damals etwa fünf Jahre alt, und Kakerlaken jagten mir eine Heidenangst ein. Ich schrie und stürzte nach oben, dabei rannte ich mit meinem

Gesicht direkt gegen den harten Bauch meines Vaters. »Kakerlake! Kakerlake!«, brüllte ich.

»Hey, immer mit der Ruhe«, meinte mein Dad. »Kakerlaken sind doch harmlos. Im Krieg gab es Skorpione, und wenn du nicht aufgepasst hast, sind sie dir in den Stiefel gekrabbelt. Du hast besser vorher einen Blick reingeworfen, sonst hattest du ein Problem. Ein Typ aus meiner Einheit streifte einen seiner Stiefel über, und plötzlich wurde er ganz blass und fing an zu schreien. Einige Minuten später war er tot.«

Das war die einzige Geschichte aus Vietnam, die ich kannte.

Wenn ich jetzt so darüber nachdachte, ging es in unseren längsten Gesprächen – und das könnt ihr als Euphemismus betrachten – um das Sterben und den Tod.

Meine allerfrühste Erinnerung an meinen Vater war, wie wir beide zu einem nahe gelegenen Swimmingpool unterwegs waren. Ich muss zwei oder drei Jahre alt gewesen sein. Keine Ahnung, wo das war; aus unserer Familie konnte sich keiner einen ein Meter tiefen Kunststoff-Swimmingpool leisten, und schon gar nicht einen Einbaupool.

Der Pool war mit einer Plane bedeckt, die an den Rändern mit Ziersteinen beschwert war. Offensichtlich kam ich einmal dem Pool zu nahe, denn plötzlich packte mein Vater mich an der Schulter. Nein, sagte er. Wenn du da reinspringst, gibt es plötzlich keinen Mickey mehr.

Keinen Mickey mehr.

Die beste Definition des Todes, die ich je gehört habe.

Ich legte mich auf die Couch zurück und starrte die Decke an. Sonst tat ich nichts, außer hin und wieder am Bier zu nippen. Mir fiel mein Arm wieder ein und dass vielleicht jemand mal einen Blick darauf werfen sollte. Damit war nicht zu spaßen; ich hatte nur noch drei funktionsfähige Finger. In was für einem Job kam man mit nur drei Fingern aus?

Vielleicht konnte ich als Nachtwächter arbeiten, genau wie mein Großvater. Vielleicht stellte mich die psychiatrische Klink ein. Und an irgendeinem Wochenende, in vielleicht nicht allzu ferner Zukunft, würde ich meinen Job an den Nagel hängen und mich selbst einweisen.

Ich schwöre, dass ich es tatsächlich klicken hörte, als sich in meinem Kopf alles zusammenfügte.

Sie lagen im buchstäblich letzten Karton, den ich durchsuchte. Ein Stapel Gehaltsabrechnungen, die von einem schmutzigen, porösen Gummiband zusammengehalten wurden.

Gehaltsabrechnungen aus dem Adams Institute.

Das war also die Klinik, in der Grandpa von 1989 bis zu seinem Ruhestand im Jahr 2003 gearbeitet hatte. Eine psychiatrische Klinik.

Aber nicht irgendeine psychiatrische Klinik. Sondern dieselbe psychiatrische Klinik, in der Billy Derace untergebracht war, der Mann, der laut Zeugenaussagen in einer heruntergekommenen Kneipe meinen Vater erstochen hatte.

Meinen Vater. Grandpa Henrys Sohn.

Wie kam es, dass man dort das Okay zu Grandpas Einstellung gegeben hatte? Die Klinik überprüfte doch bestimmt den Werdegang der Sicherheitskräfte. Erst als ich den Namen auf dem Umschlag las, begriff ich: Henryk Wadcheck. Meinen ermordeten Vater kannte man als Anthony Wade. Für die Klinik *gab* es keine Verbindung. Und ich war mir sicher, dass Grandpa mit dieser Information nicht freiwillig herausgerückt war.

Hatte er dort also nur des Geldes wegen gearbeitet? Oder hatte er einen Plan?

Natürlich hatte er einen Plan.

Denn im Jahr 2002 war er in das Apartment gezogen, das direkt über der Wohnung lag, *in der Billy Derace aufgewachsen war.*

Und er hatte einen verschlossenen Arzneischrank mit einer Plastikflasche voller Tabletten, mit denen er in der Zeit zurückreisen konnte.

Zwei Ereignisse hätten noch Zufall sein können. Aber nicht alles.

Und gerade als ich mich in den ungeordneten Haufen aus Kartons und Unterlagen kniete, klopfte es an meine Tür.

Meghan sagte keinen Ton. Sie marschierte einfach herein und stellte eine Papiertüte mit Lebensmitteln auf den Kirschholztisch. Dann warf sie einen Blick auf das Chaos am Boden, das auf sie wirken musste, als hätte ich mir in der Mitte des Apartments wie ein Penner eine Schlafstätte hergerichtet. Sie griff in ihre überdimensionale Kiplinger-Handtasche, zog einen zusammengerollten Packen Papiere heraus und reichte sie mir.

»Was ist das?«

Meghan sah mich an.

»Patty Glenhart hat tatsächlich existiert.«

Das oberste Blatt war eine Kopie des Artikels aus dem *Bulletin,* den ich zum ersten Mal im Jahr 1972 gelesen hatte. »Mädchen vermisst«. Derselbe Aufmacher, dieselbe Verfasserzeile, dieselbe Geschichte.

Das nächste Blatt war eine kurze Meldung zu ihrem Tod.

»Halt – sie ist doch gestorben?«

»Lies weiter.«

Der Ausschnitt stammte aus dem *Philadelphia Inquirer* vom 8. Februar 1987. Flüchtig überflog ich die ersten Zeilen und konzentrierte mich gleich aufs Wesentliche. Man hatte Patricia, siebenundzwanzig Jahre alt, zwei Blocks von der Frankford Avenue entfernt unter einem Laster, in einen alten Mantel gewickelt, gefunden. Sie war vergewaltigt worden und hatte siebenunddreißig Stichverletzungen.

»Sie ist tot«, wiederholte ich.

»Ja«, sagte Meghan. »Seit über zwanzig Jahren. Mickey, ich möchte dich was fragen, und keine Spielchen. Sag mir bitte die Wahrheit.«

»Sicher doch.«

»Am Tag, als du hier eingezogen bist, hast du Witze über einen Typen gerissen, der der Schlitzer von Frankford genannt wurde. Ich habe rausgefunden, dass es ihn wirklich gab.«

»Hab ich doch gesagt!«

»Weißt du viel über den Fall?«

»Ich bin hier aufgewachsen, und ich kann mich erinnern, dass ich eine Menge darüber gehört habe. Außerdem habe ich vor ein paar Jahren eine kleine Artikelserie für die *City Press* darüber geschrieben. Was die Polizei betrifft, sind die Morde nach wie vor ungeklärt.«

»Du kennst also die Namen der Opfer?«

Erneut machte es in meinem Kopf klick.

»Halt – Patty Glenhart wurde vom Schlitzer ermordet?«

Meghan nickte.

»Nur, dass sie Patricia Bennett hieß. Das ist der Nachname ihres Ehemanns gewesen. Aber ihr Mädchenname lautete Glenhart.«

Ich blätterte rasch die restlichen Seiten durch – Berichte aus dem *Inquirer* und der *Daily News* über den Schlitzer. In sämtlichen Artikeln nach dem Januar 1987 wurde sie als Patty Bennett erwähnt. Meghan hatte den Namen mit einem Marker hellgelb angestrichen.

Der letzte Ausschnitt war mein eigener Artikel aus der *City Press*. Er trug den Titel »Unter der Hochbahn«. In einem Kästchen am Rand waren die fünfzehn bekannten Opfer aufgelistet. In der Mitte der Liste stand Patty Bennetts Name.

»Das ist nicht möglich.«

»Der Artikel ist von dir, Mickey. Vielleicht hast du dich nicht bewusst an ihren Namen erinnert oder daran, dass du irgendwo ihren Mädchennamen gelesen hast, aber dein Unterbewusstsein ganz bestimmt. Als du also diese Visionen hattest, in denen du ein kleines Mädchen rettest, hast du dich wieder an sie erinnert, und …«

»Nein. Ausgeschlossen.«

Natürlich hatte ich den Artikel geschrieben. Ich konnte mich noch erinnern, wie ich mir den Kopf zermartert hatte, weil ich einen klaren Grundsatz bezüglich Reportagen in der Ichform hatte, nämlich: *lass es.* Doch es war der Jahrestag des ersten Mordes, und ich wollte unbedingt etwas abliefern, womit ich auf die Titelseite kam. Und als meine Redakteurin davon hörte, drängte sie mich mehr oder weniger, daraus eine persönliche Artikelserie zu machen. Sie träumte von einer Auszeichnung durch den Staat – ja, oder sogar durch das Land; stattdessen wurde der Artikel kaum wahrgenommen, außer von ein paar Ladenbesitzern aus Frankford, die sich über einen Monat lang telefonisch bei der Redaktion beschwerten.

Die Opfer des Schlitzers von Frankford galten als »Niemande« – Säuferinnen, aktive oder ehemalige Prostituierte oder andere verlorene Seelen. Sie hingen in irgendwelchen Bars herum, vor allem im Goldie's an der Pratt Street, manchmal auch im Happy Tap mehr Richtung Margaret Street.

Der Schlitzer trieb bereits einige Jahre sein Unwesen, bevor man überhaupt ein bestimmtes Muster erkannte. Das erste Opfer war die zweiundfünfzigjährige Maggie Child aus Oreland, einer Stadt in Montgomery County, die Berichten zufolge Stammgast im Goldie's war und getrennt von ihrem Ehemann lebte. Ihre Leiche tauchte im August 1985 auf. Nur fünf Monate später entdeckte man die Leiche der achtundsechzigjährigen Caroly Joyce auf dem Boden ihres Schlafzimmers, von der Hüfte abwärts nackt; man hatte sechsmal auf sie eingestochen, und die Mordwaffe steckte noch in ihrem Körper. Joyce lebte zwar im Süden von Philly, war aber ebenfalls Stammgast im Goldie's. So wie die vierundsechzigjährige Edie Pettit, die man am ersten Weihnachtsfeiertag 1986 erstochen aufgefunden hatte. Nur ein paar Wochen später, im Januar 1987, lag die achtundzwanzigjährige Jan White in der Nähe der Dyre Street tot unter einem Laster, eine ehemalige, inzwischen obdachlose Go-go-Tänzerin, die unweit von Goldie's auf der Straße schlief. Man hatte sie vergewaltigt, siebenundvierzigmal auf sie eingestochen und in einen Mantel gewickelt.

Bald schon bedrängten die Nachbarn die Polizei, den Verrückten aufzuspüren, der für die Morde verantwortlich war.

Über ein Jahr später entdeckte man die sechsundsechzigjährige Janet Bazell erstochen im Eingansbereich ihres Wohnhauses an der Penn Street nahe der Harrison Street. Sie war in den Bars unter der Hochbahn was trinken gewesen, um zu vergessen, dass man sie an diesem Tag, den 11. November 1988, aus ihrer Wohnung geworfen hatte. Dann, am 19. Januar 1989, wurde Terry Conroy, dreißig, in ihrem Apartment an der Arrott Street gefunden, direkt oberhalb der Griscom Street, zerstückelt und nur mit einem Paar Socken bekleidet.

Nach und nach meldeten sich Augenzeugen; sie hatten Bazell und Conroy in Gesellschaft eines weißen Mannes gesehen, knapp zwanzig Jahre alt. Daraufhin wurden Zeichnungen angefertigt und in Umlauf gebracht. Sie führten allerdings zu keiner Festnahme.

Der siebte Mord brachte schließlich die Wende. Am frühen Morgen des 28. April 1989 wurde Carol Strauss, eine sechsundvierzigjährige Frau mit psychischen Problemen, hinter einem Fischladen mit sechsunddreißig Stichverletzungen aufgefunden.

Am Morgen darauf befragten die Detectives einen Mitarbeiter des Ladens namens Tyrell »Cooker« Beaumont, der einem Freund in einer Bar mal erzählt hatte, dass er eines der früheren Opfer des Schlitzers von Frankford gekannt habe. Nun erklärte er, dass er in der Nacht vom 27. April mit seiner Freundin in seiner Wohnung gewesen sei und beobachtet habe, wie ein schlanker weißer Mann mit roten Haaren sich in der Nähe des Fischladens herumgetrieben habe.

Es gab nur ein Problem: Beaumonts Freundin bestritt, in jener Nacht bei ihm gewesen zu sein. Zwei Augenzeugen, beides Prostituierte, hatten Beaumont ziemlich genau zum Tatzeitpunkt mit einem Teppichmesser in seinem Gürtel am Tatort gesehen. Zu allem Übel gab Beaumonts frühere Arbeitgeberin aus dem Fischladen, Shauyi Tanzu, zu Protokoll, er habe zu ihr gesagt: »Ja, vielleicht habe ich sie getötet«, nur um einen Moment später ihre Aussage zu widerrufen. Doch drei Tage später wurde er verhaftet.

Obwohl frühere Augenzeugen den Schlitzer von Frankford als jungen Burschen mit roten Haaren beschrieben hatten (Beaumont war Afroamerikaner), atmeten eine Menge Einheimischer erleichtert auf. *Sie hatten den Typen geschnappt.*

Dann wurde die achtunddreißig Jahre alte Wendy Simons ermordet; sie hatte dreiundzwanzig Stichwunden und lag, nur ein paar Blocks entfernt, in ihrem Apartment an der Arrott Street. Zu diesem Zeitpunkt wartete Beuamont im Gefängnis auf seinen Prozess.

Beaumont wurde trotzdem vor Gericht gestellt und im Dezember 1990 wegen des Mords an Carol Straus schuldig gesprochen. Wegen der anderen Morde des Schlitzers wurde er nicht angeklagt. Genau genommen wurden die sieben anderen Morde – acht mit dem an Patty Glenhart – bis heute nicht aufgeklärt. Ob der Mord an Wendy Simons von einem Nachahmungstäter begangen wurde oder tatsächlich vom Schlitzer, war nach wie vor ungeklärt. »Der Prozess war ein abgekartetes Spiel«, sagte Beaumont, nachdem er das Urteil gehört hatte. »Ich habe Carol Strauss nicht getötet. Ich kannte sie überhaupt nicht. Die Prostituierten haben mich da reingezogen, das heißt irgendwelche Nutten, die die Polizei dazu angestiftet hat.«

Eigentlich dachte ich, ich würde mich ziemlich gut an die Fakten des Falls erinnern; für mich war es eine große Sache, als der Artikel schließlich erschien. Wegen solcher Storys war ich Journalist geworden.

Doch als ich erneut einen Blick auf das Kästchen am Rand warf und die Zahl der Opfer überschlug, kam ich auf fünfzehn.

Nein. Das konnte nicht stimmen. Als ich den Artikel schrieb, waren es nur neun.

Fünfzehn war eine absurd hohe Zahl. Hatte Gary Heidnick so viele Opfer? Oder die meisten anderen Serienmörder?

»Ich denke, du brauchst Hilfe. Mein Dad kennt jemanden, der mit dir reden kann und die Sache diskret behandelt.«

»Ich bin nicht verrückt.«

»Das weiß ich, Mickey. Ich denke nur, dass du dich in letzter Zeit zu sehr mit dir selbst beschäftigt hast. Du brauchst jemanden, der dir hilft, da wieder rauszukommen.«

Hatte ich mir das alles nur ausgedacht? Zog mein Unterbewusstsein eine Riesennummer ab, jedes Mal wenn ich einschlief? Betrachtete man die ganze Sache von außen, von der anderen Seite des Spiegels, hatte man es mit einem eindeutigen Fall von Wahnsinn zu tun. Nur ich erlebte das alles. Nur ich hatte Beweise. Möglich, dass sich alles bloß in meinem Kopf abspielte, wie Meghan sagte.

Doch ich wusste, dass es nicht so war. Es war real. Die Sinne lügen nicht. Nicht auf diese Weise.

Meghan legte mir die Hand auf die Schulter.

»Außerdem sind da noch die Pillen.«

»Was ist mit den Pillen?«

»Ein Freund von mir arbeitet für eine der großen Arzneimittelfirmen. Er hat mir einen Gefallen getan und die Pille, die du mir gegeben hast, ein paar Tests unterzogen.«

»Er hat *was?* Scheiße, Mann, Meghan. Warum hast du das getan? Du weißt doch gar nicht, wo die herstammt und was das ist …«

»Du auch nicht. Und du hast sie sogar geschluckt.«

»Ich dachte, es wäre Tylenol.«

»Beim ersten Mal. Aber du hast sie trotzdem weiter genommen, obwohl du keine Ahnung hattest, was das ist.«

»Schön, guter Punkt.«

»Danke.«

Für einen Moment belauerten wir uns in guter Wild-West-Manier gegenseitig. Sie wartete wohl darauf, dass ich den Revolver zog, um ihn mir gekonnt aus der Hand zu schießen, ihre Waffe herumzuwirbeln und sanft in den Halfter gleiten zu lassen. Doch diese Genugtuung würde ich ihr nicht gönnen. Sie musste schon selbst das Wort ergreifen. Und das tat sie auch.

»Willst du nun wissen, was in der Pille drin ist?«

»Sicher.«

»Nichts als Zucker. Es ist ein Placebo. Ein Kontrollpräparat für Arzneimittelstudien. Dan hat ständig damit zu tun. Keine fünf Minuten, und ihm war klar, worum es sich handelt.«

»Schön. Was nur beweist, dass ich in der Hauptsache die Wahrheit sage: dass ich nicht auf Droge bin. Ich bin vielleicht auf billigem Bier, vielleicht bin ich ein Junkie, was Erdnussbutter und Äpfel betrifft, aber ich bin nicht auf Droge.«

Meghan kniff die Augen zusammen.

»Erdnussbutter? Hat deine Haut deswegen diese gelbliche Färbung angenommen?«

»Außerdem habe ich seit einiger Zeit die Wohnung nicht mehr verlassen.«

»Jedenfalls ist das kein Beweis dafür, dass du nicht auf Droge bist. Das beweist nur, dass du nicht auf dieser *speziellen* Droge bist, weil das nichts als Zucker ist.«

»Himmelherrgott nochmal. Du hast mir beim Umzug geholfen! Bist du dabei über eine Kiste mit der Aufschrift ›Drogenzubehör‹ gestolpert? Oder hast du mitgekriegt, wie aus einem alten Schuhkarton Dutzende von Spritzen gepurzelt sind?«

»Was … Du glaubst, ich hätte deine Sachen durchstöbert?«

»Du hast selbst gesagt, du wärst eine alte Neugiernase.«

»Der Punkt geht an dich.«

Ich nutzte den kurzen Moment der Stille, um Meghans Beweise in jenem müden und verwirrten Computer durchzugehen, der von meinem Schädel umgeben war. Angenommen, sie hatte Recht. Die Tabletten bewirkten rein gar nichts.

Sie bestanden lediglich aus Zucker. Die absurd lebhaften Träume, in denen ich durch die Straßen des Frankford der frühen Siebziger spazierte, entsprangen allein meiner Einbildung. Patty Glenharts Geschichte war seit Jahren in meinem Unterbewusstsein herumgegeistert und hatte nur auf den richtigen Traum, die richtige Halluzination gewartet. Und vielleicht war es mit Billy Derace dasselbe. Offensichtlich musste ich die Sache irgendwie verarbeiten, also hatte mein Gehirn sich eine Erklärung dafür zurechtgelegt. So wie es das auch bei meinem Erst-Semester-Aufsatz im College getan hatte.

Moment.

Ich sah zu Meghan.

»Bin gleich wieder da.«

Der Name auf dem Briefkasten unten von Apartment 2-C lautete HYND und nicht Derace. Statt eines Plastikstreifens mit weiß ausgestanzten Buchstaben war es auf einen Adressaufkleber gekritzelt. Mit meinem linken Daumennagel kratzte ich das Etikett ab. Vielleicht gab es darunter irgendeinen Hinweis. Na los, Gesetze von Raum und Zeit. Helft mir ein bisschen.

Meghan trottete die Stufen herunter.

»Was machst du da?«

Ich beachtete sie gar nicht und kratzte weiter. Ich war Ahab, und die Buchstaben unter dem Etikett waren mein riesiger weißer Wal. Schließlich löste es sich, doch darunter war nichts. Kein blaues Plastikschildchen, keine weißen Buchstaben. Da war nur die klebrige Rückseite des Etiketts, das ich gerade abgelöst hatte.

»Mickey?«

Außer …

Da. Sie waren, wenn auch nur schwach, zu lesen. Die Umrisse von sechs Buchstaben in dem Dreck, der an dem billigen Metall klebte.

»Komm her. Kannst du diese Buchstaben entziffern?«

Da sie sowieso schon so tief mit drinsteckte, konnte sie mich ruhig noch ein wenig bei Laune halten. Mit zusammengekniffenen Augen beugte sie sich vor.

»Was soll das hier sein, ein Test? D-E-R … H … nein, warte, A.«

»Weiter.«

»A-C-E … Deracc?«

Sie sprach es so aus, dass es sich auf »terrace« reimte. Ich hatte es als Kind immer so ausgesprochen, dass es sich auf »the ace« reimte.

So oder so, die Buchstaben waren da. Es war kein Traum gewesen. Keine Halluzination.

Meghan legte mir die Hand auf die Schulter.

»Kennst du den Namen?«

Dagegen kam selbst Meghan mit ihrer Anwaltslogik nicht an.

Tatsache war: Grandpa Henry hatte in derselben psychiatrischen Einrichtung gearbeitet, in der der Mann untergebracht war, der meinen Vater mit einem Steakmesser getötet hatte. Ich hatte die Gehaltsabrechnungen gefunden, hatte Meghan die Ausschnitte aus der *Daily News* und dem *Bulletin* gezeigt.

Tatsache war: Grandpa Henry hatte im selben Gebäude eine Wohnung gemietet, in dem der Mann aufgewachsen war, der meinen Vater getötet hatte.

Tatsache war: Grandpa Henry hatte eine Flasche mit weißen Tabletten in seinem Arzneischrank weggeschlossen, die einen Teil des Anwenders in die Vergangenheit beförderten.

»Den letzten Punkt lass ich nicht gelten«, sagte Meghan.

»Schön. Rätselhafte weiße Pillen, die die Seele der Anwender *angeblich* in die Vergangenheit zurückbefördern. Ist das in Ordnung, Frau Anwältin?«

»Reine Spekulation. Aber schön, in Ordnung – nehmen wir an, dass die Pillen diese Wirkung haben. Was hatte dein Großvater dann vor?«

»Den Mann zu töten, der seinen Sohn umgebracht hat. Die Wirklichkeit zu verändern.«

»Und warum hat er es nicht getan? Denk doch mal

nach. Wenn er, wie du annimmst, diese Tabletten genommen hat, warum hat sich dann nicht auch dein Leben automatisch verändert?«

»Vielleicht hat er es versucht. Aber vielleicht ist das nicht so leicht, wie es den Anschein hat.«

»Oder er ist bei seinem ersten Versuch ins Koma gefallen, weil diese Tabletten echt gefährlich sind.«

Letzteres glaubte ich auch. Doch so schnell wollte ich ihr nicht Recht geben.

»Reine Spekulation.«

»Einspruch abgelehnt.«

Für ein paar Minuten starrten wir einander an und ließen unserer Fantasie freien Lauf. Sicher, die ganze Vorstellung war lächerlich. Aber selbst wenn man die Pillen aus der Gleichung nahm, hatte man es mit zu vielen Zufällen zu tun. Mein Großvater hatte irgendetwas vorgehabt – entweder wollte er sich rächen oder etwas zu Ende bringen.

»Der Einzige, der das weiß, ist mein Großvater. Und der kann nicht sprechen. Noch nicht, jedenfalls.«

Meghan blickte mich an.

»Vielleicht ist er nicht der Einzige.«

IX
Asylum Road

Folgt man der Oxford Avenue fort von der Hochbahn, kommt man nach Northwood, das immer schon der schönste Teil von Frankford gewesen ist. Tatsächlich würden die Bewohner von Northwood nie von sich sagen, dass sie in Frankford wohnen.

In Northwood waren die Straßen etwas breiter – einige mit Backsteinpflaster –, und wurden von Doppelhaushälften und Einfamilienhäusern gesäumt, mit Bäumen und großen Gärten und allem anderen, wonach sich die Leute in Frankford eben sehnten.

Während meiner Kindheit ärgerte ich mich über das Gefälle zwischen Frankford und Northwood. Die Trennlinie war natürlich die Frankford El.

Wir lebten einen Block südlich der Hochbahn, in einem beengten Reihenhaus. Ohne Bäume und mit einem trostlosen Fabrikparkplatz auf der anderen Straßenseite.

Bewegte man sich allerdings zwei Blöcke nördlich der Hochbahn, sah die Sache ganz anders aus. Besagte Bäume und Gärten. Warum ist meine Mom nach dem Tod meines Vaters nicht einfach dorthin gezogen? Nur ein paar Blocks weiter? Take a walk on the wild side, Anne. Sicher, vielleicht wäre die Hypothek etwas höher gewesen – vielleicht 11 000 Dollar statt der 9000, die man in Frankford zahlte –, aber das hätten wir bestimmt aufbringen können, oder?

Oder nicht?

Vor acht Jahren ist meine Mutter schließlich umgezogen. Ich kannte ehrlich keinen anderen Grund dafür, dass sie so lange in diesem Haus geblieben war, als ihre eigene Trägheit. Meist tat ich so, als läge es daran, dass sie meinen Vater vermisste, dass sie die Vorstellung nicht ertragen konnte, aus dem Haus zu ziehen, in dem sie zusammen gelebt hatten. Falls das so war, hatte sie es jedoch nie durchblicken lassen. Sie sprach so gut wie nie über ihn und hatte sämtliche Fotos von ihm in einer Kiste im Wohnzimmer verstaut. Vielleicht war es die anhaltende Erinnerung an meinen Vater, doch ich glaube, in Wirklichkeit hatte sie der Gedanke an einen aufwendigen Umzug davon abgehalten.

Also tauschte sie ein normales Reihenhaus in Frankford gegen eine etwas bessere normale Doppelhaushälfte in Northwood ein. Ihr Haus grenzte jetzt nicht mehr zu beiden Seiten direkt an einen Nachbarn an, sondern nur noch auf einer Seite.

»Noch etwas Wein, Meghan?«

»Nein danke, Mrs. Wade.«

»Wir haben reichlich davon. Und nennen Sie mich bitte Anne, ja?«

»Ich hab wirklich genug. Ich muss noch fahren, und ich vertrage nicht viel. Wenn man mit mir ausgeht, ist das ein billiges Vergnügen.«

Das war ein wenig gelogen. Meghan konnte einiges vertragen. Sie wollte meine Mutter nur nicht beleidigen, was die Wahl ihres Rebensafts betraf. Nicht dass sie ein Snob war. Aber wahrscheinlich tischte die Charles-Familie keinen Pinot Grigio aus dem Pappkarton auf.

Wir standen alle in der Küche herum – ich, den Arm in der Schlinge, Meghan, meine Mutter und ihr Freund –, stellten uns einander vor und machten Smalltalk. Mom war so verblüfft, weil ich jemanden mitgebracht hatte, dass sie nicht mal die Schlinge bemerkte. In den gut zwanzig Jahren, in denen ich mit Mädchen ausging, hatte ich nie jemandem mit nach Haus gebracht. Niemals.

Doch jetzt war ich froh, eine Zeugin dabeizuhaben, denn Schleudertrauma-Walt war in Höchstform. Er begrabschte meine Mom an den Schultern, am Rücken und an der Taille – als hätte er vor, sie später umzubringen, und als wollte er möglichst viele Fingerabdrücke hinterlassen, damit die Polizei auch ganz genau wusste, wer es gewesen war.

Schleudertrauma-Walt war Anwalt, wie Meghans Vater, doch sie bewegten sich auf zwei völlig unterschiedlichen Daseinsebenen. Wohlgeboren Nicholas Charles speiste regelmäßig mit dem Bürgermeister und Philadelphias politischer Elite zu Mittag. Schleudertrauma-Walt hingegen verbrachte den Tag damit, jedem im Umkreis von fünf Meilen, der eine dicke Halskrause trug, seine Visitenkarte in die Hand zu drücken. Schleudertrauma-Walt hatte sich, wie man aus seinem Namen vielleicht schließen konnte, auf Personenschäden spezialisiert. Und genau darüber hatte er auch meine Mutter kennengelernt. Sie hatte versucht, das Krankenhaus, in dem sie arbeitete, zu verklagen, weil sie dort ausgerutscht und gestürzt war. Den Fall verlor sie zwar, aber dafür gewann sie Schleudertrauma-Walt.

Mom bot mir noch ein Bier an, doch ich schenkte mir lieber etwas von Schleudertrauma-Walts Whiskey ein – Johnnie Walker Black. Wahrscheinlich das Geschenk eines dankbaren Klienten. Der Billigheimer hätte garantiert nicht daran gedacht, mir einen zu spendieren.

Mom entschuldigte sich, weil sie in den Keller wollte. Ich wusste schon, warum.

»Ist okay. Es ist dein Haus. Du kannst auch hier rauchen.«

»Du weißt, dass ich nicht rauche, Mickey.«

»Ich weiß hundertpro, dass du rauchst.«

»Das ist Blödsinn.«

Ich wandte mich Meghan zu.

»Sie raucht, aber hundertpro.«

»Ich rauche *nicht.*«

Mom entschuldigte sich trotzdem und verschwand nach unten, um zu rauchen. Kurz darauf hörten wir das Knistern der Packung, gefolgt vom Schnipsen des Feuerzeugs. In ein paar Minuten würden wir den Zigarettenrauch riechen.

Ich erkläre Meghan die Sache, ohne dabei die Stimme zu senken.

»Die Eltern meiner Mutter sind beide an Lungenkrebs gestorben. Sie will mir weismachen, dass sie 1990 mit dem Rauchen aufgehört hat, als ihr Vater gestorben ist. Und ich glaube wirklich, dass sie versucht, damit aufzuhören. Leider hat sie es nie geschafft.«

Offensichtlich war Schleudertrauma-Walt die Sache unangenehm, denn er verwickelte Meghan in ein unverbindliches Gespräch. Kaum hatte er herausgefunden, dass Meghans Vater Nicholas Charles war, wurde ihr Gespräch etwas konkreter; er wollte wissen, woran ihr Vater momentan arbeitete, und, ähm, ob er manchmal im Capitol Grille aß, und na ja, ob Ihr Vater zufällig gerade neue Mitarbeiter suchte, hey, war nur ein Scherz, nein, war doch keiner.

Als meine Mutter in die Küche zurückkehrte, stank sie von oben bis unten nach Qualm. Der Geruch stieg von ihrer Kleidung in unsere Nasenlöcher. Ich unterdrückte einen Niesreiz. Und wir setzten uns alle an den Esstisch.

Innerhalb von sechzig Sekunden hatte Schleudertrauma-Walt das Essen in sich hineingeschaufelt. Dann stand er auf und marschierte wortlos in sein Kellerbüro hinunter. Allerdings erst nachdem er meine Mutter nicht gerade zärtlich in den Arsch gekniffen hatte.

Meghans und mein Teller waren immer noch voll, denn die Zeit hatte nicht gereicht, um so zu tun, als würden wir uns über mehr als nur ein paar Happen unserer Rigatoni mit Fleischbällchen genüsslich hermachen. Meine Mutter beugte sich zu uns vor, ganz vertraulich.

»Er arbeitet an einem Fall.«

Ich beugte mich ebenfalls vor.

»Mach dir deswegen keine Sorgen.«

Schleudertrauma-Walt verbrachte zwar eine Menge Zeit in Northwood, doch er würde niemals hierherziehen. Vom Stadtrand nach Northwood umzusiedeln, wäre ein echter Abstieg gewesen, selbst für einen Anwalt, der sich auf Personenschäden spezialisiert hatte. Darum behielt er seine Eigentumswohnung in Ardmore, verbrachte jedoch die meiste Zeit im Haus meiner Mutter.

»Noch etwas Wein?«

»Danke, Mrs. Wade.«

»Hey, ich hab doch gesagt: Nennen Sie mich Anne. Wir sind alle erwachsen hier.«

»Gut. Anne.«

Ich hatte Meghan aus taktischen Gründen mitgebracht. Mit einem Puffer zwischen uns feuerte meine Mutter vielleicht nicht aus vollen Rohren auf mich. Vielleicht sah sie sich sogar gezwungen, ein oder zwei Fragen ganz ehrlich zu beantworten.

»Mom, was weißt du über Granpa und das Adams Institute?«

Für einen kurzen Moment hielt meine Mutter mit der Gabel in ihrer Hand inne, wie in einer jener spektakulären Zeitlupenaufnahmen von einer fliegenden Kugel in einem Streifen der Wachowski-Brüder. Sie lächelte.

»Als du mir erzählt hast, du möchtest Autor werden, dachte ich, dass ich dort mal ende.«

Und dann setzte die Gabel ihren Weg zum Mund fort, der gleichzeitig kaute und grinste.

Das Adams Institute war in Frankford ein geflügeltes Wort. War man als Kind ungezogen, sagten die Eltern: »Du bringst mich noch ins Adams, wenn du das nicht lässt.« Oder: »Wo fahren wir in den Ferien hin, Mom?« »Ins Adams, wenn du nicht aufhörst rumzukaspern.« Das Adams war die Klapsmühle. Sie befand sich auf dem schönsten Grundstück Frankfords, das sich über zehn wunderschöne Morgen Land am Rand von Northwood erstreckte. Doch niemand wollte dorthin.

Meghan lachte höflich.

»Wie viele Jahre hat Mickeys Großvater dort gearbeitet?«

Ah ja. Damit hatte Anne nicht gerechnet. Sie war ziemlich geübt darin, meine Fragen wegzubügeln. Sie tat das, seit ich ein kleines Kind war. Doch unsere Zwei-gegen-einen-Taktik verwirrte sie.

»Oje. Ich denke, er ist vor ein paar Jahren in den Ruhestand gegangen? Wir reden nicht viel miteinander. Du weißt ja, wie dein Großvater ist, Mickey.«

Um mir etwas Mut anzutrinken, nahm ich einen Schluck von dem Whiskey.

»Wie lange hat es gedauert, bis Grandpa rausgefunden hat, dass Billy Derace dort untergebracht war?«

Ihr hättet Annes Blick sehen sollen – absolut tödlich. Mein Gott. Ihre blauen Augen – eiskalt und stechend.

»Billy wer?«

»Mom. Der Typ, der Dad getötet hat.«

»Wie bitte?«

Meine Mom rutschte mit dem Stuhl zurück, wischte sich den Mund mit einer weißen Serviette ab, legte sie auf den Tisch und verließ das Zimmer.

Meghan und ich tauschten einen flüchtigen Blick. Ich nahm noch einen Schluck von Schleudertrauma-Walts gutem Scotch; er brannte im Hals, während ich meiner Mom in die Küche folgte.

Meine Mutter stützte sich mit den Händen auf dem Rand der Arbeitsfläche ab. Keine Ahnung, ob sie versuchte, das Gleichgewicht zu halten oder zu verhindern, dass sich die Arbeitsfläche der Schwerkraft widersetzte und davonschwebte.

»Mom?«

Sie hob den Kopf. Tränen liefen ihr über die Wangen. Ich hatte das absolut seltsame Gefühl, das schon einmal erlebt zu haben. War ich nicht gerade hier gewesen – während meine Mutter mich mit Tränen in den Augen anschaute? Vor ungefähr siebenunddreißig Jahren?

Meine Mutter wischte sich das Gesicht trocken.

»Du verstehst das nicht. Jahrelang habe ich auf den Anruf gewartet, dass dein Großvater drüben im Adams jemanden umgebracht hat.«

»Nicht irgendjemanden. *Billy Derace.* Warum hast du mir nie die Wahrheit gesagt? Du hast behauptet, es wäre bei einer Kneipenschlägerei passiert. Doch dieser

Typ hat Dad wie aus dem Nichts angegriffen. Ich habe die Zeitungsausschnitte gelesen.«

»Wann hättest du es denn gerne erfahren? Als du neun warst? Vielleicht mit sechzehn? Oder mit einundzwanzig, als du Alkohol trinken durftest?«

»Jeder dieser Zeitpunkte wäre besser gewesen, als mich anzulügen.«

»Ich habe dich nie angelogen. Du hast bloß Vermutungen angestellt.«

Das stimmte. Ich hatte die Lücken ausgefüllt. Aber nur weil ich nie die ganze Geschichte erfahren hatte und sonst nur wenig Anhaltspunkte hatte. Meine Mutter beherrschte es meisterhaft, unangenehme Gespräche zu beenden oder vollkommen zu ignorieren.

Also versuchte ich die Sache anders anzugehen.

»Ich habe eine Menge von den Zeitungsausschnitten gefunden, die Grandpa gesammelt hat – alle über den Mord an Dad. Ich glaube, er hatte sämtliche Zeitungsartikel darüber aufgehoben und sich sogar eine Kopie des Polizeiberichts besorgt.«

»Also, das wundert mich jetzt. Dein Vater hat deinen Großvater gehasst und dachte immer, das beruht auf Gegenseitigkeit. Wer konnte schon ahnen, dass er ihm doch nicht ganz am Arsch vorbeiging.«

So lief es immer. Dein Großvater. Dein Teil der Familie. Deine Gene, nicht meine.

»Warum hat er Grandpa gehasst?«

»Das ist eine lange Geschichte, und wir haben einen Gast.«

Jetzt hieß es »wir«. Jetzt war ich wieder Teil der Familie. Unsere seltsame gestörte Familie, bestehend aus zwei Personen.

»Okay, eins kapier ich nicht. Du magst ihn nicht. Das ist offensichtlich. Denn du redest nie mit ihm, du scheinst gerade so zu tolerieren, dass es ihn überhaupt gibt, und trotzdem liegst du mir ständig damit in den Ohren, dass ich ihn besuchen soll. Außerdem hast du mich in sein verdammtes Apartment verfrachtet, Mom. Warum, frage ich mich also, solltest du mich jemandem näherbringen, den du hasst? Jemandem, den, wie du sagst, mein eigener Vater ebenfalls gehasst hat?«

»Weil er sonst niemanden hat.«

»Das ergibt absolut keinen Sinn.«

»Und weil er eines Tages vielleicht aufwacht. Und die Ärzte meinten, dass er dann Hilfe benötigt. Ich habe keine Zeit dafür, nicht bei meinem Job. Du bist sein Enkel.«

Jetzt wurde mir klar, was Mom die ganze Zeit im Schilde geführt hatte. Auf diese Weise konnte sie ihr Gewissen erleichtern. Und alles regeln. Die Sache mit mir. Und mit Großvater.

Das hieß: Ich sollte mich um meinen Großvater kümmern. Denn sie wollte todsicher nichts mit ihm zu tun haben.

Für einen kurzen Moment sagten wir beide nichts. Ich wusste, dass Meghan jedes Wort unserer Unterhaltung hören konnte. So geräumig das Haus meiner Mutter für Northwood-Verhältnisse auch war, es war keine aufgemotzte Angebervilla in Main Line.

»Warum hat Dad Grandpa gehasst? Wegen der Scheidung?«

»Ich hätte das Thema nie ansprechen sollen.«

»Komm schon, was macht das jetzt noch für einen Unterschied? Dad ist tot, und Grandpa ist das momentan egal.«

»Es wäre mir lieber, du würdest die Sache vergessen.«

»Werd ich aber nicht. Hör auf mit dem Scheiß. Kannst du mir ausnahmsweise bitte mal etwas über meine Familie erzählen, damit ich mir nicht ständig irgendwas zusammenreimen muss?«

Oh, wie meine Mutter mich anstarrte. Mit einem vernichtenden, eiskalten Blick, bei dem ich mich augenblicklich wieder in ein kleines Kind verwandelte.

»Ich habe das erst herausgefunden, nachdem du schon auf der Welt warst, doch offensichtlich hat dein Großvater deine Großmutter öfter verprügelt.«

Mich fröstelte, während ich mir vorstellte, wie meine Großmutter – meine liebe Großmutter, die für mich als Kind nur nette Worte und Kekse hatte – geschlagen wurde.

Meine Mom sah, dass sie mich am Haken hatte. Und fuhr fort.

»Dein Vater sagte, dass er sich erst nach deiner Geburt wieder daran erinnert hat. Als er Vater wurde, schätze ich, kam das alles wieder zurück. Er war ständig deprimiert und ging deinem Grandpa Henry bei den meisten Familienfeierlichkeiten aus dem Weg; er redete nur mit ihm, wenn es unbedingt nötig war. Bis zum Tod deines Vaters hat sich daran nichts geändert. So, können wir jetzt zu Ende essen?«

Im Jahr 1917 verbrachte ein Bauunternehmer aus Philadelphia namens Gustav Weber seine Flitterwochen in Los Angeles. Er verliebte sich Hals über Kopf in den spanischen Kolonialstil der Häuser dort und beschloss, einen Teil von Süd-Kalifornien an der Ostküste nachzubauen. Bei seiner Rückkehr erwarb Weber ein dreieckiges Stück Land vor den Toren Philadelphias, unterteilte es in Blocks mit Straßennamen wie Los Angeles Avenue und San Gabriel Road und errichtete die Häuser seiner Träume: grob verputzte Bungalows mit roten Dachziegeln.

Weber berücksichtigte dabei nicht die strengen Winter an der Ostküste, so dass die Pflanzen eingingen und die Bewohner in ihren ungeschützten Häusern fast erfroren. Als dann die Große Depression das Land erfasste, war Weber pleite.

Doch Hollywood gab es immer noch.

Seit ich denken konnte, hatte meine Großmutter dort gewohnt – in 603 Los Angeles Avenue, nahe der San Diego Avenue. Während ihr Ex über die Jahre in Frankford von einem Apartment zum nächsten zog, blieb Ellie Wadcheck – sie hatte nie wieder ihren Mädchennamen angenommen –, wo sie war. Oft verbrachte ich meine Sommernachmittage in dem winzigen Garten hinter ihrem Haus. Vor allem nach dem Tod meines Vaters, denn meine Mom brauchte jemanden, der auf mich aufpasst.

Hollywood, Pennsylvania kam mir damals nicht im Geringsten seltsam vor, bis ich das College besuchte und meine Freunde meinten, ich würde totalen Scheiß reden.

Meghan glaubte mir auch nicht – zunächst.

»Sie lebt wo?«

»Hollywood. Das ist eine Gegend in Abington.«

»Wieso habe ich nie davon gehört?«

»Oh oh oh, du bist ein reiches Mädchen, und du hast dich viel zu weit …«

»Klappe.«

Wir hielten an der Hollywood Tavern. Ich war nicht dazu gekommen, bei meiner Mutter den Johnnie Walker Black auszutrinken, und brauchte dringend einen Drink. Meghan konnte ebenfalls einen vertragen. Und diesmal vielleicht etwas, das nicht aus einer Pappschachtel eingeschenkt wurde.

Die Bar war früher ein Musterhaus von Webers Baufirma gewesen, das man später um einen Anbau aus Ziegelsteinen erweitert hatte, der wie ein Krebsgeschwür aus der Fassade des im Kolonialstil erbauten Gebäudeteils hervorragte. In der Bar konnte man gepflegt was trinken und sich Sportübertragungen anschauen. Ich bestellte ein Yuengling, Meghan einen Weißwein.

»Mein Gott, du hast doch keinen Scheiß erzählt. Die Bar sieht aus, als hätte man sie direkt aus den Hollywood Hills hierherverfrachtet.«

»Echt abgefahren, was?«

»Sind hier irgendwelche berühmten Schauspieler aufgewachsen?«

»Glaub nicht. Es sei denn, du würdest Joey Lawrence als berühmt bezeichnen.«

Wir nahmen jeder unser Glas. Und ich tat so, als würde ich das Baseball-Spiel im Fernseher verfolgen – ein Abendspiel der Phillies. Doch vor allem dachte ich über das nach, was meine Mutter erzählt hatte.

Grandma Ellie war erstaunt, mich zu sehen. Ich kam nie unangemeldet vorbei. Vielmehr versuchte ich, mich vor Familienverpflichtungen zu drücken, wann immer ich konnte. Nicht, dass ich meine Familie nicht treffen wollte, doch ich fand die ersten zehn bis zwanzig Minuten der gegenseitigen Willkommensbekundungen unangenehm und peinlich. Ich verspürte bei solchen Anlässen immer ein unterschwelliges Schuldgefühl – *Mensch, das ist ja ewig her, Mickey, du lässt dich nie blicken, man könnte meinen, du hast keine Lust, dich mit uns abzugeben … aber egal, wie geht's? Was macht die Schreiberei?*

Doch Meghan nahm dem Ganzen die Schärfe. Oh, wie meine Großmutter sie mit Komplimenten überhäufte.

»Nein, wie schön Sie sind! Mein Gott. Mickey, sagst du dieser schönen Frau auch jeden Tag, wie fantastisch sie aussieht?«

»Hi, Mrs. Wadcheck. Ich freue mich, Sie kennenzulernen.«

Meghan sprach sogar den Namen absolut korrekt aus. Sie lernte schnell, die Gute.

»Oh, wie reizend.«

Das Innere des Bungalows meiner Großmutter hatte sich nicht verändert seit … noch nie. Hätte ich jetzt eine dieser weißen Pillen eingeworfen, hätte ich zwischen den frühen 1970ern und der Gegenwart erst dann einen Unterschied festgestellt, wenn ich vor die Tür getreten und einen Blick auf die Autos geworfen hätte. Alles war weißgrau oder hellgelb. Gelb war ihre Lieblingsfarbe.

Grandma bestand darauf, uns riesige Gläser mit Vanillelimonade zu bringen – was sich, ich sag's euch, nicht gut mit Yuengling und Johnnie Walker Black verträgt –, außerdem eine Schale mit widerlich süßen Butterringen. Sollte sie mitgekriegt haben, dass ich meine Limonade nur mit drei Fingern hochnahm, ließ sie sich das nicht anmerken.

Stattdessen lächelte Ellie Wadcheck uns an, offensichtlich wartete sie auf unseren nächsten Schritt. Denn die paar Male, die ich spontan vorbeigekommen war, um sie zu besuchen, konnte man an … an den Fingern meiner fehlenden rechten Hand abzählen.

»Ich möchte dich was fragen, Grandma.«

Überwältigt von den Qualen des Zuckerschocks log ich und behauptete, ich würde an einem Artikel über meinen Vater und die Umstände seines Todes schreiben. Zu meiner Ehrenrettung muss ich jedoch sagen, dass das nicht ganz gelogen war. Denn vielleicht ergab sich aus der Sache tatsächlich ein Magazinartikel oder sogar ein Buch. Allerdings war mir das gerade erst eingefallen. Ich musste ihr einfach irgendwas erzählen.

Sie lächelte uns an.

»Billy Derace, dieser Hurensohn.«

Meghan und ich hockten einen Moment sprachlos da.

»Nur zu, raus damit, Grandma. Erzähl uns, was du auf dem Herzen hast.«

Großmutter lachte. Sie war so ziemlich die einzige Verwandte, die mich halbwegs komisch fand.

»Oh, ich kannte seine Mutter nicht persönlich. Doch sie war stadtbekannt. Ich werde Billy Derace nie verzeihen, was er getan hat, allerdings wundert es mich nicht, wenn man bedenkt, wie er aufgewachsen ist. Seine Mutter war ziemlich unreif. Sie hatte jung geheiratet, weigerte sich aber, zu Hause zu bleiben. Sie arbeitete den ganzen Tag und war jeden Abend unterwegs – trinken und tanzen. Schließlich hatte ihr Mann genug und machte sich aus dem Staub. Das ganze Viertel zerriss sich das Maul darüber.«

»War das in Frankford?«

»Ja – wo ich mit deinem Großvater zusammengewohnt habe, bis ich hierhergezogen bin. Egal, es gab das Gerücht, Billy hätte einen jüngeren Bruder gehabt, der als ganz kleines Kind gestorben ist – angeblich war er erst drei Jahre alt. Und Billy hätte dabei zugesehen, wie er gestorben ist.«

Meghan wurde blass.

»Was ist passiert?«

»Es wird erzählt, dass er an einer Frühstücksflocke erstickt ist. Billy wusste nicht, was er tun sollte. Das war … äh, 1968? 1969? Damals brachte man Kindern noch nicht den Heimlich-Handgriff bei.«

»Wo war seine Mutter? 1969 kann Billy höchstens neun oder zehn Jahre alt gewesen sein.«

»Ja, stimmt. Seine Mutter war in irgendeiner Bar und dachte wahrscheinlich, dass ein Neunjähriger alt genug ist, um auf ein Kleinkind aufzupassen. Billy und sein Bruder mussten oft alleine zurechtkommen.«

Meghan blickte mit leicht hochgezogenen Augenbrauen zu mir herüber – doch ich machte mir im Geiste bereits Notizen. Ein drei Jahre alter Junge, der erstickt war, hatte es Ende der 1960er Jahre bestimmt in die Zeitung geschafft, oder? Aber warum hatte man Billy seiner verantwortungslosen Mutter nicht weggenommen?

»Billy war wohl ein bisschen verrückt.«

Meine Großmutter seufzte.

»Zumindest war er kein normales Kind.«

»Und er wurde erwachsen und blieb verrückt und hat irgendwann im Jahr 1980 zufällig meinen Vater mit einem Steakmesser angegriffen.«

Grandma starrte mich an.

»Ich glaube nicht, dass das ein Zufall war.«

Während seines kurzen Lebens hatte Anthony Wade nie viel Geld verdient. Ein paar andere Väter – die Väter der Kinder, die ich aus dem College kannte –, mussten offensichtlich nur durch ihren Vorgarten spazieren, und schon blieben die Hundert-Dollar-Scheine an ihren Fußsohlen kleben. Einige Väter hatten ihr Geld geerbt; andere ergriffen einen Beruf, der ihnen ein mehr oder weniger hohes Einkommen sicherte, und einige wiederum arbeiteten sehr hart und verdienten schließlich eine Menge Geld.

Mein Vater arbeitete ebenfalls hart, verdiente aber nie viel Geld.

Die Männer der Wadcheck-Familie fühlten sich zu jenen zwei Berufen hingezogen, die zwar cool klangen, aber echt beschissene Verdienstmöglichkeiten boten: Schreiben und Musik. Es sei denn, man hatte Glück. Doch wenn man Glück hat, muss man nicht schreiben oder Musik machen. Man braucht nur Glück sowie die Fähigkeit, die Brieftasche zu öffnen, sobald es die grünen Scheinchen vom Himmel regnet.

Als ich ein Kind war, hatte mein Vater fast jedes Wochenende mit Band oder solo einen Auftritt, doch mehr als hundert Dollar auf einmal nahm er nie ein – und das als Gage für zwei Abende, fünf Stunden pro Abend. Das war Ende der Siebziger und Anfang der Achtziger. Als ich geboren wurde, konnte er sich laut meiner Mutter glücklich schätzen, wenn er mit fünfundzwanzig Dollar in der Tasche nach Hause kam.

Und meist investierte er eine Menge von dem Geld in seine Ausrüstung – in Ersatzsaiten für die Gitarre und Rücklagen für neue Lautsprecher oder Effektpedale.

Mein Vater war vollkommen zufrieden mit der Summe, die er mit seiner Musik verdiente. Denn seine Kunst finanzierte seine Kunst.

Allerdings finanzierte sie nicht seine junge Frau und seinen kleinen Sohn.

Aus diesem Grund musste Anthony Wade ständig in mindestens zwei Nebenjobs gleichzeitig arbeiten – meist zwar geregelte, doch anstrengende Aufsehertätigkeiten für die Firmen, die in Frankford gerade Leute suchten. Außerdem gab er jedem Gitarrenunterricht, der für eine halbstündige Einführung fünf Dollar abdrücken konnte.

Selbst als Kind wusste ich, dass mein Vater mit diesen anderen Jobs unglücklich war. Seine Laune war für die Stimmung zu Hause verantwortlich. Und unter der Woche hatte er oft eine beschissene Laune.

Das erklärt vielleicht, warum ich darauf verzichtete, mir Frau und Kind ans Bein zu binden, als ich meine schlecht bezahlte Journalistenkarriere in Angriff nahm. Wenn mein Beruf meinen Beruf finanzierte, dann war ich zufrieden. Zumindest riss ich niemanden mit in den Abgrund.

Aber ich hatte offenbar nicht die geringste Ahnung. Meine Großmutter erklärte, dass mein Dad oft gefeuert wurde und so knapp bei Kasse war, dass er weitere Jobs annahm. Jobs, bei denen, wie sie sagte, es ihr das Herz brach.

»Dein Vater hat alle möglichen Tests an sich durchführen lassen.«

»Von wem?«

»Diese Leute aus dem Institut. Na ja, den Boulevard rauf.«

Der ehemalige Journalist in mir verspürte ein Kribbeln. Bei einer Geschichte kam es ausschließlich auf die Verbindungen an. Und das war eine weitere Verbindung zu dieser Irrenanstalt.

»Du meinst das Adams Institute? Was für Tests?«

Grandma runzelte die Stirn, als hätte sie eine Handvoll Zitronensamen verschluckt.

»Medikamententests der Regierung. Das war ungefähr, als du geboren wurdest. Er hat sich auf eine Zeitungsanzeige hin dort gemeldet. Junge, leistungsfähige, gesunde männliche Versuchspersonen für medizinische Studien der Regierung gesucht. Zweihundert die Woche, für mindestens vier bis sechs Wochen.«

»Ich dachte, das Adams Institute wäre eine psychiatrische Klinik.«

»Hauptsächlich schon, aber dort wurden auch Tests durchgeführt. Oh, Mickey, du hättest ihn sehen sollen. Mein dreiundzwanzigjähriger Sohn wirkte plötzlich, als wäre er vierzig, Ringe unter den Augen, gelbe Haut – als hätte er wochenlang nicht geschlafen.«

In meiner Vorstellung war mein Vater sehr viel älter, als er tatsächlich gewesen war. Ich weiß noch, wie erstaunt ich war, als ich mit Anfang dreißig feststellte, dass ich jetzt älter war als mein Vater bei seinem Tod. Ich sah zwar nicht aus, als hätte ich in einem Jungbrunnen gebadet, aber ich sah auch nicht so alt aus wie der Vater aus meiner Erinnerung.

Meghan streckte den Arm aus und berührte Grandmas Hand.

»Haben Sie je erfahren, was für Medikamente man ihm verabreicht hat?«

»Das waren Blindversuche, hat Anthony mir erzählt. Sie haben ihm nicht gesagt, was sie ihm gespritzt haben – allerdings haben sie ihm versichert, dass er keine dauerhaften Nebenwirkungen zu befürchten hätte. Aber ich glaube, das war dummes Zeug. Nach diesen Tests war dein Vater einfach nicht mehr derselbe.«

Und mich beschlich eine leise Ahnung, wer diese Tests durchgeführt hatte.

»Nein.«

»Komm schon.«

»Nein. Das letzte Mal, als du diese Pillen genommen hast, bist du aufgewacht und wolltest nicht mit mir reden. Und das Mal davor hast du das Gefühl in deinem rechten Arm verloren. Erkennen wir da nicht ein bestimmtes Muster, Mickey?«

»Wie soll ich sonst rausfinden, was tatsächlich passiert ist? Ich muss Erna Derace befragen. Sie fragen, was sie über Mitchell DeMeo und seine Tests weiß.«

Nach dem seltsamen Essen bei meiner Mutter und dem Besuch bei meiner Großmutter in Hollywood hatte Meghan mich zur Frankford Avenue zurückgefahren. Eigentlich war ich davon ausgegangen, dass sich dort unsere Wege trennen würden, doch sie war mir nach oben gefolgt und hatte erneut angefangen, die Kartons und Kisten zu durchstöbern. Als ich wissen wollte, wonach sie suchte, warf sie mir einen »Was wohl?«-Blick zu, den ich vermutlich verdient hatte. Meghan suchte natürlich nach DeMeos Aufzeichnungen. Nach einem Hinweis auf Billy Derace oder meinen Vater. Am besten auf beide. Und nach einer Erklärung für den zufälligen Angriff in Bardy's in jener Nacht damals.

Doch ich hatte eine andere Idee. Um die Sache abzukürzen.

Ich wollte Billys Mom fragen.

»Was für eine blöde Idee«, sagte Meghan.

»Wie soll ich es sonst rausfinden?«

»Mann, keine Ahnung, wie wär's auf die altmodische Art – *Recherche*. Du warst doch mal Reporter, oder? Ich meine, du hast mir ja wohl nichts vorgespielt, weil du dachtest, dass ich auf Presseausweise und lange, schmale Notizbücher stehe.«

»Tust du das?«

»Schade, dass du kein Reporter mehr bist.«

»Ich habe allerdings noch ein paar lange, schmale Notizbücher.«

Wir durchstöberten weiter die staubigen Pappkartons voller Notizen, Zeitungsausschnitte und Mappen. Aber nichts davon ergab den geringsten Sinn. Meghan stieß auf jede Menge Stammbäume, darunter jedoch keine »Deraces« oder »Wadchecks«. Und die Aufzeichnungen gaben keinerlei Aufschluss über die »Tests«, die man an meinem Vater durchgeführt hatte.

Gegen neun fragte Meghan, ob ich was zu essen dahätte. Wenn sie auf Erdnussbutter und Äpfel stand, ja, erwiderte ich.

»Lass uns was ohne Erdnussbutter oder Äpfel bestellen. Das geht auf mich.«

»Du hast das Bier vergessen. Getreide ist ein wichtiger Bestandteil der Alex-Alonso-Diät.«

Schließlich bestellten wir bei einem Laden die Straße runter eine Pizza. Kurz darauf lief ich unter der Hochbahn entlang, um sie abzuholen, und verbrannte mir auf dem Rückweg an der Schachtel meine drei noch gesunden Finger. Ein Typ in einem abgerissenen grauen Pullover bat mich um ein Stück Pizza. Doch ich erklärte ihm, ich würde sie leider nur ausliefern. Worauf er meinte, ich solle mich ins Knie ficken. Ich liebe diese Gegend.

Als ich die Pizza die zwei Stockwerke nach oben trug, war ich bereits zu dem Schluss gekommen, dass es am besten wäre, die Pillen zu nehmen. Doch Meghan war dagegen.

»Diese Pillen werden dir das Hirn rösten. Willst du wie dein Großvater ins Koma fallen?«

»Ich bin keine vierundachtzig Jahre alt. Außerdem hast du gesagt, die Dinger wären Placebos. Zuckerpillen.«

»Mein Freund weiß auch nicht alles. Ja, ich glaube, er wäre im zweiten Studienjahr in Biochemie fast durchgerasselt.«

»Hör zu, ich habe keine andere Wahl. Ich muss rausfinden, was es für eine Verbindung zwischen Billy

Derace und meinem Vater gibt. Vielleicht kann ich den Zeitpunkt weiter nach hinten schieben und in die späten Siebziger oder frühen Achtziger reisen. Mich dort ein bisschen umsehen und das eine oder andere herausfinden.«

»Du hast mir erzählt, du hättest es schon mal versucht und wärst über 1975 nicht hinausgekommen.« Meghan kniff die Augen zusammen, hielt inne und wandte sich ab. »Okay, nur fürs Protokoll, ich kann nicht glauben, dass ich das gerade gesagt habe …«

»Na ja, vielleicht hab ich mich nur nicht genug angestrengt. Vielleicht soll es einem ja gar nicht leichtfallen.«

»Hmmm.«

Und dann aßen wir schweigend unsere Pizza weiter. Eine ganz schlichte Variante. Wenig Soße, billiger, pappiger Käse. In den Siebzigern hatte sie sich in Frankford nicht gerade großer Beliebtheit erfreut, doch plötzlich war sie das A und O auf Philadelphias Speiseplan: Leandro's Pizza. Der winzige Laden befand sich unter der Treppe zur Hochbahnhaltestelle. Trat man aus dem Waggon, folgte man einfach dem betörenden Duft über die Betontreppen bis ganz nach unten, und eh man sich's versah, hatte man die Hände in den Hosentaschen und kramte nach zwei Vierteldollars, einem Zehn-Cent-Stück und einer Fünf-Cent-Münze, um ein Stück Pizza zu kaufen. Auf meinen Ausflügen in die Vergangenheit machte ich absichtlich einen großen Bogen um Leandro's. Das wäre gewesen, als würde ein Eunuch die Playboy Mansion besuchen.

Gegen Mitternacht hatten wir immer noch nichts wirklich Brauchbares zutage gefördert – viele der Aufzeichnungen und Ausschnitte bezogen sich auf Leute, die in den zwanziger und dreißiger Jahren des letzten Jahrhunderts gelebt hatten, aber keiner davon kam aus meiner Familie.

Also überzeugte ich Meghan schließlich, dass es richtig wäre, die Pillen zu nehmen. Müde stimmte sie zu.

Erst dann fiel mir ein, dass ich sie in den Arzneischrank geschlossen hatte.

»Lass mich raten. Du hast nicht die leiseste Ahnung, wo die Schlüssel sind.«

»Nope.«

»Gibt's hier einen Hammer?«

»Keine Ahnung. *Du* hast den ganzen Abend hier rumgeschnüffelt. Und hast du einen Hammer gesehen?«

»Was ist in der Schublade für das Silberbesteck?«

»Ich besitze Silberbesteck?«

Meghan sah in der Schublade nach, in der sich einige merkwürdige Küchengeräte befanden – jedoch kein Hammer. Lediglich mehrere Korkenzieher. Jede Menge rostiger Flaschenöffner, einige mit den Logos lokaler Brauereien, die vor langer Zeit dichtgemacht hatten, wie Schmidt's und Ortlieb's. Außerdem ein großes Steakmesser mit Kunststoffgriff, das jedoch nicht so wirkte, als könnte man damit eine Blechdose zersägen, ganz zu schweigen von einem Vorhängeschloss.

»Ich glaube, ich habe im Wandschrank ein Kehrblech

und einen Strohbesen gesehen. Kannst du nochmal nachschauen?«

»Willst du das Schloss etwa wegfegen?«

»Nein. Ich werde einen großen, schweren Gegenstand nehmen – ich denke da zum Beispiel an deinen Kopf – und damit deinen Arzneischrank zertrümmern. Und nochmal fürs Protokoll, ich kann nicht glauben, dass ich das gerade laut gesagt habe.«

»Warum lässt du nicht mich ihn zertrümmern?«

»Du hast nur drei gesunde Finger. Willst du noch mehr verlieren?«

Sie zog einen schmutzigen grauen Ofenhandschuh über ihre rechte Hand, den man früher dazu benutzt hatte, brennendes Öl auszuklopfen, und griff nach einem schweren Glasaschenbecher. Damit stapfte sie ins Badezimmer, und eine Sekunde später hörte ich einen lauten Knall und Klirren. Dann war es wieder still.

»Bist du in Ordnung?«

»Er ist offen.«

Ich warf einen Blick ins Badezimmer. Die Tür war kaputt, und über Spüle, Boden, Klobrille und Wanne lagen die glitzernden Scherben des Spiegels verstreut.

»Ich dachte, du zählst bis drei oder so.«

»Hättest du dich dann besser gefühlt?«

Nachdem wir die Scherben zusammengefegt hatten, ließ ich mich auf die Couch plumpsen. Und Meghan kniete sich neben mich auf den Boden.

»Was machst du da?«

»Ich dachte, ich könnte weiter mit dir reden, während du … na ja, in der Vergangenheit bist. Ich hab gehört, wie du im Schlaf vor dich hingemurmelt hast. Vielleicht stehst du weiter mit der Gegenwart in Kontakt, wenn du deine kleinen Ausflüge unternimmst.«

»Erwartest du etwa, dass ich dich von dort aus hören kann?«

»Ich werde schreien. Komm schon, das ist deine Idee. Ich versuche nur zu helfen.«

Ich warf zwei Pillen ein, während ich in Meghans hübsche Augen schaute. Sie streckte den Arm aus, um meine Hand zu halten. Langsam wurden meine Augenlider schwerer, bis sie schließlich ganz zufielen. Als ich am 28. Februar 1972 zu mir kam, sah ich Erna Derace vor mir.

Sie hielt eine Pistole in der Hand.

X

Die Rache des Schlitzers

Erna Derace hockte auf ihren Fersen, während das gepunktete Kleid um sie herum fächerförmig auf den Boden fiel. Die Pistole war eine kleine .38er mit Perlmuttschaft. Ich war mir ziemlich sicher, dass es sich um dieselbe Waffe handelte, mit der Dr. DeMeos fleischige Pranke neulich vor meinem schemenhaften Gesicht herumgefuchtelt hatte. Offensichtlich hatte sie die Pistole aus seiner Schreibtischschublade genommen. Sie stand noch offen. Und in ihrem Inneren stapelten sich Unterlagen und Aktenmappen.

Erna hielt die .38er locker wie eine Fernbedienung, als wäre sie so ins Programm vertieft, dass sie sie ganz vergessen hatte.

»Verdammt … nicht schon wieder.«

Sie sprach leise, den Blick zu Boden gerichtet.

Wollte sie sich umbringen? Oder DeMeo? Ich versuchte, sie zu beruhigen, auch wenn ich unsichtbar war.

»Ich weiß, Sie wissen nicht, dass ich da bin. Doch wenn meine Worte irgendwie zu Ihnen durchdringen, dann hören Sie mir jetzt zu – ich denke wirklich, es wäre besser, wenn Sie die Waffe hinlegen.«

»Ich kann Sie hören.«

Ich rührte mich nicht von der Stelle.

»Was?«

Sie drehte sich um und blickte mir in die Augen.

»Ich kann Sie auch sehen. Von oben bis unten. Ich habe nur so getan, als könnte ich Sie nicht sehen, weil ich weiß, dass Sie wahrscheinlich ein Produkt meiner Fantasie sind. Ich dachte, wenn ich Sie nicht beachte, verschwinden Sie vielleicht. Aber das tun Sie nicht. Keiner von euch.«

»Haben Sie mich auch an meinem ersten Abend in diesem Zimmer gesehen? Als Sie mit DeMeo zusammen waren?«

»Ja. Ich hatte gehofft, Sie würden sich in Luft auflösen, wenn ich mich vor ihn hinknie. Und das haben Sie ja auch getan.«

»Wofür genau halten Sie mich?«

»Sie sind ein toter Mann.«

»Aber das bin ich nicht.«

»Richtig. Natürlich. Sie sind nicht tot. Vielleicht bin ich ja tot. Vielleicht bin ich eine tote Frau, die in einem See aus lauter Lebenden treibt, nur, dass ich es noch nicht mitgekriegt habe. Vielleicht bin ich bereits seit meiner Kindheit tot.«

»Ich möchte Ihnen ein paar Fragen zu DeMeo stellen.«

»Er behandelt mich gut.«

»Was macht er hier oben? Was für Experimente sind das?«

»Sie wollen damit sagen, Sie wissen es nicht? Ich dachte, Tote wüssten alles. Darum kehrt ihr doch zurück. Um die Lebenden zu verspotten. Um uns zu demonstrieren, wie schlau ihr seid und wie dumm wir anderen sind.«

»Tja, ich *weiß* es aber nicht. Sie haben also was gegen mich in der Hand.«

»Ich weiß es auch nicht. Mitchell behauptet, es wäre streng geheim. Ich weiß nur, dass seine Patienten erst nach Einbruch der Dunkelheit hier eintreffen und für etwa eine Stunde hierbleiben, manchmal auch die ganze Nacht. Er behauptet, er könnte bei Dunkelheit besser arbeiten, darum hat er die Fenster abgeklebt und die Glühbirnen im Flur rausgedreht. Außer in meiner Wohnung darf nirgends Licht brennen. Und er will, dass Ruhe herrscht. Ich muss die ganze Zeit absolut still sein.«

Ich stellte mir Billy Derace vor, wie er in dem einzigen erleuchteten Zimmer eines sonst dunklen Wohnhauses hockte. Ein Zwölfjähriger, gezwungen, die Wohnung zu hüten und still zu sein.

»Manchmal sehe ich Ihren Sohn draußen vor Ihrem Apartment hocken. Manchmal weint er. Manchmal *blutet* er, Erna.«

»Was haben Sie gesagt?«

»Sie haben mich schon verstanden.«

»Sie wissen nicht, wie das ist.«

»Erzählen Sie's mir.«

»Nein, lieber nicht. Sie werden ebenfalls bald verschwinden. Ob Sie mich nun in Ruhe lassen oder mir wehtun, ich werde Sie in jedem Fall nie wiedersehen. Genau wie die anderen. Kein Mann will ein Kind in seiner Nähe haben, das nicht von ihm ist. Selbst Dr. DeMeo will ihn nicht in seiner Nähe haben. Er fordert mich ständig auf, ihn zum Schweigen zu bringen, weil er sich nicht auf seine Arbeit konzentrieren kann. Und dieser kleine Mistkerl will einfach nicht hören. Er ist genau wie sein Vater …«

»Ihr Sohn braucht Sie.«

Und noch wichtiger, ich will, dass Sie für Ihren Sohn da sind.

Sie fuchtelte mit der Pistole in meine Richtung, während sie weiterredete.

»Nein. Es ist zu spät. Er hat zu viel von Victor. Er muckt ständig auf, egal, was ich sage. Egal, wie hart ich für ihn arbeite. Versuchen Sie mal, mit ihm zu reden. Es ist leicht, dazusitzen und zu sagen, *Ihr Sohn braucht Sie.* Sie haben ja keine Vorstellung.«

»Wer ist Victor?«

»Mein Ex, Victor D'Arrazzio. Sein Vater. Darum hab ich die hier rausgeholt. Ich dachte, ich hätte ihn gestern gesehen.«

»Sie wollen auf ihn schießen? Sie sollten sie wieder in die Schublade legen. Tief durchatmen. Nach unten gehen und sich hinlegen.«

»Nein, ich glaube nicht, dass ich das tun werde. Entweder jage ich mir eine Kugel in den Kopf, oder ich gehe irgendwo was trinken. Das ist die einzige Möglichkeit, sich Leute wie Sie vom Leib zu halten. All die Toten. Ich werde Sie also entweder ignorieren oder mich zu Ihnen gesellen.«

»Was denn für Tote? Ich bin nicht tot, Erna. Das ist zwar etwas kompliziert, aber ich versichere Ihnen, ich bin nicht tot.«

»Beweisen Sie es.«

Sie beugte sich zu mir vor. Ich konnte ihr Parfum riechen, süßlich und penetrant. Sie öffnete die Lippen ein wenig. Und kam immer näher.

»Was machen Sie da?«

Bevor sie antworten konnte, berührten sich unsere Lippen. Ich spürte, wie sie mit ihrer Hand nach meiner griff und unsere Finger sich ineinander verschränkten. Dann drückte sie mich an sich.

Bald schon waren die Gesetze der Physik außer Kraft gesetzt. Wir waren im Zimmer, gleichzeitig über den ganzen Raum verteilt und dabei, zu verschmelzen. Ich wusste nicht mehr, wo meine Lippen oder Finger aufhörten. Wo ich aufhörte und wo diese Frau anfing.

Plötzlich ließ sie von mir ab und blickte zu mir hoch. Ich stieß sie fort.

»Du glaubst, ich bin tot und gibst mir einen Kuss?«

»Ich wollte wissen, wonach der Tod schmeckt. Und er schmeckt *gut.*«

Draußen rumpelten die Waggons der Hochbahn über die Gleise, so dass die Holzdielen unter unseren Füßen vibrierten. »Leg bitte die Waffe weg.«

»Warum? Weshalb solltest *du* nervös sein? Du bist bereits tot. Selbst wenn ich diese Pistole direkt auf deinen Kopf richten und abdrücken würde, würde die Kugel durch dich hindurchfliegen.«

Ich hatte nichts zu erwidern, hauptsächlich, weil ich Angst hatte, dass sie tatsächlich den Revolver auf mich richten und abdrücken würde, nur um ihre Theorie zu überprüfen. Ich hatte keine Ahnung, ob die Kugeln durch meinen Kopf sausen würde, ohne dass mir was passierte, oder nicht. Ich wollte es nicht darauf ankommen lassen.

Und dann ließ die Wirkung der Tablette nach.

Als ich in der Gegenwart wieder erwachte, hockte Meghan neben mir auf dem Boden, in der Hand einen Stift und auf dem Schoß einen Notizblock.

Sie sagte keinen Ton.

Ich setzte mich auf und rieb mir die Augen.

»Du wirst nicht glauben, was gerade passiert ist.«

Sie stand auf und ging quer durchs Zimmer. Dann drehte sie sich um, setzte sich auf die Kante des Schreibtischs und sah mich schließlich an.

»Meghan?«

»Ich kann nicht glauben, dass du diese Frau tatsächlich geküsst hast.«

»Oh. Dann hast du wohl alles gehört.«

»Das Ende eures Gesprächs. Aber wechsle nicht das Thema, Mickey. Du hast mit der Mutter des Typen rumgemacht, der deinen Vater getötet hat.«

»Das war nicht meine Idee.«

»Was?«

»Ich war bewusstlos und fast vier Jahrzehnte in der Vergangenheit. Es ist einfach passiert.«

»Und? Hast du etwa gehofft, du könntest deine Freundin Erna mit der magischen Kraft deiner Lippen heilen? Ist dir klar, Mickey, dass diese Frau, sollte sie noch leben, inzwischen sechzig oder siebzig Jahre alt ist?«

»Sie hat gesagt, sie wäre noch anderen toten Menschen begegnet. Was soll das heißen? Dass noch andere Leute wie ich in die Vergangenheit zurückreisen?«

Erneut schwieg sie. Das sah Meghan überhaupt nicht ähnlich. Eigentlich war sie die perfekte Freundin, denn mit ihrer freundlichen, entspannten Art schaffte sie es stets, die unangenehmen Momente zu überbrücken. Und ich hörte ihr gerne zu, wenn sie redete. Doch jetzt war das anders.

»Was, Meghan, was ist? Was ist los?«

»Da ist noch was anderes.«

»Was?«

»Während du … geschlafen hast, egal … hast du, äh …«

»Spuck's aus.«

»Hast du ejakuliert.«

»Ich habe *was?* Bist du sicher?«

»Ich bin erwachsen, Mickey. Ich hab so was schon mal miterlebt. Wenn auch nicht wie bei dir. Du hast ausgesehen, als hättest du entweder einen Krampf oder einen Orgasmus.«

»Oh Gott.«

»Da du nicht versucht hast, deine Zunge zu verschlucken, tippe ich eher auf Orgasmus.«

»Oh Gott.«

Meghan sah mich mit einem gequälten Lächeln an. »Hör mit deinem ›Oh Gott‹ auf, oder ich muss befürchten, dass es gleich wieder passiert.«

»Tut mir leid. Oh Gott.«

»Ich frage dich also nochmal: Was hast du mit der Mutter vom Mörder deines Vaters gemacht?«

Das war zu viel. Sie hatte mich geküsst, war mit mir verschmolzen – oder was zum Henker auch immer passiert war. In meiner Erinnerung hatte das nicht unbedingt was mit Sex zu tun gehabt. Es war vielmehr unglaublich verwirrend gewesen.

Schwankend stand ich auf, ging ins Badezimmer und machte mich mit den drei mir noch verbliebenen Fingern sauber. Meghan hatte nicht gelogen.

Als ich ins Zimmer zurückkehrte, schien es ein unausgesprochenes Einverständnis zu geben, nicht über das zu reden, was auch immer gerade geschehen war. Vielleicht war das eine der Nebenwirkungen der Tabletten. Verdammt, vielleicht konnte man damit doch nicht in der Zeit herumreisen. Vielleicht hatte Grandpa Henry einen Geheimvorrat Potenzmittel in der Tylenol-Flasche gebunkert, und ich war nur ein kranker Idiot, der sich das alles bloß eingebildet hatte.

Doch ich wusste, dass das nicht stimmte. Und Meghan wusste es auch.

»Ich fasse nochmal zusammen: Wir habe keinen einzigen Zeugen, deine Mutter weiß nicht das Geringste, deine Großmutter konnte uns ein bisschen was erzählen, und Erna kann mit ihren Lippen Wunder vollbringen.«

Meghan irrte sich. Es gab einen weiteren Zeugen.

»Es gibt da noch jemanden.«

»Wen?«

»Billy Derace.«

Irgendwann, mitten in der Nacht, wachte ich plötzlich auf. Nachdem ich eine Weile Meghans Atem gelauscht hatte, merkte ich, dass sie ebenfalls wach war. Ich streckte den Arm aus und berührte sanft ihre Hand.

»Bist du wach?«

»Ja. Und du?«

»Auch.«

Seite an Seite lagen wir in der Dunkelheit. Ich war ehrlich überrascht gewesen, als sie meinte, sie würde gerne hier übernachten. Sie sagte, es sei schon spät, und sie habe keine Lust, zu so nachtschlafender Zeit noch in die Innenstadt zurückzufahren – sie machte also keine große Sache daraus. Und trotzdem: Sie blieb. Selbst mein feuchter Pillentraum hatte sie nicht vergrault. Und auch nicht, dass ich mit einer Frau rumgemacht hatte, die inzwischen wahrscheinlich siebzig Jahre alt war. Das wunderte mich. Und schließlich fragte sich sie danach.

»Warum tust du das alles?«

»Was?«

»Du weißt schon. Alles. Mir helfen, Licht in die Sache zu bringen. So viel Zeit hier verbringen. Anstatt die Irrenanstalt anzurufen, damit sie mich abholen.«

Für einen Moment sagte sie nichts.

»Willst du die Wahrheit hören?«

»Sicher.«

»Versteh mich nicht falsch – du bist ein klasse Typ, und ich weiß unsere Freundschaft wirklich zu schätzen.«

»Mhm.«

»Und ich habe mir echt Sorgen gemacht, als ich dachte, du würdest trainspottingmäßig im Drogensumpf versinken – ich meine, ich konnte doch nicht einfach tatenlos zusehen, oder? Doch jetzt weiß ich, dass was anderes dahintersteckt. Aber je mehr ich erfahre, desto neugieriger werde ich, und … also, ich will nicht herzlos klingen, aber ich möchte wirklich wissen, wie die Sache ausgeht.«

In gewisser Weise war das zugleich ehrlich, warmherzig und rührend.

Den größten Teil des darauffolgenden Tages verschliefen wir. Und als wir am frühen Abend vor dem Adams Institute vorfuhren, goss es in Strömen. In der Ferne ertönte ein furchteinflößendes Grollen. Es war eines jener heftigen Sommergewitter, die ab und zu über Philadelphia niedergehen.

»So, dann schleichen wir uns mal in die Nervenklinik«, sagte Meghan.

»Wir schleichen nicht hinein. Wir marschieren durch den Haupteingang.«

»Du hast gut reden. Wahrscheinlich hast du für die *City Press* nichts anderes gemacht. Die Sicherheitsleute zu beschwatzen, bis sie dich durchlassen; durch unverschlossene Türen zu spazieren …«

»Äh, nicht unbedingt.«

»Du hast dich nicht in Regierungsgebäude geschlichen? Heimlich Sitzungen aufgezeichnet? Und endlose Nächte damit verbracht, geschredderte Unterlagen zusammenzukleben?«

»Es gibt Reporter, die das gerne tun. Aber so einer war ich nicht. Ich habe lieber telefoniert – oder noch besser, E-Mails geschrieben. Um ehrlich zu sein, selbst das habe ich gehasst – ich hatte immer das Gefühl, ich würde die Leute belästigen.«

»Aber du bist doch ein echter Bob Woodward.«

»Ich bin nicht mal ein Carl Bernstein. Sperr mich in einen Raum mit einem Haufen Unterlagen, und ich bin glücklich.«

»Du *lebst* bereits in einem Zimmer mit einem Haufen Unterlagen, und es geht dir schlecht.«

»Ach, halt doch die Klappe.«

Ich wollte nichts weiter als dreißig Sekunden mit Billy Derace. Mehr nicht. Falls er mich wiedererkannte, war das ein Beweis dafür, dass das alles tatsächlich passiert war, dass ich in der Vergangenheit mit ihm gesprochen hatte. Dass ich der freundliche Geist aus dem Stockwerk über ihm war, der versuchte, seine Mutter davon abzuhalten, ihn zu schlagen. Zwar war ich auch der freundliche Geist, der seine Mutter geküsst hatte, aber das würde ich nicht erwähnen.

Das Eingangstor lag direkt am Roosevelt Boulevard.

Bereits der hohe, schwarze schmiedeeiserne Zaun, der das akkurat gepflegte Grundstück umgab, schien zu sagen: BIS HIERHER UND NICHT WEITER.

Der Plan war folgender: Meghan sollte sich als Anwältin einer fiktiven Firma ausgeben (sie hatte sich sogar falsches Briefpapier ausgedruckt), mit Unterlagen für einen Insassen (William Allen Derace), die eine Nachlasssache betrafen. Meghan war attraktiv, selbstbewusst und in der Lage, etwas Anwaltskauderwelsch vom Stapel zu lassen. Schließlich hatte sie ihrem Vater jahrelang bei der Arbeit zugesehen.

Doch die Dame im Empfang ließ sie eiskalt abblitzen. Man erklärte Meghan, dass ihr Vorgesetzter telefonisch einen Termin vereinbaren müsse.

Als sie zum Wagen zurückkehrte und sich auf den Fahrersitz hockte, war sie klitschnass. Sie kochte innerlich dermaßen, dass ich tatsächlich sehen konnte, wie die Regentropfen auf ihrer Stirn zischten und verdampften. Meghan war es nicht gewohnt, dass man ihr die Tür vor der Nase zuschlug.

Mir blieb also nichts anderes übrig, als zu sagen: »Okay, lass mich es mal versuchen.«

Sie sah mich an.

»Ich dachte, du tust so was nicht.«

»Ja, aber es würde sich gut in meinem Lebenslauf machen.«

Ich trug meine eigene Jacke und eine Hose aus dem Wandschrank meines Großvaters, die nicht dazu passte, außerdem eines seiner Anzughemden. Irgendwann hatten wir mal ungefähr dieselbe Größe gehabt, aber im Alter war er geschrumpft, so dass alles etwas eng saß. Fehlte eigentlich nur noch eine schmale Krawatte, und ich hätte in einer New Wave Power Pop Boy Band mitspielen können.

»Leih mir mal dein Klemmbrett.«

»Warum?«, fragte Meghan.

»Mit dem richtigen Anzug und einem Klemmbrett in der Hand kann man in so ziemlich jedes Gebäude marschieren, ohne dass einen jemand behelligen wird.«

»Und das ist der richtige Anzug dafür?«

»Ich laufe so schnell, dass er nicht auffällt.«

Ich zog mit meinen drei gesunden Fingern am Türgriff.

»Wünsch mir Glück.«

»Viel Glück. Übrigens, wenn die Wachen dich schnappen, mach dir in die Hose und fang an, wie ein Hund zu winseln.«

»Du findest das wohl wahnsinnig komisch, was?«

»Nein, ich meine es ernst. Damit kann man sich doch aus so gut wie jeder Situation befreien. Oder zumindest ergibt sich dadurch die Möglichkeit zur Flucht.«

»Ich bin so schnell zurück, wie's geht.«

Den Vorgarten des Adams Institutes hatte man derart kurz gestutzt, dass er dabei beinahe draufgegangen wäre. Er glitzerte im Regen. Entschlossen und unbeirrt stapfte ich vorwärts. Ich wirkte absolut überzeugend.

In der Haupthalle gab es einen Empfangstresen. Ich

eilte direkt daran vorbei und lief einen Flur mit Marmorboden hinunter. Irgendjemand rief »Hey!«, doch ich bog um eine weitere Ecke und hielt Ausschau nach einem Namensverzeichnis an der Wand. Zu meiner Rechten befand sich eine Tür, dahinter eine Treppe und eine weitere Tür ... durch die ich wieder nach draußen in den Regen gelangte. Mist.

Da ich nicht genau wusste, wohin, hastete ich an der Seite des Gebäudes entlang; währenddessen spürte ich, wie mir das Wasser in den Kragen lief. Schließlich stieß ich auf einen Weg, der zu einer Baumgruppe führte. Dort standen weitere, über das Gelände verstreute Gebäude, zwei- und vierstöckige Bauten. Derace konnte in jedem untergebracht sein. Oder in keinem von ihnen.

Ich marschierte weiter, allerdings nicht zu schnell, um nicht aufzufallen. Als ich die Baumgrenze erreichte, entdeckte ich zur Linken ein weiteres Gebäude – einen nüchternen zweistöckigen Bau aus den Fünfzigern. Welcher dieser Gegenstände sieht anders aus als die anderen? Wenn ich im Auftrag der Regierung Medikamententests durchführen würde, würde ich das dann in einem der geschichtsträchtigen alten Gebäude tun, die hier seit dem Bürgerkrieg stehen, oder in einem mit Bundesgeldern errichteten Neubau? Der Name auf dem Gebäude lautete: THE PAPIRO CENTER.

So viel hatte ich gerade entziffert, als ich eine Hand auf meinem gesunden Arm spürte.

Eigentlich hatte ich mit einem Wachmann gerechnet, doch stattdessen stand hinter mir ein Mann in weißem Morgenrock und Pantoffeln, Ende fünfzig, das braune Haar glatt nach hinten gekämmt. So eindringliche Augen wie seine hatte ich noch nie gesehen. Sie glühten förmlich.

»Ich kenn dich«, sagte er. »Wir sind uns mal begegnet, als du noch ein Kind warst. Auf diesem Schiff. Erinnerst du dich?«

Ich hatte keine Ahnung, wer er war oder welches Schiff er meinte.

»Du und deine Schwester. Ihr hattet euch verlaufen. Auf diesem Schiff.«

Tja, das konnte aus zwei Gründen nicht sein. Ich war ein Einzelkind und bin auf dem Land groß geworden. Mom ist mit mir weder auf einer Yacht noch auf einem Kreuzfahrtschiff gewesen. Sie ist mit mir nicht mal zum *Good Ship Lollypop* unten an Penn's Landing gegangen, wie die Eltern der anderen Kinder, die ich kannte.

»Tut mir leid«, sagte ich. »Ich kann mich nicht erinnern.«

Er beugte sich vor und zwinkerte mir zu.

»Ich heiße Dean. Aber das ist nur ein Pseudonym.«

Dean spähte umher, um zu sehen, ob sonst noch jemand zuhörte. Und ich spähte umher, um zu sehen, ob ein bewaffneter Wachmann auf uns zugerannt kam. Doch wir waren allein. Dummerweise.

Aber manchmal kann man sich als Reporter seine Quellen nicht aussuchen. Es war zwar ein Schuss ins

Blaue, aber ich wandte mich Dean wieder zu und fragte: »Kennst du hier einen Mann namens Willy Derace? Billy Allen Derace?«

Deans Augen weiteten sich.

»Sicher kenn ich diesen Scheißkerl. Du solltest dich von ihm fernhalten – er ist verdammt gefährlich. Seit Jahren versuche ich, ihn aufzulesen, doch er ist die ganze Zeit weggesperrt. Oh, mit dem Scheißkerl in meinem Schädel könnte ich die Morde aufklären.«

Okay, der Typ war offensichtlich völlig gaga, aber es war durchaus möglich, dass sich seine Fantasiewelt mit tatsächlichen Ereignissen vermischte. Vielleicht kannte er Derace ja wirklich.

»Wo ist er eingesperrt?«

»Oh nein«, sagte Dean. »Das kann ich dir nicht sagen. Zu gefährlich. Du willst nichts mit Billy Derace zu tun haben. Dieser Quälgeist ist rund um die Uhr ruhiggestellt. Wenn er wach ist, passieren seltsame Dinge.«

»Komm schon, Dean. Um der alten Zeiten willen.«

»Versuchst du etwa einen alten Gauner auszutricksen? Keine Chance.«

Doch seine Augen verrieten Dean. Sie huschten nach rechts. Zu dem Gebäude aus den 1950ern, das ich eben entdeckt hatte. Das Papiro Center.

Dean versuchte, seinen Lapsus zu überspielen, indem er das Thema wechselte.

»Und wie geht's deiner Schwester?«

»Ich habe keine Schwester. Ich bin ein Einzelkind.«

»Sicher hast du eine – ihr wart zusammen auf der *Mo-*

shulu, auf der Zweihundertjahrfeier, als ihr euch verlaufen habt. Komm schon, das kleine blonde Mädchen, mit dem du zusammen Popcorn gegessen hast.«

Ich blieb wie angewurzelt stehen. Plötzlich wusste ich, wen er meinte, aber das war nicht meine Schwester gewesen. Sondern die jüngste Schwester meiner Mutter, die nur neun Monate älter war als ich.

Wir waren unten an Penn's Landing, weil mein Vater dort vor Winston's Restaurant mit einer Band namens The Shuttlebums einen Auftritt hatte. Auf der anderen Seite einer Fußgängerbrücke lag ein riesiges Segelschiff, das *Moshulu* hieß, seit es zu einem Restaurant umgebaut worden war. Im Sommer 1976 war mein Dad für Wartungsarbeiten auf dem Schiff beschäftigt gewesen.

Während seines Auftritts überredete ich meine fünfjährige Tante irgendwie dazu, mit mir über die Brücke zu laufen und sich das Schiff anzusehen. Meine Eltern waren verrückt vor Sorge, doch glücklicherweise wurden wir dort von einem Cop außer Dienst aufgelesen, dem es ein wenig verdächtig vorkam, dass zwei kleine Kinder alleine an einem winzigen Zweiertisch hockten – denn für ihre Eltern war daran kein Platz.

»*Du* bist der Typ, der uns gefunden hat?«, fragte ich. »Wie ist das möglich? Woran hast du mich überhaupt wiedererkannt?«

»Nicht an deinem Gesicht«, sagte er. »An deiner *Seele.*«

Na schön. Ich bedankte mich bei ihm und verabschiedete mich. Belassen wir es dabei, dass ich mich als Kind verlaufen hatte und von einem völlig verrückten Typen gefunden wurde, der die Seelen anderer Menschen sehen konnte.

Im Papiro Center brannte kaum noch Licht. Die Hintertür war verschlossen. Der Vordereingang ebenfalls, außerdem war er mit einem Zahlencode gesichert. Wie hatte ich nur glauben können, dass er womöglich offen war? Das hier war eine psychiatrische Klinik.

Ich blickte am Gebäude hoch. Da ich mir bereits unerlaubt Zutritt verschafft hatte, wäre ich mir wie ein Idiot vorgekommen, wenn ich nicht *irgendetwas* versucht hätte.

Scheiß drauf.

Ich rief.

»BILLY Derace!«

Entweder er reagierte sofort oder gar nicht. Sobald das Licht im Erdgeschoss anging, würde ich mich aus dem Staub machen.

»BILLY! Derace!«

Mach schon, du Irrer. Steh auf, komm ans Fenster und schau runter. Ich weiß sofort, ob du mich wiedererkennst. Welches davon ist dein Fenster?

Dann, auf der linken Seite – rührte sich etwas. Kein Licht, nur ein Schatten inmitten weiterer Schatten. Dunkelgrau auf Schwarz. Eine männliche Gestalt? Das war nicht auszumachen.

In diesem Moment hörte ich, wie hinter mir jemand

hustete. Mein Kopf wirbelte herum; niemand. Dann schaute ich wieder zum Fenster hinauf.

Nichts.

Nur der Regen, der auf den Rasen prasselte und auf den Asphaltweg, der zum Hauptgebäude zurückführte.

Plötzlich flammten um mich herum die Sicherheitsleuchten auf. Mist. Die Zentrale wusste, dass ich hier war. Ich hastete den Weg zurück, den ich gekommen war, mit dem vagen Plan, auf dem letzten Stück der Strecke das Tempo zu drosseln und einfach mit dem Klemmbrett in der Hand vom Gelände zu spazieren.

Doch die Tür, durch die ich ins Freie gelangt war, war verschlossen. Ich saß hier draußen fest.

Auf dem Gelände einer dreihundert Jahre alten Irrenanstalt.

Okay, ich wurde leicht panisch. Ich stürmte in die entgegengesetzte Richtung, auf den Zaun an der Adams Avenue zu, wo wir geparkt hatten. Wenigstens könnte ich Meghan noch zurufen, was passiert war, bevor man mich ins feuchte Gras warf und in eine Zwangsjacke quetschte. Meghans Vater war ein einflussreicher Anwalt. Er würde mich bestimmt hier rausholen. Irgendwann.

Hinter mir ertönten Stimmen. Und ich rannte noch schneller. Man weiß erst, wie wichtig die Arme fürs Gleichgewicht sind, wenn einer von beiden taub ist. Ich hatte das Gefühl, als würde ich jeden Moment umkippen. Dann wäre es sehr viel leichter, mich in eine Zwangsjacke zu quetschen.

Als ich das Tor erreichte, sah ich, das Meghan den

Wagen verlassen hatte und auf mich wartete. Ihr Haar war klitschnass, und sie winkte mich hektisch zu sich.

»Beeilung!«

Schliddernd kam ich zum Stehen und knallte fast gegen das Tor.

»Sie haben mich eingekreist. Pass auf, ruf deinen Dad an und sag ihm, dass du mit einem Volltrottel befreundet bist, der dachte, es wäre spaßig, wenn er –«

»Gib mir deinen Fuß.«

Ich blickte nach unten. Meghan hatte die Hände durch die Stäbe gesteckt und eine Räuberleiter geformt.

»Keine Chance. Ich bin zu schwer. Und ich hab nur einen gesunden Arm.«

»Wie wär's, wenn du mir einfach deinen Fuß gibst? Dann drücke ich dich über den Zaun.«

Ich hatte nie Gelegenheit, mit meinem Vater über Frauen zu reden; er starb, bevor ich in die Pubertät kam. Doch selbst mir war klar: Wenn eine hübsche Frau dir im strömenden Regen anbietet, dich über den schwarzen Metallzaun einer Irrenanstalt zu hieven, solltest du ihr Angebot annehmen.

Ich trat in Meghans Hand und griff nach dem oberen Ende des Zauns. Ich merkte sofort, dass sie mein Gewicht völlig unterschätzt hatte. Es fühlte sich an, als hingen ihre Hände an Gummiseilen, die kurz davor waren zu reißen. Ich wollte schon aufgeben und mich entschuldigen – *tut mir leid, Meghan, das kommt von dem ganzen Bier, das ich getrunken habe.* Doch dazu hatte ich keine Gelegenheit. Meghan beschwor irgendeine Art von hulkmäßiger Gammastrahlen-Kraft und stemmte mich nach oben, so weit, dass ich mit den drei gesunden Fingern meiner linken Hand gerade das obere Ende des Zauns zu fassen bekam.

Ich krallte mich, so gut es ging, daran fest, dann schwang ich meinen linken Fuß zum oberen Rand des Zauns. Für einen kurzen Moment blieb die Gummisohle meines Schuhs am Metall hängen, genug Zeit für Meghan, um mir einen übermenschlichen Schubser zu versetzen, und für mich, um mich nach oben über den Zaun zu ziehen.

Ich war drüber.

Und dann fiel ich.

Die gute Nachricht war, dass ich es schaffte, nicht auf Meghan zu landen – sie war zur Seite gesprungen, als mein linker Fuß ihre Hände verließ. Doch beim Aufprall verdrehte ich mir den rechten Fuß. Für einen flüchtigen Moment dachte ich *Wow, ich hab es tatsächlich geschafft, auf den Füßen zu landen,* bevor ich der Länge nach hinfiel.

Meghan half mir auf und fragte, ob ich den Fuß belasten könne. Ich versuchte es. Und verneinte. Sie meinte, ich solle nicht so ein Schlappschwanz sein, und half mir zum Beifahrersitz zu humpeln. Aus meinen Haaren troff mir Wasser ins Gesicht. Ich ließ mich in den Sitz sinken und zog mit meiner gesunden Hand mein verletztes Bein in den Wagen, dann fuhren wir los und rasten die Adams Avenue hinunter.

»Gott sei Dank warst du am Zaun.«

Ich sah zu Meghan hinüber. Ihre Hände umklammerten fest das Lenkrad, ihre Arme zitterten. Wohl vor Anstrengung, Angst und Aufregung.

Sie sah mich ebenfalls an.

»Ich nehme an, du warst derjenige, der ›Billy Derace‹ gerufen hat?«

»Die Türen waren zu. Was hätte ich sonst tun sollen?«

Sie antwortete nicht. Nachdem wir drei Blocks zurückgelegt hatten, ertönten weder Sirenen noch waren Autos oder Suchscheinwerfer hinter uns aufgetaucht. Wir waren ohne Zwischenfall entkommen.

Was mich wohl dazu ermutigte, einen echt blöden Vorschlag zu machen.

»Fahr langsamer und hinten rum zurück.«

»Wovon redest du?«

»Fahr zurück und park auf der anderen Seite des Grundstücks. Ich hab eine Idee.«

»Du kannst kaum laufen.«

»Das habe ich auch nicht vor.«

Ich langte in meine Manteltasche und zog eine weiße Pille heraus. Ich hatte sie für alle Fälle eingesteckt.

Meghan kapierte sofort – sie war ein kluges Mädchen. Trotzdem hielt sie das für eine dumme Idee.

»Was soll es bringen, im Jahr 1972 dort rumzuschnüffeln? Billy Derace war damals erst zwölf Jahre alt und wohnte noch zu Hause. Man hat ihn erst Jahre später hier eingeliefert.«

»Das Papiro Center ist in DeMeos Briefkopf aufgeführt. Sein Büro liegt zwar an der Frankford Avenue, doch er arbeitet auch aus diesem Gebäude heraus. Vielleicht haben wir keine Aufzeichnungen zu seinen Experimenten gefunden, weil er sie alle hier aufbewahrt hat.«

»Du willst also einfach auf dem Beifahrersitz meines Wagens ohnmächtig werden. Was soll ich den Cops erzählen, wenn sie wissen wollen, was ich hier treibe? Und du *weißt,* dass sie anhalten und nachsehen werden.«

»Dann fahr einfach weiter. Aber nicht zu weit.«

Mit Meghans Autoschlüssel halbierten wir die Pille. Die Dosis sollte reichen, um mich durch die Tore und die Eingangstür ins Gebäude zu schleichen.

Zunächst war ich mir nicht mal sicher, ob die Pille überhaupt gewirkt hatte – das Gelände sah in der Gegenwart genauso aus wie im Jahr 1972. Es hatte sich offenbar schon immer um eine gut erhaltene Irrenanstalt gehandelt. Doch dann merkte ich, dass ich mitten auf der Straße hockte und dass alle Autos um mich herum alte Modelle waren. Es war kalt und dunkel; Meghans Prius war nirgends zu entdecken.

Ich schob mich durch das Tor der Anstalt – das jetzt nicht verschlossen war. Ich schätze, 1972 spielten Sicherheitsmaßnahmen noch keine so große Rolle.

Über das Gelände verstreute Natriumdampflaternen warfen große gelbe Lichtpunkte auf den Rasen. Ich hielt mich in den Bereichen, die im Dunkel lagen.

Als ich die Eingangstür erreichte, griff ich mit zusammengebissenen Zähnen und geschlossenen Augen nach der Türklinke.

Dann war ich drinnen.

Vorbei am Empfangsbereich, an den Büros der Ärzte und eine schmale Betontreppe zu den Hauptunterkünften hinauf …

Die leer waren.

Nichts. Nur Rollbetten, von denen man außer der dünnen Matratze alles entfernt hatte.

War dies nicht der Ort, an dem gerade die Experimente stattfanden? Hatte ich sie verpasst? War ich doch im falschen Gebäude gelandet?

Unten in den Büros der Ärzte durchstöberte ich die Aktenschränke, doch sie waren ebenfalls leer.

Gerade als ich daran dachte, das Gelände zu überqueren und in einem anderen Gebäude nachzusehen, spürte ich, wie mir erneut schwindelig wurde und alles durch meine Hände glitt.

Völlig benommen kam ich wieder zu mir. Mit dröhnendem Schädel. Im Mund den Geschmack von Metall. Das Gesicht schweißgebadet, in der Nase ein strenger Geruch, der, wie ich rasch merkte, von mir selbst kam.

Meghan saß neben mir und fuhr.

»Hast du irgendwas gefunden?«

»Nein.«

Ich bestand darauf, wieder im Parkhaus der Klinik zu parken, auch wenn das bedeutete, dass ich mit meinem kaputten Fußgelenk fünf Blocks laufen musste. In den zweiten Stock hochzusteigen, war ebenfalls kein Vergnügen. Meghan versuchte zwar, sich nichts anmerken zu lassen, doch sie konnte sich ein Grinsen nicht verkneifen, während wir langsam nach oben stiefelten.

»Ich kann immer noch nicht glauben, dass du einfach seinen Namen gerufen hast.«

»Schön. Das nächste Mal, wenn wir uns in eine Irrenanstalt schleichen, kletterst du über den Zaun.«

Und dann waren wir vor der Tür meines Apartments.

Sie stand bereits offen.

Dort, wo der Einbrecher die Brechstange angesetzt hatte, war das Holz gesplittert. Wahrscheinlich hatte er dafür weniger als fünf Sekunden gebraucht – man musste die Stange nur in den Spalt zwischen Tür und Rahmen zwängen, ein-, vielleicht zweimal daran ziehen, und schwuppdiwupp war man drin.

Wir versuchten umgehend, herauszufinden, was fehlte, doch bei den vielen über die Wohnung verstreuten Kartons war das nicht so leicht. Ich hatte weder einen Fernseher, den man klauen konnte, noch einen schicken DVD-Player oder irgendwelchen Schmuck.

Meghan ging zum Schreibtisch hinüber.

»Dein Laptop ist noch da.«

»Er ist zu alt, um ihm zu verpfänden.«

Der Plattenstapel meines Vaters stand immer noch neben dem Technics-Plattenspieler, was mich ebenfalls erleichterte. Die Erdnussbutter und die Äpfel waren immer noch auf der Arbeitsfläche der Kochnische. Und mein Bücherstapel lag immer noch auf dem Schreibtisch.

»Wow. Ich glaube, jemand ist hier eingebrochen, und als er gesehen hat, dass es absolut nichts zu holen gibt, hat er auf dem Absatz kehrtgemacht.«

»Freut mich, dass du das komisch findest.«

»Tu ich nicht. Eigentlich nicht.«

»Ich weiß nicht, ob ich erleichtert oder deprimiert sein soll.«

Ich humpelte ins Badezimmer, um mir das Gesicht zu waschen, dann trocknete ich mir mit einem Handtuch ein wenig die Haare ab, die im Gewitter klitschnass geworden waren. Da der Spiegel des Arzneischranks zertrümmert war, wusste ich nicht, wie ich aussah. Wenn mein Haar an einer bestimmten Stelle nass war, konnte man die Oberseite meines Kopfes sehen, wo ich allmählich kahl wurde. Normalerweise kämme ich es darüber, um die Stelle zu verbergen. Jetzt verstehe ich auch, warum Männer früher lieber Filzhüte getragen haben.

Als ich das Handtuch aufhängte, spürte ich, wie mein Knöchel heftig zu pochen anfing. Ein Aspirin würde vielleicht Abhilfe schaffen, doch dann fiel mir ein, dass ich kein richtiges Aspirin dahatte; nur die Sorte, die einen in die Vergangenheit beförderte. Tylenol A.D. Nehmen Sie zwei davon, und Sie wachen dreißig Jahre früher wieder auf!

Moment.

»Meghan!«

»Was?«

»Hast du die Flasche mit den Pillen woanders hingestellt?«

Meghan erschien im Türrahmen.

»Die Pillen?«

»Ja. *Die* Pillen.«

Ich konnte den braunen Ring aus verkrustetem Staub sehen, wo die Tylenol-Flasche gestanden hatte, doch die Flasche selbst war fort.

Offensichtlich war sie das Einzige, was der Einbrecher mitgenommen hatte.

Doch woher wusste er von den Tabletten? Und warum hatte er sie gerade *jetzt* gestohlen?

»Du solltest jetzt besser gehen. Ich bring dich zum Wagen.«

»Und dich lass ich hier nass, humpelnd und ausgeraubt zurück? Eine schöne Freundin wär ich.«

Sie führte mich zur Couch. Und für einen Moment hockten wir da und lauschten dem Regen, der leise gegen das Vorderfenster prasselte. Als die Hochbahn rumpelnd in den Bahnhof fuhr, klang es für einen Moment wie Donnergrollen.

»Ich werde heute bei dir übernachten.«

»An der Tür ist kein Schloss. Du kannst also hierbleiben. Ich meine, jeder kann sich hier breitmachen und sich ganz wie zu Hause fühlen. Also, was soll's?«

Sie legte mir einen Finger unters Kinn und drehte mein Gesicht in ihre Richtung.

»Ich möchte aber nicht, dass wir gestört werden.«

Dann gab sie mir einen Kuss.

Wir drückten die Tür zu, damit wir unsere Ruhe hatten, wenn man sie schon nicht abschließen konnte. Dann zogen wir die Couch aus und machten das Bett zurecht. Nachdem wir beide hineingekrabbelt waren, hielten wir einander im Arm, küssten uns, lauschten dem Regen und dem Gerumpel der Hochbahn und küssten uns erneut. Solange bis wir miteinander verschmolzen und man kaum noch sagen konnte, wo ich aufhörte und Meghan anfing, und umgekehrt.

Das war alles, was ich mir erhofft, aber für unerreichbar gehalten hatte.

Schließlich schliefen wir ein, doch irgendwann wachte ich wieder auf und fuhr ihr sanft über die Wange, nur um ihre Haut unter meinen drei gesunden Fingerspitzen zu spüren.

Und dann sagte eine schroffe Stimme:

»Hallo, *Mickey.*«

Ich konnte nichts erkennen. Nur das Licht der Straßenlaternen, das gedämpft durch die Vorderfenster fiel. Wer sprach da?

Dann an meinem rechten Ohr: »Tut mir leid, dass ich nicht ans Fenster gekommen bin. Ich habe geschlafen. Ständig werde ich ruhiggestellt. Doch als ich deine Stimme hörte, bin ich aufgewacht. Darauf habe ich jahrelang gewartet.«

Mit einer ruckartigen Bewegung saß ich aufrecht im

Bett und blickte mich um. Und dann spürte ich, wie ein Paar Hände mich am Kopf packten und aus dem Bett zerrten.

Ich geb's zu: Ich schrie.

Eine Nanosekunde später war Meghan ebenfalls wach und sprang von der Matratze. Doch irgendetwas drückte sie gewaltsam nach unten. Die Federn der Couch spannten sich unter ihrem Gewicht.

»Halt du dich da raus. Das ist eine Familienangelegenheit, du Hure.«

Und dann sah ich ihn. Er war mir völlig fremd, doch ich erinnerte mich an seine Stimme. Sie war älter. Und tiefer. Aber es war immer noch dieselbe Stimme.

Billy Allen Derace.

»Kannst du mich sehen, Mickey?«

Ja, ich konnte.

Aber nicht schnell genug.

Seine Faust knallte mir ins Gesicht, und gleich darauf hatte ich sein Knie in den Eiern; es kam, ich schwör's, aus dem Nichts angesaust. Mein Unterkörper wurde von einem stechenden Schmerz durchzuckt. Für einen kurzen Moment zitterten meine Beine, dann sackten sie unter mir weg, und ich knallte mit den Knien auf den Hartholzfußboden. Die Gesetze der Schwerkraft galten plötzlich nicht mehr. Mein innerer Kompass spielte verrückt – total verrückt.

Ich krabbelte ein Stück vorwärts; mit den Kuppen meiner drei gesunden Finger krallte ich mich in die ungleichmäßigen Ritzen zwischen den Holzdielen. Meine Lippe pulsierte, und meine Eier fühlten sich an, als wären sie groß wie Melonen. Auf einem Ellbogen und auf beiden Knien krabbelte ich Richtung Badezimmer. Irgendwohin.

Derace machte sich über mich lustig. Und kam hinter mir her, bereit, mich für weitere Späßchen ins Wohnzimmer zurückzuzerren.

»Wo willst du hin, *Mickey?*«

Weg von dir.

»Soll ich lieber etwas Zeit mit deiner Freundin verbringen? Ich spiele gerne mit Mädchen. Wig wam bam, gonna make you understand …«

Meghan stieß einen Schrei aus. Als ich mich umdrehte, sah ich, wie sie Löcher in die Luft schlug. Und als etwas sie an der Kehle packte, traten ihre Augen aus den Höhlen. Nein.

»LASS SIE LOS!«

Ich wirbelte herum und krabbelte zur Couch zurück.

»Wig wam bam, gonna getchoo if I can …«

Meghan schrie erneut auf, doch ihre Stimme war nur noch ein schwaches Krächzen.

»Ach, ich glaube, ich hebe sie mir für später auf. Wenn ich mit dir fertig bin.«

Etwas Hartes knallte seitlich gegen meinen Schädel. Hätte ich nicht zufällig im richtigen Moment eine Bewegung gemacht, hätte mich sein Tritt wohl voll im Gesicht getroffen. Vor meinen Augen flackerte ein Blitz auf, dann ging ich zu Boden und rollte mich auf den Rücken. Mit meinen drei gesunden Fingern tastete ich nach dem Türrahmen des Badezimmers, um mich daran hochzuziehen.

Mehrere Finger packten mich am Nacken und am Hinterkopf. Dann zerrten sie von hinten an meiner Taille … und ich stand wieder.

Ich wurde gegen den Schreibtisch geschleudert. Knallte mit dem Gesicht gegen dessen Rückseite. Mit meiner unbrauchbaren Hand suchte ich an der Tischkante nach Halt.

Doch Derace stand direkt hinter mir, und ehe ich mich's versah, knallte ich mit der Seite meines Gesichts und meiner tauben rechten Schulter erneut gegen den Tisch und stolperte über ein Paar Beine. Die Schubladen sprangen auf, und die Aktenmappen ergossen sich über den Boden.

Dann hievte er mich wieder auf die Beine und wirbelte mich herum.

Da war er also – Billy Allen Derace. Fast fünfzig Jahre alt. Das krause rote Haar ganz kurz geschoren. Die Augen fahl. Wässrig. Heißer, übelriechender Atem. Ich konnte ihn spüren. Ich konnte ihn riechen. Er stand tatsächlich vor mir. Das war keine Halluzination.

»Ein wirklich hübsches Gesicht. Ich hatte dich anders in Erinnerung. Du hattest einige Narben. Hässliche rote Dinger. Vielleicht sollte ich dir welche verpassen.«

»Was willst du?«

»Ich war noch jung, als ich deinen Vater getötet habe. Ich hatte gerade erst angefangen, die Pillen einzuwerfen, und kapierte allmählich, was es damit auf sich hatte. Ich dachte, der Alte hier oben hätte etwas Geld, das ich klauen könnte, um mir damit meine eigenen Pillen zu kaufen. Doch dann hab ich entdeckt, dass er selbst welche gebunkert hatte. Astreiner Stoff. Den gab's sonst nirgends. Der Stoff machte mich zum Superhelden.«

»Du Arschloch – du hast meinen Vater getötet.«

»Ich war verwirrt, weißt du? Ich dachte, er wäre du. Ich habe ihn getötet, weil ich dachte, er wäre du.«

»Wovon redest du?«

»Aber jetzt kriege ich, was ich will. Endlich.« Dann ließen die Hände von mir ab. »Hey. Nein. Nein nein nein nein nein nein noch nicht …«

Billy war fort.

Doch ich hörte immer noch seine Stimme.

»WENN IHR SCHWEINE NICHT AUFHÖRT MICH MIT DIESEM DING ZU PIEKSEN STECHE ICH EUCH UND EURE HÜBSCHEN KLEINEN KINDER IM SCHLAF AB …«

Vielleicht spielten mir meine Augen einen Streich. Doch für einen winzigen Moment sah ich Derace' Umriss über mir, und es hatte den Anschein, als würde er mit irgendwelchen unsichtbaren Kräften ringen und versuchen, seine geballte Faust emporzurecken, doch vergeblich, denn an den Handgelenken trug er unsichtbare Fesseln …

Und dann war er verschwunden.

Mitte der 1960er führte ein Professor der University of Virginia an einem Werbemanager namens Robert Monroe, der angeblich zahlreiche außerkörperliche Erfahrungen gemacht hatte, eine Reihe von Experimenten durch. Monroe war einverstanden, acht Sitzungen zu absolvieren, in denen er sich aus einem verschlossenen Raum an einen anderen Ort projizieren sollte. Während zweier dieser Sitzungen war Monroe in der Lage, die Einrichtung eines anderen Zimmers im Institut anschaulich und akkurat zu beschreiben.

In den späten sechziger Jahren nahm das Pentagon eine Reihe von Experimenten auf, die darauf abzielten, die sogenannte Fernwahrnehmung kontrolliert einzusetzen – im Wesentlichen ging es darum, mit Hilfe von Hellsehern einen Blick hinter den Eisernen Vorhang zu werfen. Angeblich beschäftigte sich die Gegenseite mit ähnlichen Experimenten, was zu einem streng geheimen, unauffälligen »Gehirnwettlauf« führte, ähnlich dem Wettrüsten oder dem Wettlauf ins All.

Und 1971 sollte Dr. Mitchell DeMeo im Auftrag der Regierung nach einer Möglichkeit suchen, mit Hilfe von Medikamenten, die er über einen Zeitraum von zwanzig Jahren entwickelt hatte, außerkörperliche Erfahrungen hervorzurufen.

DeMeo wurde dem renommierten Adams Institute angegliedert. Doch er führte seine Experimente außerhalb des normalen Betriebs durch; der Aufsichtsrat des Adams Institutes hielt das für besser. Er firmierte unter der Adresse des Papiro Centers, einem damals leerstehenden Gebäude auf dem Gelände der Klinik, das hin und wieder für Regierungszwecke genutzt wurde. Sonst waren dort widerspenstige Patienten und die »ganz besonderen Fälle« untergebracht.

Doch in Wirklichkeit hatte DeMeo in einem verlassenen Wohnhaus an der Frankford Avenue sein Lager aufgeschlagen. Und in lokalen Zeitungen per Anzeige nach Freiwilligen gesucht.

Und einer seiner Probanden war mein Vater.

Dr. DeMeo engagierte eine Putzfrau namens Erna Derace, die sein Büro und die anderen Wohnungen im Gebäude sauber hielt. Die Bezahlung war äußerst bescheiden, doch dafür durfte Erna im Apartment darunter wohnen.

Sie hatte einen Jungen namens Billy. Er musste ständig still sein. Ja, ihr Verbleib in der Wohnung hing davon ab, dass Billy »sich benahm«.

Heute interessierte sich niemand mehr für die Experimente, denn sie galten als Misserfolg.

Und so wurde die Geschichte nie erzählt.

Doch in den Unterlagen, die in den Schubladen des Kirschholzschreibtisches verborgen waren, stand alles darüber. Meghan war beim Zurechtrücken des Tisches auf Unmengen von Papieren gestoßen, nachdem Billy Derace versucht hatte, ihn mit meinem Kopf einzuschlagen. Dort stand alles drin. Offensichtlich hatte Grandpa Henry sämtliche Unterlagen durchgesehen und die wichtigsten fein säuberlich geordnet in den Schreibtischschubladen aufbewahrt. In den Kartons und Kisten befanden sich hauptsächlich nur die

Überreste. Der Müll. Er war einfach nicht dazu gekommen, ihn wegzuschaffen. Wir hatten die ganze Zeit an der falschen Stelle gesucht.

Meghan blätterte DeMeos Versuchsaufzeichnungen durch, allesamt säuberlich getippt und in drei Gruppen unterteilt: positiv, negativ und »fraglich«. Die Akten mit den negativen Ergebnissen waren dick und nahmen den größten Platz in der Schublade ein. Die mit den fraglichen Ergebnissen waren vergleichsweise schmal. Und die mit den positiven noch dünner.

Mehr oder weniger schweigend blätterten wir in den Akten, als wären wir beide in einen fünfhunderttausend Seiten dicken Roman vertieft, der aus dem Schreibtisch gequollen war. Nur, dass wir in völlig unterschiedlichen Kapiteln lasen und versuchten, die Geschichte in der falschen Reihenfolge zusammenzusetzen. Irgendwann schaute Meghan zu mir auf.

»Okay, Dr. DeMeo hat also außerkörperliche Erfahrungen untersucht. Soweit wir wissen, ist Billy Derace immer noch im Adams Institute eingesperrt, vollgepumpt mit starken Beruhigungsmitteln. Das bedeutet, der Derace, dem wir letzte Nacht begegnet sind, war … eine astrale Projektion?«

»Es wäre echt interessant, das der Polizei zu verklickern.«

»Allerdings.«

Dann dachte ich etwas weiter.

»Halt halt halt – das ergibt keinen Sinn. Angenommen, er hat dieselben Pillen wie ich. Und angenommen, er kann dasselbe tun wie ich. Bedeutet das, er ist irgendwo aus der Zukunft zurückgekehrt, um mich in der Gegenwart fertigzumachen?«

»Vielleicht ist es typisch für dich, dass du ausschließlich in die Vergangenheit reisen kannst. Laut den Unterlagen hier ging es bei den Experimenten um astrale Projektion. Darum, sie zu nutzen. Sie gezielt einzusetzen. Leute aufzuspüren, die empfänglich dafür sind. Du und dein Vater, vielleicht konntet ihr euch nur in die Vergangenheit projizieren.«

»Wie kommst du darauf?«

Meghan hielt den Ordner mit den positiven Ergebnissen in die Höhe.

»Weil dies der Ordner mit Dr. DeMeos einzigem erwiesenermaßen erfolgreichen Probanden ist. Und sein Name lautet Billy Allen Derace.«

»Du verarschst mich. Er hat an einem zwölf Jahre alten Jungen Medikamente getestet? Am Sohn der Frau, die er gevögelt hat?«

Meghan öffnete die Mappe und reichte sie mir.

»Ich glaube nicht, dass er erst zwölf war. Diese Aufzeichnungen stammen von Anfang der achtziger Jahre. Damals muss Derace also, was, achtzehn gewesen sein?«

Ich überflog die Aufzeichnungen. Meghan hatte Recht. Derace war uneingeschränkt erfolgreich gewesen. In der Lage, sich mit Leichtigkeit außerhalb seines Körpers zu bewegen und Gegenstände in anderen Räumen zu erkennen. DeMeo geriet regelrecht ins Schwärmen. Er vermerkte außerdem, dass der Erfolg »zweifellos mit der extrem hohen Dosis zusammenhing, die der Testperson innerhalb eines kurzen Zeitraums verabreicht wurde.«

Kurz gesagt: Man hatte Derace mit diesen Pillen vollgepumpt, um die außerkörperlichen Erfahrungen möglich zu machen.

Aber warum hätte man Billy so etwas antun sollen? Hatte er sich freiwillig gemeldet? Hatte Erna ihren Sohn dazu gezwungen, um selbst bei dem fetten Pillendreher nicht in Ungnade zu fallen?

Kurz darauf fand Meghan den Eintrag zu meinem Vater. Er stand im Ordner mit den »fraglichen« Ergebnissen, und offensichtlich hatten die Pillen auf den Vater dieselbe Wirkung wie auf seinen Sohn. Er wurde wie ich in der Zeit zurückgeworfen, allerdings in sein Geburtsjahr – 1949. DeMeos Eintragungen über ihn klangen abfällig, verächtlich. Mein Vater bestand darauf, dass das, was er sah, real war, und bat um mehr Zeit, das zu beweisen. DeMeo bewilligte ihm ein paar weitere Sitzungen, bevor er ihn plötzlich von dem Experiment ausschloss. »Testperson W. wollte den Staat offensichtlich um noch mehr Geld erleichtern.«

Ich schüttelte den Kopf.

»DeMeo hat ihm nicht geglaubt. Doch mein Vater hat die Wahrheit gesagt.«

Verdammt – mein Vater.

Billy.

»Was?«

Die Palette mit Betonblöcken, die schon die ganze Zeit über mir gebaumelt hatte, löste sich endlich und krachte mir auf den Kopf. Ich wankte durchs Zimmer, stolperte fast und zog das Todesalbum hervor, das Granpa Henry angefertigt hatte.

»Was ist das, Mickey?«

Ich blätterte es durch, bis ich den Artikel aus dem *Bulletin* gefunden hatte. Billy Derace war nicht nur vom Tatort verschwunden. *Er war nie wirklich dort gewesen.* Es war seine astrale Projektion, die dort aufgetaucht war, und sie war so stark und real gewesen, dass man sie sehen konnte und an einen Tisch führte, dass sie ein Steak und ein Bier bestellen konnte, bis der richtige Augenblick gekommen war. Er hatte das Steak bestellt, weil er das Messer brauchte. Er konnte es nicht mitbringen, denn sein richtiger Körper war im Adams Institute eingeschlossen.

Keine Ahnung, wie ich mich anhörte, während ich Meghan das alles erklärte. Die Gedanken und Worte sprudelten nur so aus mir heraus. Doch irgendwie leuchtete ihr das ein. Offenbar glaubte sie mir endlich – glaubte, dass die Pillen wirkten, wie ich erzählt hatte.

»Aber was für eine Verbindung gibt es zwischen Derace und deinem Vater? Man hat zwar an beiden Experimente durchgeführt, doch dazwischen lagen acht Jahre. Warum hat Derace ihn mit einem Messer in einer Bar erstochen?«

»Keine Ahnung.«

»Ich habe gehört, wie er letzte Nacht mit dir geredet

hat. Ich habe gehört, wie er gesagt hat: ›Ich habe ihn getötet, weil ich dachte, er wäre du.‹«

»Ich habe keine Ahnung.«

Etwas später gab Meghan in meinen schrottreifen Laptop ein paar Suchanfragen ein, was uns half, ein paar Fragen zu beantworten, die die Aufzeichnungen aus dem Schreibtisch offengelassen hatten. Zunächst einmal stieß sie auf eine Notiz zu DeMeos Tod.

»Im *Inquirer* steht, dass Dr. Mitchell DeMeo 2002 gestorben ist. Wann ist dein Großvater hierhergezogen?«

»Ein Jahr später.«

»Scheiße. Er ist nicht einfach so gestorben. Er wurde auf der Frankford Avenue erstochen, an der … Sellers Street? Ist das hier in der Nähe?«

»Nur ein paar Blocks von hier. Hast du ›erstochen‹ gesagt?«

»Er war auf dem Weg zu seinem Wagen. Er hatte die Schlüssel schon in der Hand. Einen Raubüberfall hat die Polizei ausgeschlossen, denn seine Autoschlüssel und seine Brieftasche hatte er noch bei sich, als man seine Leiche fand.«

»Billy.«

»Ja, ich würde sagen, dass wäre durchaus möglich.«

Meghan tippte weiter, und ich wühlte weiter. Als ich noch Reporter gewesen war, hatte ich ein Faible für gedruckte Quellen gehabt. Sie waren wie Puzzleteile. Doch diesmal waren es zu viele. Nichts schien zusammenzupassen oder einen Sinn zu ergeben.

»Ähm …«

»Was denn?«

»Ich habe einen Mitarbeiter aus der Kanzlei meines Vaters für mich was überprüfen lassen – er hat mir gerade eine E-Mail geschickt. Dieses Gebäude ist immer noch im Besitz der US-Regierung. Ich schätze, dein Großvater hat die Wohnung einfach besetzt. Was genau genommen bedeutet, dass du sie ebenfalls besetzt hältst.«

Irgendwie war diese Nachricht nicht so niederschmetternd wie erwartet. Mir war sowieso klar, dass ich unter keinen Umständen eine weitere Nacht in dieser Wohnung verbringen würde. Nicht jetzt, da Billy Derace wusste, wo er mich finden konnte.

Und Meghan.

Eine halbe Stunde später ging über der Skyline von Frankford langsam die Sonne auf. Wir hatten die ganze Nacht herumgestöbert, gelesen und uns gegenseitig Fragen an den Kopf geworfen. Doch jetzt, bei Tageslicht, fand ich, dass es für Meghan an der Zeit war, nach Hause zu fahren.

»Soll das ein Witz sein? Ausgerechnet jetzt, wo sich alles zusammenfügt?«

»Die Wohnung ist nicht mehr sicher.«

»Sag bloß – Frankford ist eine üble Gegend.«

»Das meine ich nicht. Ich meine Derace. Verdammt, ich versuche mich gerade dazu durchzuringen, meinen Stolz zu vergessen, meinen Kram zu packen und meine Mom zu fragen, ob ich für ein paar Tage im Gästezimmer schlafen kann. Bis ich das hier geregelt habe.«

»Ich lass dich jetzt auf keinen Fall im Stich.«

»Wirklich, Meghan, mir wäre wesentlich wohler, wenn du dich von mir fernhieltest. Ehrlich, es geht mir nicht darum, dich außen vor zu lassen.«

Und normalerweise hätte ich das auch nicht getan. Nichts wäre mir lieber gewesen, als wenn Meghan an meiner Seite geblieben wäre. Und für immer an meiner Seite blieb. Aber ich durfte nicht aus reinem Egoismus ihr Leben aufs Spiel setzen. Billy Derace wusste nicht, wer sie war, wo sie wohnte. Für ihn war sie einfach irgendeine Frau. Die einzige Verbindung zwischen ihm und ihr war ich.

»Ich kann's nicht fassen. Nach all der Zeit willst du mich jetzt loswerden. Ehrlich, Mickey – was zum Geier soll das?«

Sie durfte nicht bleiben. Sie durfte sich nicht in meiner Nähe aufhalten. Nicht jetzt. »Ich ruf dich an.«

Diesmal gab sie mir zum Abschied keinen Kuss. Sondern achtete nur darauf, dass ich für einen Moment ihr Gesicht sah und die Wut in ihren Augen, bevor sie schließlich verschwand.

Klickend fiel die Tür ins Schloss, und ich hockte mich auf die Couch, um nur kurz die Augen zuzumachen. Eben noch starrte ich die Risse in der Decke an, dann wurde ich von bleierner Müdigkeit überwältigt. Und war eingenickt. Weg.

Es tat gut, endlich loszulassen.

Irgendwann später – es musste früher Nachmittag sein –, klingelte mein Handy. Durch einen Schleier aus grauem Dunst konnte ich erkennen, dass der Anruf aus dem Frankford Hospital kam. Wahrscheinlich hockte meine Mutter bei meinem Großvater im Zimmer und wollte mir die Ohren vollheulen, ihn doch zu besuchen. Ich ließ die Mailbox anspringen und rollte mich wieder auf die Seite. Vielleicht lief mir jetzt der Sabber an der anderen Wange hinunter, zum Ausgleich. Etwas später klingelte das Telefon erneut. Hör bitte auf, Mom. Lass mich in Ruhe mein Koma genießen. Aber dann schrillte es nochmal. Und ein viertes Mal. Also nahm ich schließlich das Telefon und fragte die Mailbox ab, um zu erfahren, was die ganze Aufregung zu bedeuten hatte …

Es war gar nicht meine Mutter. Es war Grandpa Henry, der mich aus dem Krankenhaus angerufen hatte. Ich wählte seine Nummer. Und er hob ab.

»Mickey?«

»Grandpa? Bist du wach?«

»Ja. Schon ein ganzes Weilchen. Du musst sofort kommen.«

XI
Der Nachtwächter

Grandpa Henry lag in mehrere Decken gehüllt in seinem Bett. Seitlich an seinem Bett führte ein Katheterschlauch zu einem Plastikbehälter, der nur teilweise von einem dünnen Stück blauem Leinen bedeckt war. Seine Pisse war für jeden deutlich sichtbar.

Als er mich ansah, hatte er Tränen in den Augen.

»Dein Arm.«

Seine Stimme klang heiser und schwach. Ich blickte auf meinen rechten Arm in der Schlinge hinunter.

»Mir geht's gut. Das ist nichts. Hey, du bist derjenige, der im Krankenhaus liegt, vergessen?«

»Du bist in die Vergangenheit gereist, oder?«

»Das ist dir auch passiert, was?«

»Ich kann seit zwei Jahren meinen linken Arm nicht mehr bewegen. Aber halb so wild. Erzähl mir alles, was du gemacht hast. Wir haben nicht viel Zeit.«

»Was ich gemacht habe?«

»Ja, ich konnte dich bei deinem letzten Besuch gut hören. Du hast die Tabletten gefunden.«

»Wir wär's, du erzählst mir alles, was *du* getan hast, Grandpa? Denn ich habe die letzte Woche damit verbracht, das alles zu verstehen.«

»Dafür haben wir jetzt keine Zeit. Ich muss sichergehen, dass du nichts durcheinandergebracht hast.«

Na toll. *Ich* bringe was durcheinander? Ich war nicht hier, um mich belehren zu lassen. Ich wollte wissen, worum es bei der Sache ging. Mein ganzes Leben lang hatte meine Familie hinter meinem Rücken anstatt mit mir geredet. Ich hatte es satt.

»Nein.«

»Was soll das heißen, nein?«

Ich schaute ihm in die Augen.

»Von mir erfährst du überhaupt nichts, wenn du mir nicht alles erklärst.«

»Pah.«

»Ich will, dass du's mir ins Gesicht sagst. Du hast versucht, in die Vergangenheit zu reisen, um Billy Derace zu töten, den Mann, der deinen Sohn umgebracht hat. Meinen Vater.«

»Ist ja lächerlich.«

»Du leugnest es also?«

»Ja, ich leugne es. Ich bin nämlich in die Vergangenheit gereist, um Billy Derace' *Vater* zu töten.«

»Nach dem Mord an deinem Vater kam es nicht zum Prozess. Man konnte Derace nicht nachweisen, dass er in der Bar war, also blieb er, wo er war – in der Klapsmühle am anderen Ende der Straße. Aber das reichte mir nicht. Ich wollte ihm in die Augen blicken, wollte wissen, ob er es war oder nicht. Und tun, was zu tun war. Doch mir war klar, dass ich der Anstalt nicht näher als eine Meile komme, wenn ich ihnen sage, wer ich wirklich bin.«

»Also hast du dort einen Job angenommen.«

»Hey. Wer erzählt jetzt, du oder ich? Also ja, ich habe dort einen Job angenommen. Aber das war Jahre später – 1989. So lange habe ich gewartet. Die Zeitungen studiert, falls er vorzeitig entlassen wird. Ich habe alle lokalen Zeitungen von der ersten bis zur letzten Seite durchgelesen, um auch nicht die kleinste Meldung über ihn zu verpassen. Dabei bin ich auch auf all die Artikel über diese Flittchen gestoßen, die er umgebracht hat – allerdings hatte ich keine Ahnung, dass er das war. Keiner wusste das. Keiner *weiß* das. Dann hast du ein paar Jahre später diesen Artikel geschrieben –«

»Du hast ihn gelesen?«

»Ja, ich hab ihn gelesen, ich habe alles gelesen, was du für die Zeitung geschrieben hast, selbst wenn du mit irgendwas falschlagst, und das kam oft vor. Also, hörst du jetzt auf, mich zu unterbrechen? Ich hab nicht viel Zeit. Jedenfalls hast du vor ein paar Jahren diesen Artikel geschrieben, und da wusste ich bereits Bescheid, wusste ich, was er im Schilde führte, denn ich war in der Wohnung auf DeMeos Aufzeichnungen gestoßen, und damit war mir klar, wozu er in der Lage war.«

»DeMeo wurde 2002 getötet.«

»Ja, dieser zwielichtige Scheißkerl. Ich weine ihm keine Träne nach. DeMeo hat gekriegt, was er verdient hat. Er wusste von den Morden an den Nutten, hat aber nichts gesagt, weil er dachte, Billy wäre sein großer Durchbruch. Nachdem er jahrelang die Leute mit diesem Gift vollgepumpt hat, findet er schließlich jemanden, der diese bescheuerte Ich-verlasse-meinen-Körper-Nummer draufhat. Dumm nur, dass es dieser verrückte Junge war, der sich seinen Medikamentenvorrat krallte, wenn seine Hurenmutter nicht aufpasste.«

»Erna Derace.«

»Erna Derace, ja. In DeMeos Protokoll steht, dass –«

»Moment. Wir haben kein Protokoll gefunden. Wir haben den ganzen Schreibtisch durchsucht, aber kein Protokoll gefunden.«

»Ja, weil ich's verbrannt hab. Als ich wusste, was da läuft, wollte ich nicht, dass irgendjemand die Sachen in die Hände kriegt. Das ging außer mir keinen was an. Gut. Du bist mein Enkel, und du bist der einzige Blutsverwandte, der mir überhaupt was bedeutet, aber wenn du nicht die Klappe hältst und mich diese Geschichte erzählen lässt, dann, ich schwör's, kriegst du was auf die Fresse.«

»Tut mir leid.«

»Tut mir leid, tut mir leid, ja, es tut uns allen leid. Wie auch immer, das war etwa 1980, und aus dem kleinen Burschen, Billy, war echter Abschaum geworden. Mit dreizehn hing er an der Flasche, mit vierzehn nahm er Drogen, und als er siebzehn war, klaute er und raubte Leute aus. Um diese Zeit fing er auch an, in DeMeos Büro einzubrechen, in der Hoffnung, ein paar Pillen abzugreifen. Und er sahnte ordentlich ab.«

»Moment – er hat damals damit angefangen?«

»Er hat damals damit angefangen. Ihm wurde klar,

wozu er in der Lage war. Ich habe die Zeitungen von damals nochmal durchgeblättert und die Artikel über all die kleinen Einbrüche an der Frankford Avenue im Jahr 1979 nachgelesen. Eine richtige Ein-Mann-Verbrechenswelle. Niemand konnte sich einen Reim drauf machen. Ich schon. Nur, dass es zu spät war, was dagegen zu unternehmen.«

Mir fielen meine ersten Erfahrungen mit den Pillen ein, und ja, selbst mir war der Gedanke an Diebstahl in den Sinn gekommen. Und ich war ein siebenunddreißigjähriger Mann mit einem recht ausgeprägten moralischen Kompass. Billy Derace hingegen, ein misshandeltes Kind mit einer Mutter, die trank und mit dem fetten Arzt aus dem Stockwerk darüber herumhurte, lebte in dem Gefühl, dass er kaum eine Chance hatte. Natürlich hatte er Scheiße gebaut, während er die Pillen nahm. Er musste sich wie ein Superheld mit neuartigen Kräften vorgekommen sein. Allerdings reiste er nicht in der Zeit zurück. Er war in der Lage, sich mittels Astralprojektion durch die Gegenwart zu begeben. Er konnte tun, was auch immer er wollte.

Eins verstand ich jedoch nicht.

»Warum hat er Dad getötet?«

Grandpa warf mir einen genervten Blick zu.

»Weil er bekloppt war, warum sonst? Wie gesagt, ich habe 1993 angefangen, in der Klinik zu arbeiten. Man hat zwar meinen Werdegang überprüft, aber nicht besonders gründlich, also wussten sie nicht, dass ich einen Sohn hatte. Seit 1959 bin ich geschieden, ich schätze also, dass sie nicht allzu weit in der Vergangenheit herumgewühlt haben. Außerdem hat dein Vater diesen bescheuerten Namen benutzt, darum hat auch keiner eine Verbindung hergestellt. Wie auch immer, zu diesem Zeitpunkt hatte DeMeo Derace bereits bei sich im Hochsicherheitstrakt untergebracht –«

»Wie ist Derace dort überhaupt gelandet?«

»1979 hat er sich eine Überdosis verpasst. Und, oh Wunder, die Verbrechenswelle hörte plötzlich auf. Seine Mom flehte DeMeo an, ihn sicher zu verwahren, ihn nicht in ein staatliches Krankenhaus zu überweisen. Ich schätze, das hat geklappt, denn er bekam drüben in der Irrenanstalt sein eigenes Bett.«

»Also war er tatsächlich im Adams Institute, als Dad getötet wurde?«

»Ja. Und auch wieder nicht. Ich glaube, er fing damals an, den ganzen Tag außerhalb seines Körpers herumzuspazieren, weil sein eigener Körper mehr oder weniger außer Gefecht gesetzt war. So wie ich das auch getan habe.«

Ich betrachtete meinen Großvater.

»Wie bitte?«

»Ich hab nicht geschlafen. Ich bin die ganze Zeit rumgelaufen.«

»Wo denn?«

»Einfach so. Aber das tut nichts zur Sache. Du wolltest die ganze Geschichte hören, schön. Kann ich verstehen. Tja, wahrscheinlich ist es besser, dass noch jemand Bescheid weiß, falls ich es nicht schaffe, die ganze Sache wieder in Ordnung zu bringen. Aber fürs Erste, Mickey, möchte ich, dass du einfach die Klappe hältst und mich die Geschichte so erzählen lässt, wie ich das will, bevor ich dich mit meinem Schlauch voller Pisse erwürge.«

»Okay, Grandpa.«

»Ich trat also meine neue Stelle an und fand heraus, dass dieser kleine Scheißkerl im Papiro Center untergebracht war. Niemand hatte dort Zugang, außer DeMeo und seiner eigenen Putzkolonne, das Gebäude war rund um die Uhr abgeschlossen. Die Putzkolonne durfte das Gelände zwar betreten, um den Rasen zu stutzen und zu fegen, aber von uns anderen hatte keiner Zugang. Ich habe jahrelang versucht, ins Gebäude zu gelangen. DeMeos eigene Putzkolonne wurde immer mit dem Bus angekarrt, keine Ahnung, von wo. Also musste ich die Schlüssel klauen. Ich dachte, ich würde lange genug dort arbeiten, um an die Schlüssel zu kommen, mir Zugang zum Gebäude zu verschaffen, mir ein Kissen zu schnappen und es ihm so lange aufs Gesicht zu drücken, bis er aufhörte zu atmen. Oder vielleicht konnte ich ein Steakmesser einstecken. Und diesen Scheißkerl erstechen, wie er deinen Vater erstochen hat. Dabei zusehen, wie das warme Blut über sein Gesicht spritzte, während er mir in die Augen blickte. Was die Cops anschließend mit mir gemacht hätten, wäre mir egal gewesen. Sie hätten mich in eine Zelle sperren können, was auch immer sie wollten. Doch ich habe es nie ins Gebäude geschafft. Stattdessen las ich eines Tages in der Zeitung, dass man DeMeo mit Stichwunden in Rücken und Kopf aufgefunden hatte. Ich dachte, vielleicht ist dieser unheimliche kleine Scheißer entkommen und hat seinen eigenen Arzt umgebracht, um anschließend Amok zu laufen. Doch Fehlanzeige. Laut Patientenprotokoll war Billy immer noch weggesperrt. Er hatte sich nicht vom Fleck bewegt. Er war an sein Bett gefesselt gewesen. Ich wurde nicht schlau aus der Sache. Das ergab keinen Sinn. Nachdem DeMeo hopsgegangen war, kramte ich seine Personalakte heraus und stieß auf eine weitere Adresse – die Wohnung in der Frankford Avenue. Ich dachte, ich hätte nicht viel Zeit, also brach ich dort ein, in der Annahme, mir blieben nur ein paar Stunden, vielleicht ein Tag, bevor man seine ganzen Sachen abholte. Ich fange also an, seine Unterlagen durchzublättern, doch das Ganze ergibt absolut keinen Sinn. Um die Sache etwas genauer zu prüfen, bleibe ich die Nacht dort und auch noch die nächste Nacht. Die ganze Zeit lässt sich niemand blicken. Also quartiere ich mich dort dauerhaft ein. Der *Bimbo,* der im Erdgeschoss den Laden betreibt, hat DeMeo die Miete immer bar bezahlt, er hat sie in seinen Briefkasten gesteckt; also habe ich das Geld einfach genommen und die Rechnungen damit bezahlt. Meine Zeit verbrachte ich damit, seine Unterlagen durchzublättern. Bis ich auf einen Eintrag zu seinen Pillen stieß. Totaler Schwachsinn, ich weiß, aber dort stand jede Menge darüber drin. Er glaubte, man könnte mit ihrer Hilfe außerkörperliche Erfahrungen machen. Aber er hatte nicht viel Glück damit. Bei den meisten Leuten hatten sie nicht gewirkt. Und die Hälfte der anderen hatte nicht mal eine echte außerkörperliche Wahrnehmung. Sie berichteten, sie wären in eine andere Zeit zurückgereist, wo sie unsichtbar waren. Schließlich stieß ich im Arzneischrank auf seinen Tablettenvorrat und warf eine davon ein, nur um zu sehen, was das ganze Theater sollte. Erst später wurde mir klar, was es mit alldem auf sich hatte. DeMeo hatte natürlich keine Ahnung. Seine Patienten fingen an, Dinge zu beschreiben, die zwanzig, dreißig, vierzig Jahre zurücklagen, und er glaubte, sie hätten sich das alles bloß ausgedacht. Aber ich wusste Bescheid. Ich wusste es gleich, als ich die Dinger das erste Mal nahm. Denn ich landete direkt in der Vergangenheit. Ich sah Sachen, von denen ich geglaubt hatte, dass ich sie nie wiedersehen würde. Das Starr Café, direkt nebenan, Ecke Margaret und Frankford. Es hatte dichtgemacht, als ich noch ein Kind war, und plötzlich steh ich vor dem Schaufenster. Ich konnte es nicht fassen. Also hab ich noch mehr Pillen geschluckt und spazierte weiter herum. Ich stellte bald fest, dass ich mich dort nur nachts bewegen konnte. Du hast das auch rausgefunden, wie ich sehe. Doch die Nächte waren lang, und es gab so vieles, was ich sehen wollte. Ich lief zum Fluss runter, zur Delaware River Bridge, sie war fast fertig. Sie wurde in meinem Geburtsjahr eröffnet – 1926. Inzwischen heißt sie Ben Franklin Bridge, doch damals war sie die Delaware River Bridge und der schönste Anblick, den man sich denken konnte. Ich sah meinen Vater und meine Mutter unten auf der Second Street. Du hast meinen Vater nie kennengelernt, er ist gestorben, als ich noch ein Kind war. Ich hatte ihn seit über siebzig Jahren nicht mehr zu Gesicht bekommen. Ich war ein Geist, doch das war mir egal. Ich sah all die Dinge, die ich vermisst hatte.«

»Ich weiß, was du meinst.«

»Du bist ebenfalls in deinem Geburtsjahr gelandet, stimmt's? Keine Ahnung, warum das so ist. Die Pillen haben nur bei sehr, sehr wenigen Leuten diese Wirkung – ich habe DeMeos Berichte gelesen. Aber ich schätze, unsere Gehirne sind eben so aufgebaut. Wenn wir die Pillen einwerfen, reisen wir in die Vergangenheit. Und als ich meinen Vater sah und mich als Baby, fiel mir dein Vater ein. Ich dachte, vielleicht ist es ja doch noch nicht zu spät. Vielleicht kann ich die Sache wieder in Ordnung bringen. Gegen Billy Derace direkt konnte ich in der Vergangenheit nichts unternehmen. Er wurde erst vierundzwanzig Jahre später geboren. Doch ich konnte seinen Vater aufspüren. Ich konnte seinen Vater aufspüren und etwas gegen ihn unternehmen.«

»Aber du hast ihn nie gefunden.«

»Ein Victor Derace existierte damals nicht. Als wäre er ein Geist gewesen.«

»Billys Mom hat mir erzählt, dass er seinen Namen häufig gewechselt hat. Dass sein Geburtsname Victor D'Arrazzio sei.«

Mein Großvater hielt inne und starrte mich an. Seine Kinnlade klappte ein wenig herunter, dann befeuchtete er seine Lippen und betrachtete seine rechte Hand, die die Bettdecke umklammert hielt.

»D'Arrazzio.«

»Ja.«

»Buchstabier es.«

Ich tat es, so gut ich konnte, denn Erna hatte ihn für mich auch nicht buchstabiert.

Eine Weile sagte Grandpa kein Wort, und als er schließlich etwas sagte, murmelte er es mehr vor sich hin.

»Es ist also noch nicht zu spät.«

Grandpa hörte gar nicht mehr auf zu reden – es war genau wie früher, auf den Familienfesten, Mickey setz dich und halt die Klappe, Mickey hol deinem Großvater noch ein Bier –, und ich hörte aufmerksam zu. Doch bei jeder weiteren Einzelheit musste ich an meinen Vater denken. Er hatte ebenfalls die Tabletten genommen.

Und je länger ich Grandpa ansah und seine von der körperlichen Arbeit schmaler gewordenen, zerschundenen Finger, die mit Infusionsschläuchen beklebt waren, desto mehr begriff ich, was noch passiert war.

Die Geschichte hatte nicht erst im Dezember 1980 ihren Anfang genommen, als Billy Allen Derace meinen Vater angegriffen hatte. Sondern als mein Vater im Jahr 1972 diese Pillen genommen hatte und in seine eigene

Vergangenheit zurückgeschleudert worden war. Mir fiel ein, was meine Mutter mir darüber erzählt hatte, was mein Dad kurz nach meiner Geburt gesagt hatte.

Warum er nicht mit meinem Großvater redete.

Warum er ihn hasste.

Und warum er mir gegenüber wahrscheinlich so distanziert war.

Er wusste nicht, wie er sich in meiner Gegenwart verhalten sollte.

Alles, was er wusste, hatte er von seinem Vater gelernt.

Ich berührte Großvaters Hand. Sie war kalt und trocken. Er schreckte aus seiner Versenkung auf und blickte zu mir hoch.

»Was?«

»Hat mein Vater je mit dir über diese Experimente gesprochen, als er noch lebte?«

»Nein. Wir haben uns damals nicht viel unterhalten. Ich hatte keine Ahnung, was ich sagen sollte. Und er hatte offensichtlich auch keine Lust, mit mir zu reden.«

»Hast du dich je gefragt, warum?«

»Wovon redest du?«

»Du bist ins Jahr 1926 zurückgereist – dein Geburtsjahr. Ich bin ins Jahr 1972 zurückgereist – mein Geburtsjahr. Und als Dad ins Jahr 1949 zurückgereist ist, was hat er da gesehen?«

»Woher zum Henker soll ich das wissen?«

»Du weißt es, denn *du warst da.* 1949, kurz nachdem mein Vater geboren wurde, hast du Grandma mit einem Gürtel durch die Wohnung geprügelt.«

Seine Augen traten aus den Höhlen – ich hatte ihn kalt erwischt. Dann verengten sie sich zu kleinen zornigen Schlitzen.

»Du hast ja keine Ahnung, wovon du redest.«

»Oh doch, und jetzt hörst du *mir* mal zu. Ist dir nicht klar, dass Dad die Pillen ebenfalls genommen hat? Wahrscheinlich ist er in die Vergangenheit gereist und hat dasselbe getan wie du und ich. Er ist zu sich nach Hause gegangen. Und was hat er da gesehen? Tja, ich schätze, er hat gesehen, wie du wirklich warst. Wie du Grandma geschlagen hast.«

»Einen Scheißdreck weißt du. Du hast keine Kinder.«

»Ja, und mit leuchtenden Beispielen wie dir und Dad, warum zum Geier sollte ich auch welche haben? Nur um ihnen, nachdem ich sie voller Liebe und Zärtlichkeit großgezogen habe, mit einem Ledergürtel den Arsch zu versohlen? Sie zu verprügeln, bis die Hinterseite ihrer Beine grün und blau anläuft, und bloß gut, dass Lange-Hosen-Wetter ist, da kriegt in der Schule keiner was mit?«

Für einen Moment sagte mein Großvater keinen Ton und starrte zur Decke hinauf. Nach einer Weile fand er schließlich seine Sprache wieder.

»Tja, du musst dir deswegen keine Sorgen mehr machen.«

»Was soll das heißen?«

»Das heißt, ich werde in die Vergangenheit reisen und die Sache wieder in Ordnung bringen.«

»Ach, richtig. Mit den magischen Pillen. Aber ich glaube nicht, dass es dir gelingen wird, die Sache wieder *in Ordnung zu bringen,* denn egal, wie sehr du dich auch dagegenstemmst, das Leben findet immer eine Möglichkeit sich noch stärker dagegenzustemmen.«

»Ich kann das wieder gradebiegen.«

»Nein, kannst du nicht. Die Pillen sind weg. Sie wurden gestohlen.«

»Ich weiß. *Ich* hab sie gestohlen.«

»Was? *Du* warst das? Wie denn?«

»Ich hab einen Burschen angeheuert, der für mich dort eingebrochen ist, aber genau genommen war es ja kein Einbruch, es ist ja meine eigene Wohnung.«

»Nein, ist es nicht. Sie gehört der Regierung.«

»Ja, und die Regierung schuldet mir noch was für das, was sie meiner Familie angetan hat. In Vietnam haben sie es nicht geschafft, meinen Jungen zu töten, also mussten sie ihn mit haufenweise Psychopillen erledigen. Schön, ich werde die Pillen gegen diese Scheißkerle einsetzen. Ich werde die Dinge wieder ins Lot rücken.«

Und schon hatte mein Großvater sie in der Hand. Er schob sich die Dinger in den Mund und kaute darauf herum, als wären es Bonbons.

Ich stürzte mich auf ihn, ohne daran zu denken, dass ich nur noch drei gesunde Finger hatte, denn das reichte nicht. Trotz seiner vierundachtzig Jahre war er stark wie ein Ochse. Dank eines Lebens voller körperlicher Arbeit.

Er lächelte mich an, während er kaute und mich mit seinen fahlen Augen durchbohrte.

»Keine Angst. Du wirst dich an nichts von alldem erinnern.«

Selbst jetzt brachte er es nicht über sich, mich mit meinem Namen anzusprechen. Mickey. Er hatte ihn nie gemocht. Es hatte ihm nie gefallen, dass mein Dad mich nach einem tuntigen, breitlippigen Sänger einer Rock-and-Roll-Band benannt hat.

»So funktioniert das nicht! Du kannst die Vergangenheit nicht ändern! Ich hab's versucht. Das funktioniert nicht!«

»Du hast dich nur nicht genug angestrengt.«

»Was soll das heißen? Was hätte ich deiner Meinung nach denn tun sollen? In die Vergangenheit reisen und einen zwölfjährigen Jungen umbringen? Ist es das, was ich hätte tun sollen? Ist es das, was du vorhast? Grandpa, das kannst du nicht tun! Das geht nicht!«

Doch ich redete mit seinem bewusstlosen Körper. Er hatte die Augen geschlossen, und sein anderes Ich hatte seinen Körper bereits verlassen.

XII

Das Ende vom Lied

Die Sommersonne knallte mir auf Kopf und Nacken, als ich von der Klinik nach Hause jagte. Wo war jetzt mein Filzhut? Zu Haus. Im Apartment.

Ich würde mein letztes Geld dafür verbraten, mich mit Bier zuzuschütten, aber mit gutem Bier. Schließlich hatte ich was zu feiern, oder? Mein Großvater hatte sich gerade eine Überdosis Zeitreise-Pille verpasst und würde alles wieder in Ordnung bringen. Ich betrat also den Kiosk und marschierte schnurstracks zum Tresen.

»Hast du auch Sierra Nevada?«

Der Typ hinter dem Tresen musterte mich.

»Äh, nein. Bud, Coors Light, Yuengling, Old English.«

»Nichts von 'ner kleinen Brauerei? Ehrlich nicht?«

»Hey, ich steh auch auf das Zeug. Aber das werd ich hier in der Gegend nicht los. Bist du nicht der Typ, der das ganze Golden Anniversary gekauft hat?«

»Ja.«

»Und du wohnst oben, oder?«

»Ja.«

Er streckte mir seine Hand entgegen.

»Willie Shahid.«

»Mickey Wade.«

»Nicht, dass es mich was angeht, aber wo steckt der grantige Alte, der oben gewohnt hat?«

»Du meinst meinen Großvater. Ihr habt euch nicht gut verstanden?«

»Na ja, wenn man als Bimbo bezeichnet wird, ist das nicht gerade förderlich für eine Beziehung. Dabei weiß ich nicht mal, was ein Bimbo ist.«

»Wahrscheinlich genau das, was du vermutest.«

»Hab ich mir gedacht. Also, das geht mich zwar ebenfalls nichts an, aber übernachten Freunde bei dir? Ich dachte, ich hätte vorhin oben Geräusche gehört.«

»Eigentlich nicht. Vielleicht war das meine Freundin, Meghan – die attraktive junge Frau, die du vor einer Weile mit mir zusammen gesehen hast. Oder es war einer der anderen Bewohner.«

»Andere Bewohner? Du bist der Einzige, der hier im Haus wohnt.«

»Ich bin was?«

»Ja. Hat dein Großvater dir das nicht erzählt?«

»Der Rest des Gebäudes steht leer?«

»Schon immer, seit ich vor fünf Jahren meinen Laden eröffnet habe.«

Gerade hatte ich die Haustür aufgeschlossen und wollte die Treppe hinaufstürzen, als ich ein Stöhnen hörte. Das Stöhnen einer Frau. Zunächst dachte ich, es wäre Erna. Doch dann fiel mir ein, nein, das konnte nicht sein. Wir schrieben das Jahr 2009, nicht 1972.

Dann wurde mir plötzlich klar, wer es noch sein konnte.

Nein, nein, nein …

Ich weiß nicht mehr, wie ich die zwei Treppen raufgekommen bin. Sondern nur noch, wie ich mit meinen Schlüsseln herumfummelte, bis mir wieder einfiel, dass das Schloss kaputt war. Also trat ich die Tür des Apartments auf. Es war leer. Auf der Couch war niemand, auch nicht im Badezimmer, unter dem Schreibtisch oder im Wandschrank. Ich hetzte zurück in den Flur. Und hörte erneut das Stöhnen.

Ich versuchte es bei Apartment 3-B, doch es war verschlossen. Diesmal fackelte ich nicht lange, sondern trat die Tür sofort ein. Sie sprang leichter auf als erwartet. Vielleicht war es das Adrenalin, aber es lag wohl eher daran, dass man das Gebäude mit beschissenen Türen versehen hatte, als Dr. DeMeo es damals in sein kleines wissenschaftliches Labor verwandelt hatte.

Die Einrichtung von 3-B war unverändert, wie aus einem Versandhauskatalog der siebziger Jahre. Sparsam eingerichtet. Tisch, Stühle und eine billige Tischdecke mit einem schrecklichen Paisleymuster. Drei Kerzenständer. Wahllos über den Tisch verteilt, statt in einer Schale, ein Plastikapfel, Plastikweintrauben und zwei Plastikbirnen. Der Staub in der Wohnung wirkte unwirklich. Wahrscheinlich war ich die erste Person, die seit dreißig Jahren einen Fuß in die Wohnung setzte.

Zumindest der Erste mit einem Fuß aus Fleisch und Blut.

Als ich die Tür von 3-C auftrat und nach Meghan rief, sie anflehte, weiterzustöhnen, konnte ich sie gleich hören, und mir wurde klar, was das hier war. Die Kontrollräume für seine Tests. Darum hatte er ein leeres Wohnhaus benötigt. Die Probanden lagen auf seiner Couch und versuchten mittels Astralprojektion die anderen Zimmer aufzusuchen. Und wenn sie es schafften, mussten sie die Einrichtung des Raums beschreiben. Ein Apfel, Doktor. Zwei Birnen. Und die hässlichste Tischdecke, die ich je gesehen habe.

»MEGHAN!«

Ein erneutes Stöhnen – unten im ersten Stock.

Und auf einmal wusste ich, wo sie steckte. In Ernas und Billys altem Apartment – 2-C.

Denn dort musste Billy sie hingeschleppt haben.

Sie lag zitternd auf dem Boden der leeren Wohnung. Und sie war so voller Blut, dass ich ihre Wunden überhaupt nicht sehen konnte. Ein Teil des Blutes auf dem Boden war bereits getrocknet. Sie lag also schon länger da.

»Meghan, bleib hier bei mir, alles wird gut, das Krankenhaus ist nur ein paar Blocks entfernt, ich rufe jetzt Hilfe, los, Meghan, schau mich an, ich bin hier, alles wird gut.«

Sie murmelte irgendetwas.

Ich konnte kaum was verstehen.

Hat auf mich gewartet.

Flur.

Er hatte kurz vor Sonnenaufgang im Flur auf sie gewartet.

Ich fingerte am Handy herum. Keine Ahnung, was ich der Person in der Notrufzentrale sagte, außer dass eine Frau niedergestochen wurde, bitte, beeilen sie sich, sie müssen sofort jemanden vorbeischicken, bitte, mein Gott, BITTE, gefolgt von der Adresse und der Nummer des Apartments. Außerdem nannte ich Willie Shahids Namen unten.

Ich hatte keine Ahnung von Erster Hilfe, außer dass man auf die Wunde drückt und versucht, die Blutung zu stoppen. Aber wo sollte ich anfangen? Meghans Gesicht und die Arme, ihre hübschen, schmalen Hände waren mit grauenvollen Schnittwunden und Kratzern übersäht. Außerdem war das Messer mehrere Male durch ihre Bluse gedrungen.

Ich konnte nichts weiter tun, als ihren Hals zu betrachten, der immer noch leicht zitterte – ein schwaches Lebenszeichen. Und mir blieb nichts anderes übrig, als ihr etwas vorzulügen.

»Meghan, du kommst wieder in Ordnung«, sagte ich. »Der Krankenwagen ist schon unterwegs. Und das Krankenhaus ist nur ein paar Blocks entfernt. Du kommst wieder in Ordnung. Das sind nur ein paar Kratzer.«

Das war alles, was ich tun konnte.

Nein.

Das *war nicht* alles, was ich tun konnte. Ich hatte immer noch eine halbe Pille von letzter Nacht – als wir vor dem Adams Institute geparkt und versucht haben, Billy Derace zu wecken.

Ich schluckte die Pille und schloss die Augen, während ich das Brennen in meinem Blut spürte.

Billy spielte gerade mit einer Soldatenfigur, als ich die Eingangstür zu seiner Wohnung eintrat. In den drei Fingern meiner gesunden Hand hielt ich ein Steakmesser. Ich musste nichts weiter tun, als es ihm bis zum Griff in den Hals zu rammen und es mit meiner linken Hand festzuhalten, bis er sich nicht mehr rührte. Und dann würde ich mich aus dem Staub machen. Ich musste mir nicht mal die Mühe machen, die Klinge abzuputzen oder die Fingerabdrücke vom Griff zu wischen. Die Spurensicherung würde mich nicht ausfindig machen. Ich musste auch meine Kleidung nicht verbrennen.

Ich musste nur Billy töten.

Den kleinen Billy Derace töten, damit das Leben wieder bei Null anfangen konnte.

Und Meghan wieder bei mir wäre.

Es war Tag, doch ich hatte Vorsorge getroffen – ich trug Großvaters Mantel, seine Schuhe und Handschuhe. Außerdem hatte ich mir eine wollene Skimütze übers Gesicht gezogen. Ich bekam darunter zwar kaum Luft und konnte nicht besonders gut sehen, doch durch die ausgeleierten Zwischenräume im Gewebe konnte ich genug erkennen. Um mich darüber hinaus zu schützen, hatte ich den Filzhut auf. Es war mir egal, ob die Sonne zu mir durchdrang und mich völlig pulversierte. Solange ich es schaffte, vorher Billy zu töten.

Und Billy wusste das auch.

»Mom!«

Er schrie, und ich konnte ihm keinen Vorwurf machen. Ich hätte auch eine Heidenangst gehabt, wenn ein Geist mit Gesichtsmaske und Filzhut meine Eingangstür eingetreten hätte. Aber das war mir scheißegal. Ich schleuderte ihm meine dreifingrige Faust ins Gesicht. Sein kleiner Kopf schnellte nach hinten und knallte gegen die Türen einer flachen Kommode. Fühlt es sich so an, wenn man ein Kind schlägt, Erna? Hat es dich erregt, dass du älter, stärker und böser warst und dass dieser kleine Junge es in jedem Fall aushalten musste?

Die Türen der Kiste sprangen aus ihren Magnetverschlüssen und öffneten sich ein wenig. Billy kam bereits wieder zu Kräften – das ist normal für Kinder – und krabbelte über den dreckigen Teppich Richtung Wohnungstür.

Doch ich war älter. Schlauer. Und ich war im Vorteil, weil ich keine Angst hatte. Mit drei großen Sätzen hatte ich das Zimmer durchquert und verpasste ihm einen Schlag, während ich mit dem Knie die Tür zustieß. Der Knall hallte wie ein Gewehrschuss durchs Treppenhaus.

»Mom!«, schrie er erneut.

Ich stellte meinen Fuß auf seinen kleinen Brustkorb und trat kräftig zu. Nicht so fest, dass seine Rippen brachen, aber fest genug, um ihm die Luft abzudrücken. Witzig, dass du jetzt nach deiner Mutter rufst, kleiner Billy. Meinst du, sie kommt, um dich zu retten oder um mitzumachen? Vielleicht tu ich ihr einen Gefallen. Vielleicht hast du ihr das Leben versaut.

Meins hast du jedenfalls versaut.

Jetzt hatte ich ihn dort, wo ich ihn haben wollte. Ich musste ihm nur noch das Messer bis zum Griff in die Brust rammen und es dort festhalten, bis er sich nicht mehr rührte.

Inzwischen hatte ich das Messer gezückt, meine drei gesunden Finger hielten den schwarzen Plastikgriff umklammert. Dann hockte ich mich rittlings auf ihn, die Beine links und rechts neben seiner Brust. Er weinte und schrie, heiße dicke Tränen kullerten an seinem Gesicht entlang. Seine Haut war knallrot.

»Du hast mir keine Wahl gelassen«, sagte ich.

Doch er hörte nicht zu. Er war verrückt vor Angst und wusste nicht, wo er sich hinwenden sollte, wie er sich schützen oder um Hilfe rufen sollte. Denn inzwischen hatte er begriffen, dass keine Hilfe kam. Er schüttelte den Kopf, als könnte er sich aus diesem Alptraum herausschütteln.

Die Messerspitze befand sich nur wenige Zentimeter über seinem heftig pumpenden Brustkasten.

Ich musste nur das Messer hineinrammen und es dort festhalten, bis er sich nicht mehr rührte.

Stell dir vor, das hier wäre nur ein Traum, redete ich mir zu.

Ein Alptraum.

Ein Alptraum, aus dem du wieder aufwachen kannst.

Es war, als könnte Billy meinen Gedanken lesen; er

wusste, was ich vorhatte. Dies war nicht die übliche Tracht Prügel. Niemand würde hinterher das Blut abwischen und ein Pflaster auf die Wunde kleben. Es gäbe auch keine blauen Flecken, die langsam verblassten, bis es nicht mehr peinlich war, draußen mit kurzen Hosen herumzulaufen. Dies würde der ultimative Schmerz sein, die letzte Strafe für sein schlechtes Benehmen.

Er fing an, mit seinen kleinen Fäusten auf mich einzuschlagen, verzweifelt trommelte er gegen meine Brust und meinem Bauch. Sein Körper krümmte sich unter meinen Beinen. Ich hatte mein Augenmerk auf das Messer in meiner Hand gerichtet und versuchte, mich dazu zu zwingen, zuzustoßen. Doch Billy hatte Glück. Als er nach oben griff, erwischte er einen Zipfel meiner Skimaske und riss sie herunter, so dass mein Gesicht darunter zum Vorschein kam.

»DU!«

Er starrte mich an. Erkannte mich wieder.

»ICH WUSSTE, DASS DU DAS BIST! WARUM MACHST DU DAS?«

Warum machte ich das?

Und plötzlich fügte sich auch das letzte Teil ins Puzzle.

Billy Derace hegte keinen Groll gegen meinen Vater. Sie waren sich im Jahr 1972 nie begegnet. Billy Derace wollte als Jugendlicher meinen Vater töten, weil ich tat, was ich gerade tat, genau in diesem Moment. Er war als Zwölfjähriger von einem Mann mit Maske zu

Tode erschreckt worden, er hatte die Maske fortgerissen und war in Angst vor diesem Gesicht groß geworden, und später dann, nach Jahren voller Misshandlungen, Drogenkonsum und Zeitreise-Pillen, hatte er sich auf die Suche nach dem Gesicht gemacht, das ihm so eine Angst einjagte.

Meinem Gesicht.

Und im Jahr 1980 war das, was dem am nächsten kam, das Gesicht meines Vaters.

Ich war der Mörder meines Vaters.

Ich ließ Billy los. Ließ das Messer fallen. Und rappelte mich auf. Verschwand durch die Wohnungstür. Und stieg die Treppe hinauf. Dann hörte ich, wie im Erdgeschoss eine Tür zugeknallt wurde. Billy rief nach seiner Mutter. Und seine Mutter brüllte zurück, ihr schreckliches Kreischen hallte durchs Treppenhaus. Dann war das Geklapper von Stöckelschuhen zu hören, die die Treppe hinaufeilten, doch das war mir egal. Ich wollte nur noch zurück ins Büro, auf den Boden sinken und die Augen schließen.

Das Tageslicht im Flur versengte die Haut in meinem Gesicht. Es fühlte sich an wie mein schlimmster Sonnenbrand.

Ich trat die Tür ein, so wie ich auch alle anderen in diesem Gebäude eingetreten hatte. Es war inzwischen ein ganzes Sortiment.

Ich stürzte zu Boden und auf alle viere. Die Wirkung der halben Pille, die ich geschluckt hatte, ließ bereits nach. Mir wurde schwindlig.

In diesem Moment trat Erna durch den offenen Türrahmen, die Pistole in der Hand.

»Du widerlicher Mistkerl«, sagte sie, dann drückte sie ab.

Die Kugel sauste durch meinen Astralkörper und bohrte sich in den Boden unter mir. Im Unterleib verspürte ich einen brennenden Schmerz, obwohl es keine Eintrittswunde, kein Blut gab.

Ich sagte keinen Ton.

Sie drückte erneut ab, zweimal, und beide Schüsse wurden wie glühende Nadeln durch meine Brustmuskeln getrieben. Der Schmerz trieb mir die Tränen in die Augen. Ich hob die linke Hand – die mit nur noch drei Fingern.

»Ich werde dich töten.«

Ich schüttelte den Kopf.

»Das bringt nichts. Das geht nicht, denn eigentlich bin ich nicht hier.«

»Du redest totalen Blödsinn.«

Erna hockte sich neben mich und zerrte mich am Revers meines geliehenen Mantels nach oben. Ihre Knöchel waren rau, die Finger knochig. Mir war nie aufgefallen, wie schmal ihre Hände waren. Es musste schmerzvoll sein, wenn man von diesen Händen geschlagen wurde.

Ich blickte zu ihr hoch.

»Du glaubst, ich bin tot, doch das bin ich nicht. In der Zukunft lebe ich. Ich bin nur zu Besuch in der Vergangenheit. Du solltest mir also glauben, wenn ich dir sage, dass dein Sohn als Erwachsener einer Menge Leute wehtun wird, wenn du ihm nicht hilfst. Einer Menge unschuldiger Leute. Aus ihm wird mal ein Killer, Erna, wenn du deinen Arsch nicht hochkriegst und ihm eine richtige Mutter bist.«

»Dich schickt der Teufel! Du bist hier, um mich und meinen Jungen zu schikanieren!«

»Heute ist der 18. Juni 2009. Mein richtiger Körper liegt in der Zukunft in diesem Apartment. Billy ist in einer psychiatrischen Klinik. Und du lebst auf der Straße und bist total im Arsch.«

Sie wiederholte das Datum für sich.

»18. Juni 2009.«

Das ergab für sie wohl keinen Sinn. Wahrscheinlich klang das wie der Titel eines Science-Fiction-Films.

Ich versuchte, es ihr zu erklären.

»Du kannst mich also nicht töten. Es lohnt sich nicht mal, es zu versuchen. Aber du kannst versuchen, deinen Sohn zu retten.«

Sie ließ mich fallen. Mit einem dumpfen Geräusch knallte mein Kopf auf den Boden. Zunächst zeigte sie kaum eine Reaktion. Sie musste meine Worte erst in ihrer ganzen Bedeutung erfassen.

Dann blickte sie zu mir hinunter, ein verwirrtes Lächeln im Gesicht, und sagte: »Nein … ich weiß, wie ich dich töten kann.«

Und dann fing sie an, das braune Papier von den Bürofenstern zu reißen.

Sonnenlicht knallte durch die Fenster und überflutete meinen ganzen Körper. Mein Mantel fing an, zu knistern und sich aufzulösen. Meine Augen brannten, als hätte ich mit einem Paar leistungsstarker Teleskope direkt in die Sonne geschaut. Meine Gesichtshaut glühte nicht bloß; sie stand in Flammen

Mein Gehör funktionierte noch lang genug, um mitzukriegen, wie Erna den Rest des braunen Papiers von den Fenstern riss. Die Nervenbahnen unter meiner Haut registrierten, wie Hitze und Licht stärker wurden, zogen sich zusammen und vertrockneten.

Und dann war ich fort.

Als ich zu mir kam, lag ich immer noch in derselben Position wie vorhin auf dem Boden. Mit dem Bauch nach unten. Den Kopf zur Seite gedreht. Aus meinem Mund tropfte Spucke.

Keine Ahnung, wie lange ich dort lag oder wie lange ich dort noch liegen würde, denn ich war komplett gelähmt, von Kopf bis Fuß. Genau wie meine Finger, genau wie mein rechter Arm. Ich wusste zwar, dass mein Körper noch da war, und zwar in seiner Gänze. Doch ich hatte null Kontrolle über ihn.

Ich konnte hier sterben.

Ich konnte hier sterben, und niemand würde es mitbekommen.

Ich glaube, es waren mehrere Stunden vergangen, als sich die Tür quietschend öffnete. Ich hörte schwere Schritte.

»Hallo, du Scheißkerl. Wir haben den 18. Juni 2009.«

Mein Gott. Nein.

Zunächst trat sie vor mich hin. Sie wollte sichergehen, dass ich sie ebenfalls erkannte, dass ich wusste, wer mir das antat. Es war Erna, die Stadtstreicherin von der Frankford Avenue. Dort war sie schließlich gelandet, nachdem sie erlebt hatte, wie man ihren Sohn in die Anstalt gesteckt und ihren Liebhaber unter der Hochbahn erstochen hatte. Bereits 1972 war sie verrückt gewesen, und die darauffolgenden Jahre hatten kaum dazu beigetragen, ihren Zustand zu verbessern.

Doch was sie wirklich in den Wahnsinn getrieben hatte, das wurde mir jetzt klar, waren all die Toten, die vor ihren Augen durch ihr Apartment spaziert waren, und durch die leeren Apartments, die sie saubermachte. Dabei schnitten sie Grimassen, sie blödelten einfach herum und hatten ihren Spaß. Dr. DeMeos Patienten, die in die Vergangenheit oder zum Teil sogar ein paar Jahre in die Zukunft gereist waren. Sie dachte, sie verlöre den Verstand, und trotzdem hatte sie Angst gehabt, sich dem Doktor anzuvertrauen, denn dann hätte sie ihre Wohnung und ihren Job eingebüßt, und was hätten sie dann tun sollen? Also behielt sie die Sache für sich und versuchte, die Erinnerung an die toten Menschen in Alkohol zu ersäufen.

Außer die Erinnerung an jenen Toten, der ihr die

Wahrheit gesagt hatte. Dass er in Wirklichkeit noch am Leben war, in einem ganz anderen Jahr. Er war sogar so freundlich gewesen, ihr das Datum zu nennen.

Also hatte Erna gewartet.

Und am 18. Juni 2009 suchte sie erneut diesen Wohnblock auf.

Und feuerte die drei verblieben Kugeln aus der Pistole ab, die sie siebenunddreißig Jahre lang aufgehoben hatte.

»Verstehst du jetzt?«

Sie schoss mir dreimal in den Rücken, direkt zwischen die Schulterblätter.

Willie Shahid, der Besitzer des Kiosks im Erdgeschoss, hörte drei laute Explosionen hintereinander, dann trampelte jemand die Treppe hinunter und lief aus der Haustür. Er schaffte es gerade noch rechtzeitig nach draußen, um zu sehen, wie eine alte Frau die Frankford Avenue hinunterhastete. Bestimmt fragte er sich, was hier los war. Dann verriegelte er die Eingangstüren seines Ladens und lief, das Handy in der Hand, nach oben, um nachzusehen.

Willie stand jetzt vor meiner Wohnungstür – 3-A. Er klopfte und wartete. Irgendetwas stimmte nicht. Er schnupperte; der beißende Geruch von Magnesium und verbranntem Papier stieg ihm in die Nase. *Schießpulver.* Der Geruch war Willie Shahid nicht unbekannt. Nicht in diesem Viertel.

Also klappte Willie sein Handy auf und wählte den

Notruf, gab die Adresse und sogar das Stockwerk durch.

Kurz darauf trafen die Rettungssanitäter ein und schließlich drei Streifenwagen der Polizei vom 15. Revier.

Die Rettungssanitäter hievten mich auf eine Trage und brachten mich aus dem Gebäude, während über uns die Hochbahn vorbeidonnerte.

Doch zu diesem Zeitpunkt war ich bereits tot.

XIII
Mein anderes Leben

Seht ihr die Leiche auf dem Stahltisch des Bestatters, die darauf wartet, dass man sie mit Formaldehyd und einer Reihe anderer Konservierungschemikalien vollpumpt?

Das bin ich.

Keine Ahnung, wie lange ich schon tot bin, aber ich schätze, ungefähr einen Tag. Wie bereits erwähnt, für einen Toten passiert offensichtlich alles gleichzeitig. Wenn man lebt, scheint der Zeitpfeil lediglich in eine Richtung zu fliegen. Für die Toten ist das anders. Sobald man jene unsichtbare Grenze überschritten hat, sieht man die Dinge, wie sie wirklich sind.

Ich habe mich von meinem Körper gelöst. Und kann alles sehen, was ich seit meiner Geburt getan habe, von der Kindheit über die Pubertät bis zum Erwachsenenalter.

Doch was komisch ist: Ich kann mich an nichts davon richtig erinnern.

Da bin ich, wie ich auf der Sofakante balanciere, Arme und Beinen ausgebreitet, als wäre ich ein Superheld und könnte fliegen. Da bin ich, wie ich mit meinem Bruder kämpfe, wir wälzen uns auf dem Boden, als wäre ich Spiderman und er Hulk und …

Seht ihr das? Mein *Bruder.*

Ich kann mich nicht erinnern, dass ich einen Bruder hatte.

Aber irgendwie habe ich einen.

In diesem Leben habe ich offensichtlich auch zwei Schwestern – eine zehn Jahre, die andere zwölf Jahre jünger. Ihre Namen liegen mir auf der Zunge, doch ich schaffe es nicht, sie auszusprechen. Sie sind mir vertraut und fremd zugleich. Ich kenne sie und wieder auch nicht.

Ich habe immer noch einen Vater.

Da ist er, und versucht, mir das Gitarrespielen beizubringen. Drei winzige Finger auf dem Griffbrett, die Mühe haben, den C-Dur-Akkord zu formen, die Grundlage aller Rockgitarren-Akkorde, das Erste, was man lernt.

Und da ist er, wie er mir das bisschen, was er übers Klavierspielen weiß, beibringt, denn er findet, dass er in der Band einen Keyboard-Spieler gebrauchen könnte statt eines zweiten Gitarristen.

Da bin ich, wie ich zusammen mit meinem Vater meinen ersten »Auftritt« habe, als ich neun Jahre alt bin.

Und da bin ich, wie ich mit der Band meines Vaters auf einer Hochzeit spiele. Ich bin fünfzehn, und mein Vater lebt noch. Wir tragen Smokinghemd und Kummerbund.

Er lebt! Wie ist das möglich?

Keine Frage, da ist mein Vater, im Anzug, auf meiner

Highschool-Abschlussfeier. Ich möchte Schriftsteller werden, doch fürs Erste kann ich mit der Musik mein Geld verdienen. Meine Geschichten schreibe ich in der Freizeit. An den Wochenenden übe ich und gebe Konzerte. Schließlich verlasse ich die Band und werde Journalist. Nur ganz selten setze ich mich noch ans Klavier, aber ich höre ständig Musik.

Ich rufe wahllos unzählige Erinnerungen ab, aus einem Leben, an das ich mich nicht erinnern kann.

Ich erinnere mich daran und zugleich auch nicht.

Ich bin immer noch tot – und doch am Leben. Es gibt dort draußen eine andere Ausgabe von mir, die ein Leben lebt, in dem mein Vater nicht gestorben ist.

Diese andere Ausgabe von mir ist verheiratet.

Sie ist mit einer jungen Lehrerin namens Meghan verheiratet. Ihr Vater ist ein einflussreicher Anwalt mit Sitz in der Innenstadt. Sie hat ihr wunderschönes langes blondes Haar abgeschnitten.

Und wir haben zwei Kinder.

Ich denke immer noch, dass ich jeden Moment aufwache. Doch bin ich dann immer noch tot, wenn ich aufwache?

Nach einer Weile dämmert mir, dass dieses Leben, an das ich keine Erinnerung habe, einen Sinn ergibt, wenn Grandpa Henry es geschafft hat, in die Vergangenheit zu reisen und etwas zu ändern.

Etwas Großes. Etwas, das die Wirklichkeit in eine andere Richtung gelenkt hat. Etwas, das den Lebensweg vieler Menschen verändert hat. Meinen. Den meines Vaters. Meghans. Das der Geschwister, von deren Existenz ich nichts wusste. Das Leben aller hat sich verändert. Alle sind zwei Schritte nach rechts getreten und haben weitergemacht, als hätte es ihre anderen Lebenswege nie gegeben.

Für einen kurzen Moment frage ich mich sogar, wo Schleudertrauma-Walt wohl gerade steckt? Ist er mit einer anderen Klientin verheiratet? Denn Anne, meine Mutter, ist immer noch mit meinem Vater verheiratet. Sie hat vor ein paar Jahren mit dem Rauchen aufgehört, unseren Kindern zuliebe. Kinder, von denen ich nicht wusste, dass wir sie überhaupt haben. Ich bin in einem Haus voller Zigarettenrauch aufgewachsen, doch seitdem hat sie einiges darüber gelesen. Sie weiß jetzt, dass Rauchen tödlich sein kann. Also hat sie damit aufgehört.

Ich rufe weitere Erinnerungen ab. Denn ich bin tot. Ich darf das.

In diesem anderen Leben hat Erna Derace keine Kinder. Sie hat Victor nie kennengelernt, sie musste nie die schreckliche Erfahrung machen, ihr eigenes Kind zu Grabe zu tragen, nie ihrem anderen Kind das Leben zur Hölle zu machen. Sie führt ein ruhiges, einsames Leben. Sie zieht nie aus Frankford fort. Vielleicht hat sie nie Kinder kriegen sollen. Vielleicht aber doch, und sie hat es vermasselt und wird in ihrem alternativen Leben dafür bestraft. Hin und wieder erhasche ich einen flüchtigen Blick auf sie, während sie auf der Frankford Avenue einkaufen geht, aber ich kenne sie nicht, und sie ignoriert mich ebenfalls.

Ich suche dieses andere, fremde Leben ab und halte Ausschau nach Grandpa Pop.

Und auf einmal – natürlich, denn wenn man tot ist, passiert alles auf einmal – schaffe ich es, die Einzelheiten seiner alternativen Lebensgeschichte abzurufen.

In dieser Version hat es den Anschein, als hätte ich Grandpa Henry nie getroffen.

Ich kann zurückgehen und ihm dabei zusehen, wie er Großmutter verprügelt. Beide trinken zu viel. Sie streiten sich häufig. Sie haben beide jung geheiratet, Großvater nur ein Jahr nach dem Militärdienst, und sie sind immer noch dabei, den anderen richtig kennenzulernen. Dann ist sie schwanger, mit meinem Vater. Jetzt ist Grandpa jung verheiratet und hat ein Kind an der Backe, auf das er nicht sonderlich scharf war, und das macht ihn wütend. Und auch wenn das dumm ist, lässt er es an ihr aus. Er arbeitet viel. Er behauptet, um Geld für die Familie zu verdienen, doch eigentlich um ihr aus dem Weg zu gehen.

In den späten Fünfzigern, als mein Vater zehn Jahre alt ist, gerät Grandpa Henry in eine Kneipenschlägerei in einem Laden unter der Hochbahn in Frankford. Der Typ taucht wie aus dem Nichts auf und fängt an, auf Großvater einzustechen. Der Angreifer heißt Victor

D'Arrazzio. Später ändert er seinen Namen in »Vic Derace«. Laut dem Vorstrafenregister des FBI mag D'Arrazzio billigen, süßen Wein, gegrillte Rippchen und Prostituierte.

Insgesamt wird auf Grandpa Henry siebzehnmal eingestochen, in Brust und Hals. Er stirbt noch am Tatort. Ein Motiv scheint es nicht zu geben.

Meine Großmutter erinnert sich nicht mehr an die Prügel. Sie vermisst ihren Ehemann. Sie trauert dem gemeinsamen Leben nach, das sie hätten haben können.

Ein paar Jahre später bringt D'Arrazzio sich im Staatsgefängnis um.

Und ich wachse auf, ohne Grandpa Henry je zu begegnen.

In diesem anderen Leben gibt es immer noch den Schlitzer von Frankford, der Ende der 1980er unter der Hochbahn mehrere Frauen tötet.

Nur, dass jemand anders dahintersteckt.

Als ich geboren werde, ist Grandpa Henry schon lange tot. Im Augenblick erinnere ich mich an ihn und auch wieder nicht. Ich trage seinen Namen. Mein Vater hat den Namen eines Musikers in Erwägung gezogen, doch meine Mutter schlägt Henry vor. Nach seinem Vater. Den er kaum gekannt hat.

Mein Name ist Henry Wadcheck.

Ich erinnere mich an ihn und auch wieder nicht.

Ich möchte mich an ihn erinnern.

Ich muss mich an ihn erinnern.

Doch ich schätze, ich darf mich nicht sehr lange an ihn erinnern.

Weil mein Tod fast vorbei ist, und in meinem ursprünglichen Leben wird der vierundachtzigjährige Körper meines Großvaters gleich seinen Geist aufgeben und seinen letzten Atemzug tun. Alles explodiert aus diesem Moment heraus. Ich sehe nur noch unscharf. Aber ich weiß, was als Nächstes passiert, denn wenn man tot ist, passiert alles gleichzeitig. Das heißt nicht, dass mein Leben blitzartig auf mich einstürmt – wie in jener Klischeevorstellung –, dass eine rasche Abfolge von Bildern an mir vorüberzieht. Nein, ich durchlebe jede Sekunde noch einmal. Ich wiederhole jeden Atemzug. Ich spüre jede Verletzung, koste jeden Kuss aus. Aber ich weiß immer noch, dass alles, was passiert, passiert ist und passieren wird.

Das wusste ich alles, seit jenem Moment, in dem ich angefangen habe, euch diese Geschichte zu erzählen.

Ich habe das alles gesehen, weil ich tot war.

Doch jetzt lebe ich.

Darum werde ich gleich alles vergessen.

Ich habe euch diese Geschichte erzählt, weil ich mich unbedingt daran erinnern möchte, auch wenn ich weiß, dass das nicht möglich ist. Man erzählt Geschichten, weil man möchte, dass ein Teil von einem weiterlebt. Doch ich weiß, dass das nicht möglich ist.

Ich weiß das, denn jetzt werde ich aufwachen.

Als ich aufwache, starrt Meghan, auf einen Ellbogen gestützt, auf mich herab, die hübschen Augen weit geöffnet. Ich strecke die Hand aus und berühre ihr Gesicht – ihr ebenmäßiges, wunderschönes Gesicht. Selbst nach der Geburt zweier Kinder und nach zwölf Jahren Ehe sieht sie wie immer hinreißend aus. Ich liebe es, ihre weiche Haut unter meinen Fingern zu spüren.

Ich habe einen ganz schönen Kater.

Die sengenden Strahlen der Sonne knallen durch unsere Fenster. Es ist ein schwüler Sonntagmorgen – der erste Tag des Sommers. Ich reibe mir den Schlaf aus den Augen und erzähle ihr, ich hätte geträumt, einen dieser schlechten, fiebrigen Träume, in denen man sich mühsam an etwas abarbeitet … doch ich kann mich an absolut nichts erinnern. Es ist frustrierend.

Dann stürmen die Kinder mit lautem Geschrei ins Zimmer und springen auf unser Bett, meine Tochter drückt mir ein Plüschtier ins Gesicht und ruft, *Küsschen! Küsschen!* Also gebe ich dem Plüschtier einen Kuss – einem Häschen. Die beiden veranstalten einen Heidenlärm. Sie werden uns nicht schlafen lassen. Sie wollen auch nicht mit uns herumalbern. Sie wollen nur eins: dass wir aufstehen.

Zu meiner Verwunderung haben beide eine Zeichnung in der Hand, bis mir einfällt: Heute ist Vatertag. Nachher kommt mein Vater vorbei. Der von Meghan ebenfalls. Ich bin für den Grill verantwortlich. Ich hätte wirklich mehr schlafen sollen, wo ich doch heute beide Elternpaare ertragen muss …

Aber wisst ihr was, sei's drum. Beim Anblick meiner Kinder muss ich lächeln. Sie sind wunderschön, wie ihre Mutter.

Ich schlurfe ins Badezimmer, um mir das Gesicht zu waschen. Mein Schädel hämmert wie verrückt – Meghan und ich haben gestern Abend ein paar Gläschen Wein geleert, und dann haben wir uns auf dem Wohnzimmerboden geliebt. Jetzt kassiere ich die Quittung dafür. Ich öffne die Tür des Arzneischranks.

Darin steht eine Flasche Tylenol. Bisher ist sie mir nie aufgefallen. Sie ist offensichtlich schon älter, doch die Pillen sind bestimmt noch in Ordnung. Meghan würde keine abgelaufenen Medikamente kaufen. Wahrscheinlich nur ein alter Behälter.

Also schütte ich zwei davon in meine Handfläche.

Anmerkungen und Danksagung

Ohne Laura Lippman und Ilena Silverman würde es dieses Buch nicht geben. In den vergangenen zwei Jahren hat das New York Times Magazine eine Fortsetzungsreihe mit Kurzromanen von Autoren wie Elmore Leonard, Ian Rankin, Michael Connelly und Laura Lippman veröffentlicht.

Kurz nach der ersten Folge ihrer Geschichte, *The Girl in the Green Raincoat,* empfahl Laura mich ihrer Redakteurin, Ilena, als Autor für eine zukünftige Fortsetzungsgeschichte.

An einem heißen Nachmittag im September 2008 klingelte dann mein Handy – es war die *New York Times.*

Ich dachte, es ginge um mein Abo, und hätte den Anruf beinahe nicht entgegengenommen. Doch andererseits – wenn es Probleme mit meiner Kreditkarte gab, sollte ich das besser wissen.

Ilena stellte sich vor und erkläre mir das Konzept der Fortsetzungsreihe – obwohl das nicht nötig war. Ich war ein großer Fan der Reihe, seit der ersten Folge von Elmore Leonard. Und mit dem Beginn von Connellys Fortsetzungsgeschichte hatte ich die *Times* abonniert, denn ich wollte mir die komplette Reihe aufheben. Ja, in der Beziehung bin ich ein echter Krimi-Nerd.

Schließlich fragte sie mich, ob ich mir vorstellen könnte, ihr eine Geschichte zu schreiben. Ich versuchte, cool zu bleiben, doch ich glaube, ich brüllte *ja,* bevor sie die Frage überhaupt beendet hatte.

Ich fand alles ziemlich aufregend, aber besonders die Form: vierzigtausend Wörter, auf fünfzehn Folgen verteilt, jede davon mit zweitausendsechshundert Wörtern. Eine echte Fortsetzungsstory, mit Cliffhanger und allem was dazugehört, veröffentlicht in einem der besten Magazine der Welt.

Ob ich ihr eine Geschichte schreiben wollte? Und wie.

Ich schlug Ilena vier Ideen vor, doch an einer hing mein Herz ganz besonders. Eine seltsame Geschichte, aus der später *Alte Feinde* werden sollte.

Ilena spürte meine Begeisterung für die erste Idee – die, an der mein Herz hing. Und sie bat mich, ein kurzes Exposé zu schreiben. Also schrieb ich ein kurzes Exposé. Dann ein ausführliches Treatment. Und schließlich eine komplette, dreitausend Wörter umfassende Folge, nur um Ilena und Gerry Marzorati (ihrem Chef) zu zeigen, wie so was aussehen könnte.

Sie mochten alles.

Ich war dabei.

Man nannte mir einen Abgabetermin.

Ich war völlig aus dem Häuschen.

Ich sollte einen Vertrag bekommen, als …

Tja, ich erhielt erneut einen Anruf von Ilena. Und was hätte ich darum gegeben, wenn es dabei um mein Abo gegangen wäre.

Ilena teilte mir mit, dass das *New York Times Magazine* seine Reihe mit Kurzromanen einstellen würde. Man hatte das Magazin aufgefordert, für das kommende Haushaltsjahr mehrere Seiten rauszukürzen, und die Reihe musste dran glauben. Es tat ihr unendlich leid. Nachdem ich sie angehört hatte, versuchte ich, Ilena das schlechte Gewissen zu nehmen, denn es war schließlich nicht ihre Schuld. Ich habe selbst für Magazine und Zeitungen gearbeitet und bin mit der schmerzlichen Realität des Etats vertraut.

Trotzdem war ich todunglücklich.

Und zwar für eine ganze Weile.

Zu diesem Zeitpunkt hatte ich Marc Resnick, meinem Herausgeber bei St. Martin's Press, allerdings bereits von der Fortsetzungsgeschichte erzählt, und er fuhr ziemlich darauf ab. Also fragte ich ihn, was er davon hielte, wenn die Geschichte als mein nächstes Buch bei St. Martin's Press erschien. Er war einverstanden, und ich stürzte mich erneut in die Arbeit. Mein Entwurf umfasste fünfzehn Folgen, doch nach der Hälfte fand ich es besser, die Geschichte auf zwölf Folgen zu begrenzen, eine für jede Stunde auf einer alten Standuhr. (*Grandfather Clock* – dt. Standuhr – war einer der zahlreichen Titel, die ich für den Roman in Erwägung zog.) Also änderte ich hier und da einiges. Doch im Großen und Ganzen schrieb ich die Geschichte so, wie ich sie dem *New York Times Magazine* vorgeschlagen hatte.

Jedenfalls wäre dieser Roman ohne Ilena und Laura irgendwo auf meiner internen Festplatte begraben geblieben. (*Vielleicht wäre das auch besser gewesen!*, höre ich jemanden von den hinteren Plätzen rufen.) Aber ich finde, ein Autor sollte dazu ermutigt werden, etwas Verrücktes zu tun, und ich werde Ilena und Laura ewig dankbar sein, dass sie mir die Gelegenheit dazu gegeben haben.

Ein dickes Dankeschön gebührt außerdem meinem unglaublich geduldigen Herausgeber, Marc Resnick, sowie all den großartigen Mitarbeitern bei St. Martins Press – darunter Andrew Martin, Matthew Sharp, Sarah Lumnah, Michael Homier, John Shoenfelder, Hector DeJean und Matthew Baldacci.

Dank auch an meinen Agenten, David Hale Smith, der mir die ganze Zeit den Rücken freigehalten hat und mir zur Seite stand, angefangen bei den ersten Gesprächen mit Ilena bis zu jenem Tag, an dem alles den Bach runterging, und darüber hinaus. Für einen Burschen aus Texas ist er ein echter Schatz. Und ein Dankeschön an Shauyi Tai, seine Stellvertreterin.

Bedanken möchte ich mich außerdem bei der Filmagentin Angela Cheng Caplan, die viel zu lange auf dieses Manuskript warten musste.

Und bei meinen ersten Lesern, denn so gute Freunde hat niemand verdient: Allan Guthrie, Lou Boxer, Jon

Cavalier, Ed Pettit, David Thompson und McKenna Jordan.

Und zu guter, guter Letzt ein Dankeschön an meine Familie – Meredith, Parker und Sarah – für ihre Geduld und ihre Unterstützung beim Schreiben dieses Romans.

Ich steckte mitten in der Arbeit an *Alte Feinde,* als mein Großvater, Louis Wojciechowski, starb. Ich habe dieses Buch für ihn geschrieben. Nicht, weil es von ihm handelt, zumindest nicht mehr als von mir. Aber in dem Buch steckt eine Menge von ihm, und ich bereue es aufrichtig, dass ich meinen Arsch nicht hochgekriegt und es beendet habe, als er noch lebte.

Als Leser sollte man das Leben des Autors nicht mit seinem Werk verwechseln, darum möchte ich, dass eines klar ist:

Der fiktive Großvater in diesem Roman ist ein unvollkommener Mann, der sein Bestes gibt.

Mein Grandpa Lou war der großartigste Mann, den ich kannte, und er fehlt mir sehr.